Mary Shelley

Prólogo y edición de Rosa Gómez Aquino

FRANKENSTEIN

Ilustración de tapa:
Fernando Martínez Ruppel

FRANKENSTEIN
es editado por
EDICIONES LEA S.A.
Av. Dorrego 330 C1414CJQ
Ciudad de Buenos Aires, Argentina.
E–mail: info@edicioneslea.com
Web: www.edicioneslea.com

ISBN 978-987-718-481-5

Primera edición. Impreso en Argentina.
Febrero de 2017. Gráfica MPS S.R.L.

Shelley, Mary
    Frankenstein / Mary Shelley. - 1a ed . - Ciudad Autónoma de Buenos
Aires : Ediciones Lea, 2017.
    224 p. ; 23 x 15 cm. - (Novelas clásicas ; 6)

    ISBN 978-987-718-481-5

    1. Literatura Clásica. I. Título.
    CDD 823

Prólogo a la presente edición

Cuenta la historia que *Frankenstein* fue concebido en Villa Diodati, una mansión próxima al lago de Ginebra, en Suiza. Allí, en el verano de 1816, se reunieron el anfitrión lord Byron (uno de los poetas más importantes del romanticismo inglés), su médico personal y también literato, John Polidori, el escritor Percy Bysshe Shelley, su joven esposa, Mary, y la hermanastra de esta última y amante de Byron, Claire Clairmont. Hastiados del mal tiempo que reinaba, sus tertulias nocturnas se hacían muy extensas y, no pocas veces, estaban aderezadas con el consumo de láudano, una tintura alcohólica derivada del opio y cuyo principio activo más destacado es la morfina, que por aquellas épocas era usada principalmente con fines medicinales. Fue en una de aquellas reuniones que, luego de hablar acerca de *Fantasmagoriana*, una antología de cuentos de fantasmas de origen alemán, el anfitrión lanzó un desafío: que cada uno de los presentes escribiera su propia historia de terror. Dos años después de aquella velada, Mary Shelley publicaba su *Frankenstein o el moderno Prometeo*. Tenía tan sólo veinte años y, con su novela, daba origen a uno de los íconos más conocidos de la cultura de masas y a un verdadero mito.

La autora

Mary Wollstonecraft Shelley nació en Londres, en 1797, en el seno de una familia de progresistas intelectuales librepensadores. Su madre, Mary Wollstonecraft, fue una feminista que falleció a los 38 años, unos días después del parto de su hija y a consecuencia de éste. Su padre, William Godwin, fue un escritor y político de tendencias anarquistas. En ese hogar, tuvo desde muy pequeña contacto con los numerosos volúmenes que poblaban la biblioteca familiar, así como también con los personajes ilustres que visitaban a su padre. Y fue justamente con uno de ellos, el poeta Percy Shelley (a la sazón, casado) con quien se fugó en 1814. Dos años después y tras la muerte de la esposa del escritor, contrajeron matrimonio. Pero la vida que ambos tuvieron en común no fue en absoluto fácil. El estilo de la misma les acarreaba la condena social, parece ser que las escenas de celos eran frecuentes, varios de sus hijos fallecieron a muy temprana edad, las deudas los acosaban y el poeta murió ahogado en el mar durante una tormenta. Luego de este último fallecimiento, la vida de Mary discurrió por canales más apacibles hasta su muerte, acaecida en 1851.

La novela

Mary Shelley escribió otras obras (entre las que se destacan las novelas *El último hombre* y *Valperga*) pero lo cierto es que la más conocida y difundida, y la que constituye su verdadero legado es, sin duda alguna, *Frankenstein*. En vida de la escritora contó con tres ediciones. La primera, de 1818, apareció con autoría anónima, constaba de tres volúmenes y fue atribuida a su marido, quien sí redactó el prólogo. La segunda, publicada en 1823, fue una reimpresión en dos tomos de la primera y, en ella, ya figura Mary Shelley como autora. La tercera se publicó en un solo volumen en el año 1831, con cambios significativos y una nueva introducción.

Su argumento no resulta desconocido para casi nadie, incluso, en los casos en que no se haya leído la novela: un científico, Víctor Frankenstein, crea en su laboratorio y a partir de fragmentos de cadáveres una criatura monstruosa, y le infunde vida. De una fealdad inenarrable, tal característica la condena al rechazo, la soledad y el desamor, por lo que se vuelve contra su creador, y siembra caos y destrucción a su paso.

¿Cómo enmarcar desde el punto de vista del género a esta obra? No es un asunto sencillo ni acabado. Tiene elementos del terror, algunos estudiosos y críticos la encuadran en la tradición de la narrativa gótica mientras que otros consideran que es el texto fundacional de la ciencia ficción. Francisco Rodríguez Valls en su artículo "El Frankenstein de Mary Shelley (1797-1851)" ofrece una interesante perspectiva acerca de esta cuestión cuando señala: "(...) en *Frankenstein* coinciden una temática que podríamos tildar de ciencia ficción y un entorno de narración romántico que podríamos encuadrar, como se ha hecho con más o menos razón, en la novela gótica. Ambos elementos están en perfecta simbiosis. *Frankenstein* es una novela de terror natural en la que se unen lo fantástico "no del todo imposible" creado por la ciencia y una narración que pone al límite la experiencia humana y nos hace aprender de ello. Es, repito, una novela de terror natural: en ella no se aparecen fantasmas ni demonios".

Temáticamente, la obra más conocida de Mary Shelley aborda y explora el límite moral de la ciencia y de los científicos, el deseo de superar a la muerte, el peligro de desencadenar fuerzas desconocidas y la soberbia que supone el hecho de que el hombre se atreva a imitar a Dios en su tarea más trascendente: crear un ser e infundirle el soplo de la vida. Para ello, toma elementos de las teorías científicas de la época, así como también de las tradiciones filosófica y literaria, pues la autora estaba familiarizada con esos tres ámbitos discursivos.

Asimismo, reconoce antecedentes directos en la historia del Golem, leyenda judía medieval que narra cómo un rabino moldea una estatua de arcilla y le otorga vida colocando entre sus dientes una fórmula mágica numérica. De manera más amplia, *Frankenstein* es otro eco de la voz de toda la extensa narrativa que, a lo largo de los siglos y los milenios, ha trabajado el motivo temático de conferirle vida a la materia inerte, ya sea esta acción llevada a cabo por instancias divinas o humanas. No por casualidad, este relato lleva el subtítulo de "el moderno Prometeo", personaje que, según el mito griego, formaba hombres utilizando arcilla para ello. Pero Víctor Frankenstein no crea un hombre, sino un monstruo.

El monstruo y lo monstruoso

Seguir la ruta de los monstruos en la cultura es transitar un entramado que supone ir de una antigua crónica de viajes a una leyenda regional que circula de boca en boca, pasar del capitel románico de un claustro medieval a su pórtico de entrada, saltar de una saga de *best sellers* como *Harry Potter* a un tratado enciclopédico o un libro de cuentos para niños. Los monstruos están presentes en los juegos infantiles y en los de una computadora, en los sueños, en los tratados de teología, y en los antiguos mosaicos provenientes de civilizaciones y lugares diversos. Podría decirse que, de alguna manera, la cultura es una suerte de máquina de generar monstruos que no cesa en su actividad productiva. Pero, ¿qué es un monstruo y qué supone su aparición en un texto, sea éste literario, cinematográfico, escultórico o pictórico?

La primera definición de la palabra que ofrece el *Diccionario de la Real Academia Española* es: "Ser que presenta anomalías o desviaciones notables respecto a su especie". En esa descripción está la clave para comenzar a entender las implicaciones del monstruo. Éste es, sobre todo y ante todo, "lo que no soy yo", lo "Otro", lo desviado, lo distinto, lo diferente, características que comparte con el extranjero y el salvaje. En el caso de la obra que nos ocupa, se va aún más lejos: pasa de definirse como "soy lo que no son los demás" a convertirse en "soy lo que hago *contra* los demás" una vez que, herido y resentido por el dolor que le provoca el rechazo, comienza su carrera destructiva.

El monstruo o –de manera más amplia, lo monstruoso– también colabora a la idea de normalidad y legalidad, en tanto y en cuanto se opone a ambos órdenes deseables en toda sociedad, encarnando lo desconocido, lo peligroso, lo anormal, lo anómalo.

Por otro lado, el término proviene del latín *monstrare* ("mostrar"), porque la aparición de este tipo de criaturas pone de manifiesto algo, genera un determinado sentido, produce un significado, ora más claro, ora más oscuro. ¿Qué muestra, qué pone de manifiesto, qué simboliza, el monstruo de *Frankenstein*, ese, del cual la autora se encarga de decir: "Ningún mortal hubiera soportado el horror que inspiraba aquel rostro. Ni una momia reanimada podría ser tan espantosa como aquel engendro. Lo había observado cuando todavía estaba incompleto y ya entonces resultaba repugnante. Pero cuando sus músculos y articulaciones comenzaron a moverse, se convirtió en algo que ni siquiera Dante hubiera podido imaginar"?

El monstruo de *Frankenstein*

Puede ignorarse quién escribió *Frankenstein* pero, de la misma manera en que su argumento es conocido por casi todos, resulta casi imposible desconocer el aspecto de la criatura, pues su rostro, a modo de icono, ya forma parte de la cultura popular contemporánea. Todos identificamos y reconocemos su cabeza en la difundida caracterización que hizo Boris Karloff en el film homónimo más divulgado (ya que hay muchas otras versiones) que fue dirigido en 1931 por James Whale.

Lo curioso (o no tanto, como podremos ver más adelante) es que se suele creer que Frankenstein es el monstruo cuando, en realidad, es el apellido del científico que lo creó. El engendro carece de nombre y, a lo largo del relato se lo menciona de diversas maneras: "criatura", "cadáver demoníaco", "repulsivo demonio", "bestia", "demoníaco ser", "engendro infame" y "diablo inmundo", entre otras, mas nunca se le otorga un nombre.

Esa ausencia nominal –y, por lo tanto, identitaria– se suma a su horripilante aspecto en pos de alejarlo aún más de lo humano (una persona, de alguna manera, *es* su nombre) tornándolo ajeno y extraño a cualquier linaje o grupo familiar. Eso le confiere un carácter de orfandad que él mismo no se cansará de poner de manifiesto varias veces a lo largo del texto, y que ha llevado a algunos críticos y analistas a afirmar que se trata de una metáfora o símbolo del niño sin madre, pues la autora perdió a la suya a poco de nacer y, justamente, a causa de complicaciones en el parto. Algunas interpretaciones, en cambio, conciben a la criatura creada como el peligroso resultado de la tecnología descontrolada y suponen que la novela toda sería una suerte de advertencia al respecto. Otras, desde un enfoque psicoanalítico, ven en el ser realizado en el laboratorio al plano inconsciente rebelándose contra el consciente que estaría encarnado en la figura del científico creador. Y no han faltado lecturas de corte marxista que atribuyen a la pareja creador/creado un carácter homólogo al par clase dominante/clase dominada. Algunos analistas, por su parte, han preferido preguntarse: ¿Quién es el verdadero monstruo? ¿El engendro deforme de ojos vidriosos, labios finos y negruzcos, y una piel amarillenta que deja adivinar el entramado de músculos y arterias, o su soberbio creador, que se aventura a desafiar las leyes naturales y divinas en un exceso de ambición a todas luces imperdonable? Desde esta perspectiva, no parecería casual la habitual confusión que mencionamos un poco más arriba y que consiste en llamar con el nombre del científico a la criatura por él creada. ¿Será que no está claro del todo claro quién es quién en ese dúo tan opuesto como complementario? ¿O que son las dos caras de una misma moneda, como en *El extraño caso del Dr. Jekyll y Mr. Hyde*, novela que, décadas después, saldrá de la pluma Robert L. Stevenson?

Expansión de un ícono y un mito

Nacido de la pluma de Mary Shelley y con un rostro otorgado por su más famosa versión cinematográfica, *Frankenstein* también se ha introducido en el lenguaje, y la palabra misma circula a modo de metáfora para referirse a algo compuesto por distintas partes de orígenes diversos cuyo resultado no termina de cuajar y no resulta del todo feliz.

Y, por supuesto, sus transposiciones a otros medios y lenguajes que no son el literario que le dio origen, fueron y van mucho más allá de la película de 1931. Hubo un temprana versión teatral muy exitosa que fue contemporánea de las primeras ediciones, la aparición cinematográfica inicial que se conserva del monstruo data de 1910 y es un cortometraje dirigido por J. Searle Dawley y, en ese mismo lenguaje, se destacan, asimismo, *La novia de*

Frankenstein (de 1935, también dirigida por James Whale y con Boris Karloff en el papel del monstruo) y el film paródico *El joven Frankenstein* de 1974 dirigido por Mel Brooks.

Ya instalado en el imaginario popular como una figura inconfundible, aparece cumpliendo la función de personaje lateral en diversas películas, cuenta con versiones varias en dibujos animados e historietas, suele ser uno de los disfraces predilectos en los lugares donde se festeja Halloween, hay multiplicidad de muñecos con su figura y hasta existen diseños para pintar las uñas con su rostro.

Porque *Frankenstein* es un verdadero mito que no deja de reproducirse de maneras diversas en todas las formas y soportes que le ofrece la cultura. Un mito creado hace casi dos siglos por una joven de tan sólo veinte años.

Rosa Gómez Aquino

FRANKENSTEIN

Prólogo de la autora

Pese a que el hecho en el que se basa esta ficción ha sido considerado por el doctor Darwin y otros fisiólogos alemanes como no del todo imposible, de ninguna manera quisiera que se suponga que otorgo el mínimo grado de credibilidad a semejantes fantasías. Sin embargo, al tomarlo como base de una obra fruto de la imaginación, no considero haberme limitado tan solo a enlazar una serie de acontecimientos terroríficos de índole sobrenatural. El suceso que concede interés a esta historia carece de las desventajas de un simple relato de fantasmas o encantamientos. Me vino sugerido por la novedad de las situaciones que desarrolla, y, por muy imposible que parezca como hecho físico, ofrece para la imaginación, a la hora de analizar las pasiones humanas, un punto de vista más comprensivo y autorizado que el que puede proporcionar la narración de hechos estrictamente reales.

Así pues, si bien me he esforzado por mantener la veracidad de los elementales principios de la naturaleza humana, no he tenido escrúpulos a la hora de combinarlos de forma novedosa. La *Ilíada*, el poema trágico de Grecia, *La tempestad* y *Sueño de una noche de verano*, de Shakespeare y, sobre todo, *El paraíso perdido* de Milton se ajustan a esta regla. Por lo tanto, el más humilde novelista que intente proporcionar o recibir algún deleite con sus esfuerzos puede, sin presunción, emplear en su narrativa una licencia, o, mejor dicho, una regla, de cuya adopción tantas exquisitas combinaciones de sentimientos humanos han dado como fruto los mejores ejemplos de poesía.

La circunstancia en la cual se basa mi relato me fue sugerida en una conversación casual. Lo comencé, en parte, a modo de diversión y, en parte, como pretexto para ejercitar cualquier recurso de mi mente que todavía estuviera intacto. A medida que avanzaba la obra, otros motivos se fueron añadiendo a éstos. De ninguna manera me siento indiferente ante cómo puedan afectar al lector los principios morales que existan en los sentimientos o caracteres que contiene la obra. No obstante, mi principal preocupación en este punto se ha centrado en la eliminación de los perniciosos efectos de las novelas de hoy en día y en exponer la bondad del amor familiar, así como la excelencia de la virtud universal. Las opiniones que por lógica surgen del carácter y situación del héroe en modo alguno deben considerarse siempre como convicciones mías. Del mismo modo, no debe extraerse de las páginas que siguen conclusión alguna que perjudique doctrina filosófica alguna.

Es, además, de gran interés para la autora el hecho de que esta historia se comenzara en la majestuosa región donde tiene lugar la mayor parte de la acción y rodeada de personas cuya ausencia no cesa de lamentar. Pasé el verano de 1816 en los alrededores de Ginebra. La temporada era fría y lluviosa y, por las noches, nos agrupábamos en torno a la chimenea. En ocasiones, nos divertíamos con historias alemanas de fantasmas que caían en nuestras manos de manera casual. Aquellas narraciones despertaron en nosotros un juguetón deseo de emularlas. Otros dos amigos (cualquier relato de la pluma de uno de ellos resultaría bastante más grato para el lector que nada de lo que yo nunca pueda aspirar a crear) y yo nos comprometimos a escribir un cuento cada uno, basado en algún suceso sobrenatural.

Pero el clima mejoró súbitamente y mis dos amigos partieron de viaje hacia los Alpes, donde olvidaron, en aquellos magníficos parajes, cualquier recuerdo de sus espectrales visiones. El relato que sigue es el único que se concluyó.

Mary Shelley, Marlow, septiembre de 1817

CARTA I

A la señora Saville, Inglaterra
San Petersburgo, 11 de diciembre de 17...

Te alegrará saber que ningún inconveniente ha acompañado el comienzo de la empresa sobre la que albergabas tan malos presagios. Llegué aquí ayer y mi primera obligación es tranquilizar a mi querida hermana sobre mi bienestar y comunicarle mi creciente confianza en el éxito de mi proyecto.

Ya me encuentro muy al norte de Londres y, paseando por las calles de San Petersburgo, siento en las mejillas una helada brisa que estimula mis nervios y me llena de alegría. ¿Comprendes lo que siento? Esta brisa, que proviene de aquellas regiones hacia las que me dirijo, me anticipa sus climas gélidos. Animado por este viento prometedor, mis esperanzas se hacen más fervientes y vívidas. En vano intento convencerme de que el Polo es la morada del hielo y la desolación. Continúo imaginándomelo como la región de la hermosura y el deleite. Allí, Margaret, nunca se pone el sol; su amplio círculo acaricia el horizonte y difunde un perpetuo resplandor. Allí pues -con tu permiso, hermana mía, concederé un margen de confianza a las palabras de anteriores navegantes- allí, no existen ni la nieve ni el hielo y navegando por un mar sereno es posible arribar a una tierra que supera, en maravillas y hermosura, a cualquier región descubierta hasta el momento en el mundo habitado. Puede que sus productos y paisaje no tengan precedente como, sin duda, sucede con los fenómenos de los cuerpos celestes de esas soledades inexploradas. ¿Qué podría sorprendernos en una región donde la luz es eterna? Puede que allí encuentre la maravillosa fuerza que mueve la brújula; podría, incluso, llegar a comprobar mil observaciones celestes que requieren sólo este viaje para deshacer para siempre sus aparentes contradicciones. Saciaré mi ardiente curiosidad viendo una parte del mundo nunca hasta ahora visitada y pisaré una tierra donde jamás antes se han posado pies humanos. Esos son mis señuelos y son suficientes para vencer todo temor al peligro o a la muerte e inducirme a emprender este laborioso periplo con el placer que siente un niño cuando se embarca en un bote con sus compañeros de vacaciones para explorar las riberas cercanas. Pero, suponiendo que todas estas conjeturas fueran falsas, no puedes negar el inestimable bien que podré transmitir a toda la humanidad, hasta su última generación, al descubrir, cerca del Polo, una ruta hacia aquellos países a los que en la actualidad se tarda muchos meses en llegar, o al develar el secreto del imán, para lo cual, en caso de que esto sea posible, sólo se necesita de una aventura como la mía.

Estas reflexiones han disipado la agitación con la que comencé mi carta y siento arder mi corazón con un entusiasmo que me transporta. Nada hay que tranquilice tanto la mente como un objetivo claro, una meta en la cual el alma pueda fijar su aliento intelectual. Esta expedición ha sido el sueño predilecto de mis años jóvenes. He leído con pasión los relatos de los diversos viajes que se han efectuado con el propósito de llegar al norte del océano Pacífico a través de los mares que rodean el Polo. Tal vez recuerdes que la totalidad de la biblioteca de nuestro buen tío Thomas se reducía a una historia de todos los periplos realizados con fines exploratorios. Mi educación estuvo un tanto descuidada, pero fui un lector empedernido. Estudiaba esos volúmenes día y noche y, al familiarizarme con ellos, incrementaba el pesar que experimenté cuando, de pequeño, supe que la última voluntad de mi padre en su lecho de muerte prohibía a mi tío que me permitiera seguir la vida de marino.

Esos recuerdos amargos se desvanecieron cuando entré en contacto por primera vez con la obra de aquellos poetas cuyos versos llenaron mi alma y la elevaron al cielo. También me convertí en poeta y viví durante un año en un paraíso de mi propia creación; imaginaba que yo también podría obtener un lugar allí donde se veneran los nombres de Homero y Shakespeare. Tú sabes de mi fracaso y de cuán amargo fue para mí ese desengaño. Pero, justo entonces, heredé la fortuna de mi primo y mis pensamientos regresaron a su antiguo cauce. Han pasado seis años desde que decidí embarcarme en esta aventura. Incluso ahora puedo recordar el momento preciso en el que decidí dedicarme a esta gran tarea. Comencé por acostumbrar mi cuerpo a la privación. Acompañé a los balleneros en varias expediciones al Mar del Norte y, de manera voluntaria, sufrí frío, hambre, sed y sueño. Con frecuencia, trabajé más durante el día que cualquier marinero, mientras dedicaba las noches al estudio de las matemáticas, la teoría de la medicina y aquellas ramas de las ciencias físicas que pensé que serían las de mayor utilidad práctica para un aventurero del mar. En dos ocasiones me enrolé como segundo de a bordo en un ballenero de Groenlandia y ambas veces salí con éxito. Debo reconocer que me sentí orgulloso cuando el capitán me ofreció el puesto de piloto en el barco y me pidió reiteradas veces que me quedara, ya que tanto apreciaba mis servicios.

Y ahora, querida Margaret, ¿no merezco llevar a cabo alguna gran empresa? Podía haber pasado mi vida rodeado de lujo y comodidad, mas he preferido la gloria a cualquiera de los placeres que me pudiera proporcionar la riqueza. ¡Si tan sólo una voz, alentadora me respondiera afirmativamente! Mi coraje y mi resolución son firmes, pero mis esperanzas fluctúan y mi espíritu flaquea. Estoy a punto de emprender un largo y difícil periplo, cuyas vicisitudes exigirán todo mi valor. Se me pide no sólo que levante el ánimo de otros, sino que conserve mi entereza cuando ellos flaqueen.

Ésta es la época más favorable para viajar por Rusia. Los trineos prácticamente vuelan sobre la nieve y su movimiento es agradable y, desde mi punto de vista, mucho más cómodo que el de los coches de caballos ingleses. El frío no es excesivo si vas envuelto en pieles, atuendo que yo ya he adoptado. Hay una gran diferencia entre andar por la cubierta y permanecer sentado, inmóvil durante horas, sin hacer el ejercicio que impediría que la sangre se te congele en las venas. ¡No tengo la intención de perder la vida en la ruta que une San Petersburgo con Arkangel!

Partiré hacia esta última ciudad en dos o tres semanas. Tengo en mente alquilar allí un barco, cosa que me será fácil si le pago el seguro al dueño. También contrataré tantos marineros como considere necesarios, eligiéndolos entre los que están acostumbrados a ir en balleneros. No pienso navegar hasta el mes de junio y, en cuanto a mi regreso, querida hermana, ¿cómo responder a esa pregunta? Si tengo éxito, pasarán muchos, muchos meses, incluso años, antes de que tú y yo nos volvamos a encontrar. Si fracaso, regresaré pronto o no lo haré jamás.

Hasta la vista, mi querida y excelente Margaret. Que el Cielo te llene de bendiciones y a mí me proteja para que pueda atestiguarte una y otra vez mi gratitud por todo tu amor y tu bondad.

Tu afectuoso hermano,

Robert Walton

CARTA II

A la señora Saville, Inglaterra
Arkangel, 28 de marzo de 17...

¡Qué despacio pasa aquí el tiempo, rodeado como estoy de hielo y nieve! Sin embargo, he dado ya un segundo paso hacia la concreción de mi empresa. He alquilado un barco y estoy ocupado reuniendo la tripulación. Los marineros que ya he contratado parecen hombres confiables y, sin lugar a dudas, están dotados de un coraje invencible.

Me falta todavía satisfacer uno de mis deseos y ese vacío me atormenta ahora de un modo terrible. No tengo amigo alguno, Margaret. Cuando llegue el éxito y me llene de alegría, no habrá nadie que comparta mi dicha. Si soy víctima del desaliento, nadie se esforzará por animarme. Podré plasmar mis pensamientos en el papel, es cierto, pero es un pobre medio para comunicar los sentimientos. Añoro la compañía de un ser humano que pueda comprenderme con sólo una mirada. Me puedes tachar de romántico, querida hermana, pero me amarga no contar con un compañero. No tengo a nadie cerca que sea tranquilo a la vez que valeroso, culto y capaz, cuyos gustos se parezcan a los míos, que pueda aprobar o cuestionar mis proyectos. ¡Qué bien enmendaría un amigo así los fallos de tu pobre hermano! Soy demasiado impulsivo en la ejecución e impaciente con los obstáculos. Pero me resulta todavía más nocivo el hecho de haber sido autodidacta. Durante los primeros catorce años de mi vida corrí por los campos como un salvaje y no leí nada, a excepción de los libros de viajes de nuestro tío Thomas. A esa edad, comencé a familiarizarme con los renombrados poetas de nuestro país, mas sólo cuando fue demasiado tarde sentí la necesidad de estudiar lenguas extranjeras. Ahora tengo veintiocho años y, en realidad, soy más inculto que muchos colegiales de quince. Es cierto que he reflexionado más, y que mis sueños son más ambiciosos y magníficos pero, como suelen decir los pintores, carecen de equilibrio. Me hace mucha falta un amigo con el suficiente sentido común como para no despreciarme por romántico y que me estime lo bastante como para mitigar mi impulsividad.

¡En fin! Estas quejas son inútiles. Sé que no encontraré amigo alguno en el vasto océano, ni siquiera aquí, en Arkangel, entre mercaderes y marineros. Sin embargo, aún en estos rudos corazones, laten en estado rudimentario los más nobles sentimientos. Mi segundo, por ejemplo, es un hombre de enorme valor e iniciativa, empecinado en su afán de gloria. Es inglés y, a pesar de que está lleno de prejuicios nacionales y profesionales nunca limados por la educación, retiene algunas de las más preciosas cualidades humanas. Lo conocí a bordo de un ballenero y, al saber que se hallaba sin trabajo en esta ciudad, no tuve ninguna dificultad para persuadirlo de que se convirtiera en el asistente de mi aventura.

Es una persona de excelente disposición y muy querido en el barco por su amabilidad y flexibilidad en la disciplina. Es tan benévolo que ni siquiera gusta de cazar (deporte favorito aquí y casi la única diversión) porque no soporta derramar sangre. Es, además, de una heroica generosidad. Hace algunos años se enamoró de una joven rusa de familia de no demasiados recursos. Tras hacerse con una considerable fortuna por la captura de navíos enemigos, el padre de la joven autorizó el matrimonio. Él vio a su prometida sólo una vez antes de la ceremonia: estaba bañada en lágrimas, se le arrojó a los pies y le suplicó que suspendiera el matrimonio, a la vez que le confesaba su amor por otro hombre con el cual su padre jamás consentiría que se casara, ya que carecía de fortuna. Mi desprendido amigo tranquilizó a la suplicante muchacha y, en cuanto supo el nombre de su amado, puso fin al romance. Ya había comprado con su dinero una granja, en la cual pensaba pasar lo que le quedara de vida, pero se la cedió a su rival, junto con el resto de su fortuna, para que pudiera comprar algunas reses. Él mismo le solicitó al padre de la joven el consentimiento para la boda, pero el anciano se negó, considerándose en deuda de honor con mi amigo, el cual, al ver al padre en actitud tan inflexible, abandonó el país para no retornar hasta saber que su antigua novia se había casado con aquel a quien amaba. "¡Qué persona tan noble!", exclamarás con toda razón, y así es. Pero, por desgracia, ha pasado toda su vida a bordo de un barco, y apenas tiene idea de algo que no sea timones y cuerdas.

Pero no pienses que porque me quejo un poco o crea que quizá jamás llegue a conocer el consuelo para mi tristeza, me arrepiento de mi viaje. Ésta es tan firme como el destino mismo y mi periplo se ve retrasado tan sólo porque espero un clima más favorable que me permita zarpar. El invierno ha sido duro en extremo, pero la primavera promete ser buena e, incluso, parece que se adelantará, así que tal vez pueda hacerme a la mar antes de lo previsto. No obstante, no actuaré con precipitación. Me conoces lo suficientemente bien como para fiarte de mi prudencia y mi moderación cuando tengo la seguridad de otros en mis manos.

No puedo describirte los sentimientos que me embargan ante la proximidad del comienzo de mi empresa. Es imposible transmitirte una idea de la tremenda emoción, mezcla de placer y miedo, con la cual me dispongo a partir. Marcho hacia lugares inexplorados, hacia "la región de la brumas y la nieve", mas no mataré a ningún albatros, así que no temas por mi suerte.

¿Te veré de nuevo después de haber cruzado inmensos mares y rodeado los cabos de África o América? No me atrevo a esperar tal éxito y, no obstante, tampoco puedo soportar la idea del fracaso. Continúa aprovechando toda oportunidad de escribirme; puede que reciba tus cartas (si bien hay pocas esperanzas) cuando más las necesite para animarme. Te quiero mucho. Si no vuelves a saber de mí, recuérdame con afecto.

Tu afectuoso hermano,

Robert Walton

CARTA III

A la señora Saville, Inglaterra
7 de julio de 17...

Mi querida hermana:
Te escribo con urgencia estas líneas para comunicarte que estoy bien y que mi viaje está muy avanzado. Esta carta llegará a Inglaterra gracias a un mercader que regresa desde Arkangel. Es más afortunado que yo, que puede que no vea mi patria en muchos años. Sin embargo, estoy animado: mis hombres son valientes y parecen tener una voluntad firme. No los desaniman, ni siquiera, las capas de hielo que flotan de forma constante a nuestro lado y que son un aviso de lo peligrosa que es la región hacia la cual nos dirigimos. Ya hemos alcanzado una latitud muy alta, pero estamos en pleno verano y, a pesar de que la temperatura es menos elevada que en Inglaterra, los vientos del sur que nos empujan con velocidad hacia las costas que ansío ver traen consigo un estimulante calor que no había esperado.

Hasta el momento, no nos ha ocurrido ningún incidente que merezca la pena contar. Un par de ventiscas fuertes y la ruptura de un mástil son inconvenientes que navegantes avezados apenas si recordarían. Yo estaré satisfecho si nada peor nos acontece durante el trayecto.

Adiós, querida Margaret. Quédate tranquila, pues tanto por mi bien como por el tuyo no afrontaré peligros innecesarios. Me mantendré sereno, perseverante y prudente.

Mis saludos a mis amigos ingleses.

Tuyo afectísimo,

Robert Walton

CARTA IV

A la señora Saville, Inglaterra
5 de agosto de 17...

Ha ocurrido un accidente tan extraño que no puedo dejar de anotarlo, aunque es muy probable que me veas antes de que estos papeles lleguen a tus manos.

El lunes pasado (31 de julio) nos encontrábamos casi totalmente rodeados por el hielo que cercaba el barco por todos los lados, dejándonos apenas un espacio para flotar. Nuestra situación era algo peligrosa, sobre todo, porque nos envolvía una espesa niebla. Decidimos, por lo tanto, permanecer al pairo con la esperanza de que se produjera algún cambio favorable en la atmósfera y el clima.

Hacia las dos de la tarde, la niebla comenzó a disiparse y observamos, extendiéndose en todas direcciones, inmensas e irregulares capas de hielo que parecían infinitas. Algunos de mis compañeros gimieron y yo mismo comenzaba a intranquilizarme cuando, de improviso, una insólita visión acaparó nuestra atención y distrajo nuestros pensamientos de la preocupante situación en la que nos encontrábamos.

Como a media milla y en dirección al norte, divisamos un trineo tirado por perros. Un ser de apariencia humana, pero de gigantesca estatura, iba sentado en el él y lo dirigía. Observamos con el catalejo el veloz avance del viajero hasta que se perdió entre los lejanos montículos de hielo.

Esta aparición nos inquietó y nos llenó de asombro. Nos creíamos a muchas millas de cualquier tierra habitada, pero esta figura parecía venir a demostrarnos que, en realidad, no nos hallábamos tan lejos como suponíamos. Mas, cercados como estábamos por el hielo, era imposible seguir el rastro de aquel hombre al que habíamos observado con la mayor atención.

Unas dos horas más tarde, sentimos que se agitaba el agua bajo nuestra quilla y, antes del anochecer, el hielo se quebró y liberó nuestro barco. Sin embargo, permanecimos allí hasta el amanecer, temerosos de encontrarnos en la oscuridad con esos grandes témpanos sueltos que flotan tras haberse roto el hielo. Aproveché ese tiempo para descansar unas horas.

Por la mañana, ni bien salió el sol, subí a cubierta y hallé a toda la tripulación hacinada a un lado del navío, aparentemente conversando con alguien fuera del barco. En efecto, sobre un gran fragmento de hielo que se nos había aproximado durante la noche, había un trineo parecido al que habíamos visto. Tan solo un perro permanecía vivo y había en él un ser humano, al cual los marineros intentaban convencer de que subiera al barco. No parecía, como el viajero de la noche anterior, un habitante salvaje procedente de alguna isla inexplorada, sino un europeo. Cuando aparecí en cubierta, mi segundo oficial gritó: "Aquí está nuestro capitán, y no permitirá que usted muera en mar abierto".

Al verme, el desconocido se dirigió a mí en inglés, aunque con acento extranjero.

—Antes de subir a bordo —dijo—, ¿tendría la amabilidad de indicarme hacia dónde se dirigen?

Podrás imaginar mi sorpresa al escuchar semejante pregunta de labios de una persona al borde de la muerte y para la cual yo habría pensado que mi barco era más precioso que tesoro alguno. Sin embargo, le respondí que nos dirigíamos al Polo Norte en viaje de exploración.

Tal respuesta pareció satisfacerle y consintió en subir a bordo. ¡Dios santo, Margaret! Si hubieras visto al hombre que ponía condiciones a su salvación, tu sorpresa no hubiera encontrado límites. Tenía los miembros casi helados y el cuerpo horriblemente demacrado por la fatiga y el sufrimiento. Nunca vi ser humano alguno en condición tan lastimosa.

Intentamos llevarlo al camarote pero, ni bien le faltó el aire frío polar, perdió el conocimiento, de modo que volvimos a subirlo a cubierta y lo reanimamos frotándolo con brandy y obligándolo a beber una pequeña cantidad. Tan pronto mostró signos de recuperación, lo envolvimos en mantas y lo colocamos cerca del fogón de la cocina. Poco a poco se fue recuperando y tomó un poco de sopa, lo que le hizo mucho bien.

Pasaron dos días sin que pudiera hablar y, durante ese tiempo, temí con frecuencia que los sufrimientos lo hubieran vuelto loco. Cuando empezó a reponerse, lo llevé a mi propio camarote y lo cuidé todo lo que me permitían mis obligaciones. Jamás había conocido a nadie más interesante. Solía tener una expresión exaltada, como de locura, en la mirada. Pero si alguien le prestaba atención o le hacía el favor más pequeño, se le iluminaba el rostro con una benevolencia y una ternura que no he visto jamás en otro hombre. Pero, por lo general, estaba melancólico y resignado; en ocasiones, apretaba los dientes, como si no fuera capaz de cargar con el peso de su angustia.

A medida que iba mejorando, tuve que protegerlo del acoso de la tripulación que quería hacerle mil preguntas. No permití que lo atormentaran con su ociosa curiosidad, ya que todavía estaba en un estado físico y moral cuyo restablecimiento dependía por completo del reposo. Pese a mis esfuerzos, en una ocasión, el lugarteniente le preguntó por qué había llegado tan lejos por el hielo en un vehículo tan extraño.

Una expresión de dolor le cubrió la cara de inmediato y respondió:

—Voy en busca de alguien que huyó de mí.

—¿Y el hombre a quien perseguía viajaba de forma semejante?

—Sí.

—Entonces me parece que lo vimos, pues el día antes de recogerlo a usted divisamos sobre el hielo a otro hombre que viajaba en un trineo tirado por perros.

Eso despertó la atención del extraño, que comenzó a hacer preguntas sobre la dirección que había tomado aquel demonio, como él lo llamó. Poco después, cuando estuve a solas con él, dijo:

—Sin duda he despertado su curiosidad, así como la de esta buena gente, a pesar de que es usted discreto por demás como para hacerme pregunta alguna.

—Sería impertinente e inhumano de mi parte el molestarlo con ellas.

—Y sin embargo —continuó—, me rescató de una extraña y peligrosa situación. Usted me ha salvado la vida.

Poco después de eso, quiso saber si yo creía que el hielo, al resquebrajarse, podría haber hecho desaparecer el otro trineo. Le contesté que no podía responderle con ninguna certeza, ya que el hielo no se había roto hasta cerca de medianoche y, por lo tanto, el viajero podía haber llegado a tiempo a algún lugar seguro, cosa que tampoco podíamos saber.

A partir de ese momento, el desconocido demostró gran interés por estar en cubierta y vigilar la posible aparición del otro trineo, pero pude convencerlo de que permanezca en el camarote, porque estaba todavía demasiado débil como para soportar las inclemencias climáticas. Aún así, tuve que prometerle que alguien otearía en su lugar y le avisaría en cuanto apareciera a la vista cualquier objeto nuevo.

De esa manera he anotado en mi diario los increíbles acontecimientos de los últimos días. Nuestro huésped ha ido mejorando poco a poco, pero apenas habla y parece inquietarse cuando alguien que no soy yo entra en su camarote. Sin embargo, sus modales son tan conciliadores y delicados, que todos los marineros se interesan por su estado, pese a su reserva. Por mi parte, comienzo a quererlo como a un hermano, y su constante y profundo pesar me llena de piedad y simpatía. Debe haber sido una persona muy noble en otros tiempos, ya que, deshecho como está ahora, continúa siendo tan interesante y amable.

Te decía en una de mis cartas, querida Margaret, que no encontraría ningún amigo en el vasto océano, pero he hallado un hombre a quien, antes de que la desgracia quebrara su espíritu, me hubiera gustado llamar hermano. De tener nuevos incidentes que relatar respecto de este extraño huésped, continuaré a intervalos mi diario.

13 de agosto de 17...

El afecto que siento por mi invitado crece día a día. Suscita a la vez mi piedad y mi admiración hasta límites insospechados. ¿Cómo puedo ver a tan noble criatura destruida por la miseria sin sentir el dolor más acuciante? Es tan gentil y, a la vez, tan sabio; tiene la mente muy cultivada y, cuando habla, si bien escoge las palabras con cuidado, éstas fluyen con una rapidez y elocuencia poco frecuentes. Su salud ha mejorado y se pasea de continuo por la cubierta, vigilando la posible aparición del trineo que precedió al suyo. Sin embargo, aunque apenado, no se regodea en su propia desgracia como para no interesarse profundamente por los quehaceres de los demás. Me ha hecho muchas preguntas respecto a mis proyectos y yo le he contado mi pequeña historia con toda sinceridad. Mi franqueza pareció alegrarle y me sugirió varios cambios en mis planes, que encontré muy útiles. No hay pedantería en su carácter sino que, más bien, todo lo que hace parece brotar tan sólo del interés que de manera instintiva siente por el bienestar de todos los que lo rodean. Con frecuencia, lo invade la tristeza y, entonces, se sienta solo e intenta superar todo lo que de hosco y antisocial hay en su humor. Tales paroxismos pasan, como una nube por delante del sol, si bien su abatimiento jamás lo abandona.

Tuve éxito en ganar su confianza. Un día, le mencioné mi eterno deseo de hallar un amigo que pudiera simpatizar conmigo y orientarme con su consejo. Le dije que no pertenecía a la clase de hombres que se ofenden cuando reciben consejos.

—Soy autodidacta y, quizá por eso, no confíe demasiado en mis conocimientos. Por lo tanto, desearía que mi compañero fuera más sabio y avezado que yo para afianzarme y apoyarme en él. Tampoco creo que sea imposible encontrar un verdadero amigo.

—Estoy de acuerdo con usted —replicó el extraño— en que la amistad es algo no sólo deseable, sino posible. Una vez, tuve un amigo, el más noble de los seres humanos y, por ende, estoy capacitado para juzgar con respecto a la amistad. Tiene usted esperanzas y todo el mundo por delante, por lo que no hay razón para desesperar. Pero yo lo he perdido todo y no puedo comenzar nuevamente la existencia.

Al decir eso, su cara cobró una expresión de sereno y resignado dolor que me llegó al corazón. Mas él permaneció en silencio y se retiró a su camarote.

Incluso con el espíritu quebrado como está, nadie puede gozar con mayor intensidad que él de la hermosura de la naturaleza. El cielo estrellado, el mar y todo el paisaje que estas maravillosas regiones nos proporcionan parecen tener todavía el poder de despegar su alma de la tierra. Un hombre así tiene una doble existencia: puede padecer desgracias y verse arrollado por el desencanto pero, cuando se encierra en sí mismo, es como un espíritu celeste rodeado de un halo cuyo círculo ni las penas ni la locura pueden atravesar.

¿Te ríes del entusiasmo que demuestro respecto a esta divinidad errante? Si fuera así, debes haber perdido esa inocencia que constituía tu encanto característico. Pero, si quieres, sonríete ante el calor de mis alabanzas, mientras yo continúo hallando mayores razones para ellas día a día.

19 de agosto de 17...

Ayer, el extraño me dijo:

—Fácilmente habrá podido comprobar, capitán Walton, que he padecido grandes y singulares desventuras, tal vez mayores de la que haya conocido nadie. Una vez decidí que me llevaría el recuerdo y el secreto de estos males a la tumba, pero me ha hecho cambiar de idea. Usted busca el conocimiento y la sabiduría, como antaño lo hacía yo. Deseo fervorosamente que el fruto de sus ansias no se convierta para usted en una serpiente que lo muerda, tal como me ocurrió a mí. No creo que el relato de mis desventuras le sea útil pero, si quiere, escuche mi historia. Pienso que los extraños acontecimientos a ella vinculados pueden proporcionarle una visión de la naturaleza humana que amplíe sus facultades y conocimientos, y le descubra poderes y hechos que usted ha estado acostumbrado a creer imposibles. Pero no dudo de que a lo largo de mi relato se pruebe la evidencia interna de la veracidad de los sucesos que lo componen.

Como te puedes imaginar, me halagó mucho la confianza que depositaba en mí, pero me dolía que él reavivara sus sufrimientos contándome sus desventuras. Estaba ansioso por escuchar la narración prometida, en parte por curiosidad y, en parte, por un deseo de aliviar su suerte, en el caso de que eso estuviera entre mis posibilidades, y así se lo expresé en mi respuesta.

—Le agradezco su amabilidad —me contestó—, pero es inútil. Mi destino está sellado. Sólo espero un suceso y después descansaré en paz.

Cuando intenté interrumpirlo, continuó:

—Comprendo lo que siente, pero se equivoca, amigo mío, si me permite llamarlo así. Nada puede alterar mi destino. Escuche mi historia y verá hasta qué punto es inevitable.

Me dijo entonces que comenzaría su relato al día siguiente, cuando yo dispusiera de tiempo libre. Esa promesa provocó mi más profundo agradecimiento.

Me he propuesto escribir cada noche, cuando las obligaciones de a bordo me lo permitan, lo que me mi huésped me vaya contado durante el día, empleando en lo posible sus propias palabras. Si tengo demasiado trabajo, al menos, tomaré algunas notas. Sin duda, ese manuscrito te proporcionará gran placer. ¡Y con qué interés y comprensión lo leeré yo algún día en el futuro! ¡Yo, que lo conozco y que lo oigo de sus propios labios!

CAPÍTULO 1

Nací en Ginebra en el seno de una de las familias más distinguidas. Durante muchos años, mis antepasados fueron consejeros y síndicos, y mi padre ocupó con gran honor y buena reputación diversos cargos públicos. Todos los que lo conocían lo respetaban por su integridad e infatigable entusiasmo. Pasó su juventud dedicado por completo a los asuntos de su país y, sólo al final de su vida, pensó en el matrimonio como forma de darle al Estado unos hijos que pudieran perpetuar su nombre y sus virtudes.

Puesto que las circunstancias de su matrimonio reflejan su personalidad, no puedo dejar de referirme a ellas. Uno de sus más íntimos amigos era un comerciante que, debido a numerosos contratiempos, cayó en la miseria después de gozar de una muy posición floreciente. Ese hombre, llamado Beaufort, era de carácter orgulloso y altivo, y se resistía a vivir en la pobreza y el olvido en el mismo lugar en el que, con anterioridad, se lo distinguiera por su categoría y riqueza. Habiendo, pues, saldado sus deudas de la manera más honrosa, se retiró a la ciudad de Lucerna con su hija, donde vivió sumido en el anonimato y la desdicha. Mi padre profesaba hacia Beaufort una auténtica amistad y su reclusión en esas desgraciadas circunstancias lo afligió mucho. También sentía íntimamente la ausencia de su compañía, y se propuso hallarlo y persuadirlo de que, con su crédito y ayuda, comenzara de nuevo.

Pero Beaufort había tomado sus precauciones para evitar ser encontrado y mi padre tardó diez meses en descubrir su paradero. Al hallarlo, se alegró mucho y se dirigió hacia su casa situada en una humilde calle cerca del Reuss. Mas, al llegar, sólo encontró miseria y desesperación. Beaufort había logrado salvar del desastre tan sólo una pequeña cantidad de dinero, suficiente como para sustentarlo durante algunos meses y, mientras tanto, esperaba hallar un trabajo respetable con algún comerciante. Así pues, pasó el intervalo inactivo y, con tanto tiempo para reflexionar sobre su dolor, se hizo más profundo y amargo. Finalmente, se apoderó de tal manera de él que, tres meses más tarde, estaba enfermo en cama, incapaz de realizar cualquier esfuerzo. Su hija lo cuidaba con el máximo cariño, pero veía con desazón que su pequeño capital disminuía con rapidez y que no había otras perspectivas de sustento. Pero Caroline Beaufort estaba dotada de una inteligencia poco común y su coraje vino en su ayuda en la adversidad. Comenzó a hacer labores sencillas, trenzaba mimbre y de diversos modos consiguió ganar una miseria que apenas le bastaba para cubrir sus necesidades más elementales.

Pasaron así varios meses. Su padre empeoró y ella cada vez tenía que emplear más tiempo en atenderlo. Sus ingresos disminuyeron y, a los diez meses, murió su padre dejándola huérfana e indigente. Ese golpe final fue demasiado para ella. Al entrar en la vivienda, mi padre la encontró arrodillada junto al ataúd, llorando con amargura. Llegó como un espíritu protector para la pobre criatura, que se encomendó a él. Tras el entierro de su amigo, mi padre la llevó a Ginebra, confiándola al cuidado de un pariente. Dos años más tarde, se casó con ella. Cuando se convirtió en esposo y padre, se entregó de lleno a su familia y renunció a muchas de sus actividades públicas para dedicarse enteramente a la educación de sus hijos. Yo era el mayor y el heredero de todos sus derechos y obligaciones. Nadie puede haber tenido padres más tiernos que los míos. Mi salud y desarrollo eran su constante preocupación, ya que fui hijo único durante varios años. Pero, antes de proseguir mi narración, debo detenerme en un incidente que tuvo lugar cuando yo tenía cuatro años.

Mi padre tenía una hermana a quien amaba mucho y que se había casado muy joven con un caballero italiano. Poco después de su boda, había acompañado a su marido a su país natal y, durante algunos años, mi padre tuvo muy poca relación con ella. Murió alrededor de la época de la que hablo y, unos meses más tarde, mi padre recibió una carta de su cuñado haciéndole saber que tenía la intención de casarse con una dama italiana y solicitándole que se hiciera cargo de la pequeña Elizabeth, la única hija de su difunta hermana. "Es mi deseo, le escribía, que la considere su propia hija y que como tal la eduque. Ella es la heredera de la fortuna de su madre y le enviaré los documentos que así lo certifican. Por favor, reflexione sobre este pedido y decida si prefiere educar a su sobrina usted mismo o que lo haga una madrastra".

Mi padre no dudó un instante e inmediatamente partió hacia Italia con el fin de acompañar a la pequeña Elizabeth hasta su futuro hogar. Con frecuencia, he oído decir a mi madre que era la criatura más bella que jamás había visto, además de gentil y afectuosa. Esas características y el deseo de afianzar los lazos del amor familiar hicieron que mi madre considerara a Elizabeth como mi futura esposa, plan del cual jamás halló razón para arrepentirse.

Desde ese momento, Elizabeth Lavenza pasó a ser mi compañera de juegos y, a medida que crecíamos, una amiga. Era dócil y de buen carácter, a la vez que alegre y juguetona como un insecto de verano. Pese a que era vivaz y animada, tenía fuertes y profundos sentimientos, y era desacostumbradamente afectuosa. Nadie podía disfrutar mejor de la libertad ni podía plegarse con más encanto que ella a la sumisión o lanzarse al capricho. Su imaginación era exuberante, pero su capacidad de concentración superaba a la mía. Su aspecto era el reflejo de su mente: sus ojos de color avellana, aunque vivos como los de un pájaro, poseían una atractiva dulzura. Su figura era ligera y airosa y, a pesar de que era capaz de soportar gran fatiga, parecía la criatura más frágil del mundo. Pese a que me cautivaban su comprensión y fantasía, me deleitaba cuidarla como a un animalillo predilecto. Jamás vi más gracia, tanto personal como mental, ligada a mayor modestia.

Todos adoraban a Elizabeth. Si los criados tenían que pedir algo, siempre lo hacían a través de ella. No conocíamos ni la desunión ni las peleas pues, a pesar de que éramos muy distintos de carácter, incluso en esa diferencia existía armonía. Yo era más tranquilo y filosófico que mi compañera, pero menos dócil. Mi capacidad de concentración era mayor, pero no tan firme. Yo disfrutaba investigando los hechos relativos al mundo en sí, mientras que ella prefería las creaciones de los poetas. Para mí el universo era un secreto que anhelaba descubrir, para ella era un vacío que se afanaba por poblar con imaginaciones personales..

Mis hermanos eran mucho más jóvenes que yo, por lo que fui afortunado al encontrar un amigo de mi edad en mi compañero de clase Henry Clerval. Era hijo de un comerciante de Ginebra íntimo amigo de mi padre y un chico de excepcional talento e imaginación. Recuerdo que, cuando tenía nueve años, escribió un cuento de hadas que fue la delicia y el asombro de todos sus compañeros. Lo apasionaban las novelas de caballería, y recuerdo que, de muy jóvenes, solíamos representar obras escritas por él, inspiradas en sus libros predilectos, siendo los principales personajes Orlando, Robin Hood, Amadís y San Jorge.

No debe haber habido juventud más feliz que la mía. Mis padres eran indulgentes y mis compañeros amables. Para nosotros, los estudios jamás fueron una imposición; siempre teníamos una meta a la vista que nos provocaba deseos de aprender. Nos educamos en base a estímulos y no a través de la memorización. A Elizabeth, por ejemplo, no la incitaban a dedicarse al dibujo para competir con sus compañeros, sino para agradar a su tía que disfrutaba con sus paisajes. Aprendimos inglés y latín para poder leer lo que en esas lenguas se había escrito. Tan lejos estaba el estudio de resultarnos un castigo, que disfrutábamos de él y nuestros entretenimientos constituían lo que para otros niños hubieran sido pesadas labores. Quizá no leímos tantos libros ni aprendimos lenguas con tanta rapidez como aquellos a quienes se les educaba conforme a los métodos habituales, pero lo que aprendimos se nos fijó en la memoria con mayor profundidad.

Incluyo a Henry Clerval en esta descripción de nuestro círculo doméstico, pues estaba siempre con nosotros. Iba al colegio conmigo y solía pasar la tarde con nosotros ya que, siendo hijo único y hallándose solo en su casa, a su padre le complacía que tuviera amigos en la nuestra. Por otro lado, nosotros tampoco estábamos del todo felices cuando Clerval estaba ausente.

Experimento un enorme placer al evocar mi infancia, antes de que la desgracia me empañara la mente, y cambiara esta alegre visión de utilidad universal por tristes y mezquinas reflexiones personales. Pero, al esbozar el cuadro de mi niñez, no debo omitir aquellos hechos que me llevaron, con paso inconsciente, a mi posterior infortunio.

Cuando quiero explicarme a mí mismo el origen de aquella pasión que luego regiría mi destino, compruebo que arranca, como riachuelo de montaña, de fuentes poco nobles y casi olvidadas, engrosándose poco a poco hasta convertirse en el torrente brutal que ha arrasado todas mis esperanzas y alegrías.

La filosofía natural es lo que ha forjado mi destino, por lo que deseo explicar las razones que me llevaron a la predilección de esa disciplina. Cuando tenía trece años fui de excursión con mi familia a un balneario que hay cerca de Thonon. Las inclemencias climáticas nos obligaron a permanecer todo un día encerrados en la posada y, allí, de casualidad, hallé un volumen de las obras de Cornelius Agrippa. Lo abrí con aburrimiento, pero la teoría que intentaba demostrar y los maravillosos sucesos que relataba, rápidamente tornaron mi indiferencia en entusiasmo. Una nueva luz pareció iluminar mi mente y, lleno de alegría, le comuniqué a mi padre el descubrimiento. No puedo dejar de comentar aquí las múltiples oportunidades de que disponen los educadores para orientar la atención de sus alumnos hacia conocimientos prácticos y que, por desgracia, desaprovechan. Mi padre ojeó sin prestarle mayor atención la portada del libro y dijo:

—¡Ah, Cornelius Agrippa! Víctor, hijo mío, no pierdas el tiempo con esto, son tonterías.

Si, en lugar de ese comentario, mi padre se hubiera tomado el trabajo de explicarme que los principios de Agrippa estaban superados ya que existía una concepción científica moderna con posibilidades infinitamente mayores que la antigua, puesto que eran reales y prácticas mientras que las de aquella eran quiméricas, estoy seguro de que hubiera perdido el interés por Agrippa. Tal vez, sensibilizada como tenía la imaginación, me hubiera dedicado a la química, teoría más racional y producto de descubrimientos modernos. Es probable, incluso, que mi pensamiento no hubiera recibido el impulso fatal que me llevó a la ruina. Pero la indiferente ojeada de mi padre al volumen que leía en modo alguno me indicó que él estuviera familiarizado con el contenido del mismo y proseguí mi lectura con mayor avidez.

De regreso a casa, mi primera preocupación fue hacerme con la obra completa de Agrippa y, luego, con la de Paracelso y Alberto Magno. Leí y estudié con gusto las locas fantasías de esos escritores. Me parecían tesoros que, salvo yo, pocos conocían. A pesar de que con frecuencia hubiera querido comunicarle a mi padre esas secretas reservas de mi sabiduría, me lo impedía su imprecisa desaprobación de mi querido Agrippa. Por lo tanto, y haciéndole prometer que los mantendría en absoluto secreto, le comuniqué mis descubrimientos a Elizabeth. Pero el tema no le interesó y me vi obligado a proseguir solo. Todo eso puede parecer extraño en pleno siglo XVIII, pero nuestra familia no tenía inquietudes científicas y yo no había asistido a ninguna de las clases que se daban en la universidad de Ginebra. Así pues, mis sueños no se veían turbados por la realidad, por lo que me lancé con enorme diligencia a la búsqueda de la piedra filosofal y el elixir de la vida, centrando prácticamente toda mi atención en esto último. La riqueza era un objetivo inferior, pero ¡qué fama rodearía al descubrimiento si yo pudiera eliminar de la humanidad toda enfermedad y hacer a los hombres invulnerables a todo, salvo a la muerte violenta!

Esos no eran mis únicos pensamientos. Provocar la aparición de fantasmas y demonios era algo que mis autores predilectos consideraban de fácil realización, y yo ansiaba fervorosamente lograrlo. Atribuía el hecho de que mis hechizos nunca tuvieran éxito más a mi inexperiencia y supuestos errores que a la falta de habilidad o veracidad por parte de mis instructores. Fue así que durante años me entregué a la alquimia mezclando multitud de nociones contradictorias, pataleando en un verdadero maremágnum de conocimientos disparatados, y acicateado por una imaginación desbocada y un razonamiento infantil. Pero todo cambió cuando un incidente vino a dar nueva dirección a mis teorías.

Cuando tuve alrededor de quince años nos retiramos a la casa que teníamos cerca de Belrive, y allí presenciamos una terrible y violenta tormenta. Había surgido detrás de las montañas del Jura y los truenos estallaban al unísono desde varios puntos del cielo provocando un estruendo increíble. Mientras duró la tempestad, observé el proceso con curiosidad y deleite. En un momento dado, desde el dintel de la puerta, vi emanar un haz de fuego de un precioso y viejo roble que se alzaba a unos quince metros de la casa. En cuanto el resplandor se desvaneció, el roble había desaparecido y no quedaba nada más que un muñón carbonizado. Al acercarnos la mañana siguiente, hallamos el árbol insólitamente destruido. No estaba astillado por la sacudida, sino que se encontraba reducido por completo a pequeñas virutas de madera. Jamás había visto nada tan destrozado.

La catástrofe de ese árbol avivó mi curiosidad, y con enorme interés le pregunté a mi padre sobre el origen y naturaleza de los truenos y los relámpagos. Me contestó que se trataba de la electricidad, a la vez que me describía los diversos efectos de esa energía. Con sus escasos conocimientos construyó una pequeña máquina eléctrica y realizó algunos sencillos experimentos. También confeccionó un barrilete con cable y cuerda, con el que logró capturar algunos relámpagos. Esto último acabó de destruir a Cornelius Agrippa, Alberto Magno y Paracelso quienes, durante tanto tiempo y hasta entonces, habían reinado en mi imaginación. Pero, por alguna fatalidad, no me sentí inclinado a comenzar el estudio de los sistemas modernos, falta de interés que se vio influida por el hecho de que mi padre expresó el deseo de que asistiera a un curso sobre filosofía natural. Con gusto accedí a su pedido, pero un accidente me impidió ir hasta que el curso estuvo casi finalizado. Por lo tanto, al comenzarlo recién en las últimas clases, me resultó todo incomprensible. El profesor disertaba con la mayor locuacidad sobre el potasio y el boro, los sulfatos y óxidos, términos que yo no podía asociar a ninguna idea. Comencé a odiar la ciencia de la filosofía natural, pese a que seguí leyendo a Plinio y Buffon con deleite, autores, a mi juicio, de similar interés y utilidad.

Por esa época, las matemáticas y la mayoría de las ramas cercanas a esa ciencia constituían mi principal ocupación. También aprendía idiomas: el latín ya me era familiar y, sin ayuda del diccionario, comencé a leer algunos de los autores griegos más accesibles. Asimismo, entendía a la perfección inglés y alemán. Ese era mi bagaje cultural a los diecisiete años, además de las muchas horas empleadas en la adquisición y conservación del conocimiento de la vasta literatura.

A mis ocupaciones se sumó otra tarea: ser tutor de mis hermanos. Ernest, seis años menor que yo, era mi principal alumno. Desde que nació había tenido una salud delicada, y Elizabeth y yo lo habíamos cuidado de forma constante. Era de disposición dócil, pero incapaz de cualquier esfuerzo mental prolongado. William, el benjamín de la familia, era todavía un niño y la criatura más preciosa del mundo: tenía los ojos vivos y azules, hoyuelos en las mejillas y modales zalameros, todo lo cual inspiraba la mayor ternura.

Así estaba formado nuestro hogar, en el cual el dolor y la inquietud no parecían tener lugar. Mi padre dirigía nuestros estudios y mi madre participaba de nuestros entretenimientos. Ninguno de nosotros gozaba de más influencia que el otro. La voz de la autoridad no se oía en nuestro hogar, pero nuestro mutuo afecto nos obligaba a obedecer y satisfacer el más mínimo deseo del otro.

CAPÍTULO 2

Cuando cumplí diecisiete años, mis padres decidieron que prosiguiera mis estudios en la Universidad de Ingolstadt. Hasta ese momento, había ido a los colegios de Ginebra, pero mi padre consideró conveniente que, para completar mi educación, me familiarizara con las costumbres de otros países. Se fijó la fecha de mi partida pero, antes de que llegara el día acordado, sucedió la primera desgracia de mi vida, como si fuera un presagio de mis futuros sufrimientos.

Elizabeth contrajo escarlatina. La enfermedad no resultó grave y se recuperó rápidamente. Muchas habían sido las razones expuestas para convencer a mi madre de que no la atendiera en persona y, en un principio, había accedido a nuestro pedido. Pero, cuando supo que su favorita mejoraba, no quiso seguir privándose de su compañía y empezó a frecuentar su dormitorio mucho antes de que el peligro de infección hubiera pasado. Las consecuencias de esta imprudencia fueron fatales. Mi madre cayó enferma de gravedad al tercer día y la cara de quienes la atendían pronosticaba un desenlace fatal.

La bondad y grandeza de alma de esta admirable mujer no la abandonaron ni siquiera en su lecho de muerte. Uniendo mis manos y las de Elizabeth dijo:

—Hijos míos: no había en el mundo cosa que me hiciera más ilusión que la posibilidad de que se unieran en matrimonio. Esa esperanza será ahora el consuelo de su padre. Elizabeth querida, debes ocupar mi puesto y cuidar de tus primos pequeños. ¡Ay!, siento dejarlos. ¡Qué difícil resulta abandonarlos habiendo sido tan feliz y habiendo gozado de tanto cariño! Pero estas palabras son ingratas. Me esforzaré por resignarme a la muerte con alegría y abrigaré la esperanza de reunirnos en el más allá.

Murió en paz y su semblante, aun en la muerte, reflejaba su

cariño. No necesito describir los sentimientos de aquellos cuyos lazos más queridos resultan tronchados por el más irreparable de los males: el vacío inunda el alma y la desesperación embarga el rostro. Es muy largo el tiempo que transcurre antes de que uno se pueda persuadir de que aquel a quien veíamos cada día y cuya existencia misma formaba parte de la nuestra, ya no está con nosotros; que se ha extinguido el brillo de sus amados ojos, y que su voz tan dulce y familiar no será oída nunca más. Esos son los pensamientos de los primeros días. Pero la amargura del dolor no empieza hasta que el transcurso del tiempo pone en evidencia la cruel realidad de la pérdida.

Pero ¿a quién no le ha arrebatado un ser querido la mano helada de la muerte? ¿Por qué, pues, habría de describir el dolor que todos han sentido y deberán sentir? Con el tiempo, llega el momento en el que el sufrimiento es más una costumbre que una necesidad y, a pesar de que parezca un sacrilegio, ya no se reprime la sonrisa que asoma a los labios. Mi madre había muerto, pero nosotros todavía teníamos obligaciones que cumplir. Debíamos proseguir nuestro camino junto a los demás y considerarnos afortunados mientras quedara a salvo al menos uno de nosotros.

Mi viaje a Ingolstadt, que los dolorosos acontecimientos habían retrasado, se puso de nuevo sobre el tapete. Obtuve de mi padre algunas semanas de permiso, período que transcurrió en medio de la tristeza. La muerte de mi madre y mi cercana partida nos deprimía, pero Elizabeth intentaba reavivar la alegría en nuestro pequeño círculo. Desde el fallecimiento de su tía había adquirido una nueva firmeza y vigor. Se propuso llevar a cabo sus obligaciones con la mayor exactitud y comprendió que su principal misión consistía en hacer felices a su tío y primos. A mí me consolaba, a su tío lo distraía y a mis hermanos los educaba. Jamás la vi tan encantadora como en esos momentos, cuando se desvivía por lograr la felicidad de los demás, olvidándose por completo de su propio sufrimiento.

Finalmente, llegó el día de mi partida. Me había despedido de todos mis amigos menos de Clerval, que pasó la última velada con nosotros. Lamentaba en el alma no acompañarme, pero su padre se resistió a dejarlo partir. Tenía la intención de que su hijo lo ayudara en el negocio, y consideraba que los estudios resultaban superfluos en la vida diaria. Henry, en cambio, tenía una mente educada. No era su intención permanecer ocioso ni le disgustaba ser el socio de su padre, pero estaba convencido de que se podía ser muy buen comerciante y, al mismo tiempo, ser una persona culta.

Nos quedamos hasta muy tarde escuchando sus quejas y haciendo múltiples planes para el futuro. Las lágrimas asomaban a los ojos de Elizabeth, que lloraba a causa de mi partida y ante el pensamiento de que mi marcha debía haberse producido meses antes y acompañada de la bendición de mi madre.

Me dejé caer sobre el asiento del carruaje y, mientras me alejaba hacia mi nuevo destino, me entregué a los más tristes pensamientos. Yo, que siempre había vivido rodeado de afectuosos compañeros, dispuestos todos a proporcionarnos mutuas alegrías, ahora me hallaba solo. En la universidad hacia la que me dirigía debería buscarme mis propios amigos y valerme por mí mismo. Hasta entonces mi existencia había sido extraordinariamente hogareña y resguardada, y eso me había generado una repugnancia invencible hacia las caras desconocidas. Adoraba a mis hermanos, a Elizabeth y a Clerval. Sus rostros eran "viejos conocidos", pero me consideraba totalmente incapaz de tratar con extraños. Esos eran mis pensamientos al empezar el viaje pero, a medida que avanzaba, se me fue levantando el ánimo. Deseaba con ardor adquirir nuevos conocimientos. En casa, había reflexionado a menudo acerca de lo penoso de permanecer toda la juventud encerrado en el mismo lugar, y ansiaba descubrir el mundo y conquistar un lugar en la sociedad. Ahora se cumplían mis deseos y no hubiera sido consecuente arrepentirme.

Durante el trayecto, que fue largo y fatigoso, conté con tiempo suficiente como para pensar en estas y otras muchas cosas. Finalmente, apareció el alto campanario blanco de la ciudad de Ingolstadt. Bajé y me condujeron a mi solitaria habitación. Disponía del resto de la tarde para hacer lo que deseara.

A la mañana siguiente entregué mis cartas de presentación y visité a los principales profesores, entre otros al señor Krempe, profesor de filosofía natural. Me recibió con amabilidad y me hizo varias preguntas referentes a mi conocimiento de las distintas ramas científicas, relacionadas con la materia que impartía. Nervioso y con miedo cité los únicos autores cuyas obras yo había leído al respecto. El profesor me miró fijamente y me preguntó con suma seriedad:

—¿Realmente ha dedicado su tiempo a estudiar semejantes tonterías?

Al responderle que sí, el señor Krempe prosiguió con énfasis:

—Cada minuto invertido en esos libros ha sido un desperdicio. Se ha embotado la memoria de teorías caducas y nombres inútiles. ¡Dios mío! ¿En qué desierto ha vivido usted que no había nadie lo suficientemente caritativo como para informarle que esas fantasías que de modo tan concienzudo ha absorbido tienen ya mil años y resultan tan absurdas como anticuadas? No esperaba encontrarme con un discípulo de Alberto Magno y Paracelso en esta época ilustrada. Deberá comenzar nuevamente sus estudios desde cero.

Y diciendo esto, se apartó, me hizo una lista de títulos sobre filosofía natural que me pidió que leyera y me despidió, comunicándome que a principios de la semana próxima daría comienzo un seminario sobre filosofía natural general, y que el señor Waldman, un colega suyo, en días alternos a él, hablaría de química.

Regresé a mi habitación no del todo disgustado, porque lo cierto es que hacía ya tiempo que yo mismo consideraba inútiles a aquellos autores tan desaprobados por el profesor, si bien no me sentía demasiado inclinado a leer los libros que conseguí bajo su recomendación. El señor Krempe era un hombre pequeño y panzón, de voz ruda y desagradable aspecto, todo lo cual no me predisponía a congraciarme con él. Además, yo experimentaba cierto desprecio por la aplicación de la filosofía natural moderna. Era muy distinto cuando los maestros de la ciencia buscaban la inmortalidad y el poder. Tales enfoques, si bien carentes de valor, poseían grandeza. Pero ahora el panorama había cambiado y el objetivo del investigador parecía limitarse a la aniquilación de las expectativas sobre las cuales se fundaba todo mi interés por la ciencia. Se me pedía que cambiara sueños de infinita grandeza por realidades de escaso valor.

Esos fueron mis pensamientos durante los primeros dos o tres días que pasé en una soledad casi completa. Pero, al comenzar la semana siguiente, recordé la información que me había dado el señor Krempe sobre las conferencias y, pese a que no pensaba escuchar al fatuo hombrecito sermoneando desde su púlpito, acudió a mi memoria lo que había dicho sobre el señor Waldman, al cual aún no había conocido por hallarse fuera de la ciudad.

En parte por curiosidad y en parte porque no tenía nada mejor que hacer, me dirigí a la sala de conferencias donde, un poco más tarde, hizo su entrada el señor Waldman. Era muy distinto de su colega. Aparentaba tener unos cincuenta años, pero su aspecto demostraba una gran benevolencia. Sus sienes aparecían un tanto encanecidas, aunque tenía el resto del cabello casi negro. Era de estatura baja pero erguido y tenía la voz más dulce que había escuchado hasta ese momento. Comenzó su exposición haciendo un resumen histórico de la química y los diversos progresos llevados a cabo por los sabios, pronunciando con gran respeto y fervor el nombre de los investigadores más relevantes. Luego, pasó a hacer una exposición rápida del estado actual en el que se encontraba la ciencia y explicó algunos conceptos fundamentales. Tras algunos experimentos preparatorios, concluyó con un panegírico de la química moderna, en términos que jamás olvidaré. Dijo: "Los antiguos maestros de esta ciencia prometían cosas imposibles y no conseguían nada. Los científicos modernos, en cambio, prometen muy poco. Saben que los metales no se pueden transmutar y que el elixir de la vida es una quimera. Sin embargo, éstos filósofos cuyas manos parecen hechas únicamente para hurgar en la suciedad y cuyos ojos parecen servir tan sólo para escrutar con el microscopio o el crisol, han conseguido milagros. Penetran hasta en las más recónditas intimidades de la naturaleza y demuestran cómo funciona en sus escondrijos. Han descubierto el firmamento, el mecanismo de la circulación sanguínea y la composición del aire que respiramos. Poseen nuevos y casi ilimitados poderes: pueden dominar el trueno, predecir terremotos, e incluso, descubrir en ocasiones aspectos del mundo invisible".

Abandoné el aula muy conforme con el profesor y su conferencia, y lo visité esa misma tarde. En privado, sus modales resultaron aún más atractivos y complacientes que en público, pues durante la conferencia su apariencia reflejaba una dignidad, que en su hogar sustituía por afecto y amabilidad. Escuchó con atención lo que le conté respecto de mis estudios, sonriendo, pero sin el desdén del señor Krempe, ante los nombres de Cornelius Agrippa y Paracelso, y me dijo:

—A la entrega infatigable de esos hombres deben los filósofos modernos los cimientos de su sabiduría. Ellos nos han legado una tarea mucho más fácil: la de dar nuevos nombres y clasificar de forma adecuada los datos que, en gran medida, ellos sacaron a la luz. El trabajo de los genios, por muy desorientados que estén, a la larga siempre suele revertir en sólidas ventajas para la humanidad.

Escuché sus palabras, pronunciadas sin soberbia ni presunción, y añadí que su conferencia había desvanecido mis prejuicios sobre los químicos modernos. Asimismo, le pedí consejo sobre nuevas lecturas.

—Me alegra haber ganado un discípulo —dijo el señor Waldman— y si su esmero iguala a su capacidad, no dudo de que tendrá éxito. La química es la parte de la filosofía natural en la cual se han hecho y se harán los mayores avances. Precisamente, por eso la elegí como dedicación, sin por ello haber abandonado las otras ramas de la ciencia. Mal químico sería aquel que se limitara tan sólo a esa porción del conocimiento humano. Si su deseo es convertirse en un auténtico hombre de ciencia, y no un simple y mezquino experimentador sin importancia, le aconsejo de manera encarecida que se dedique a todas las ramas de la filosofía natural, incluidas las matemáticas.

Más tarde me llevó a su laboratorio y me explicó el uso de sus diversas máquinas, indicándome lo que debía comprarme. Me prometió que, cuando hubiera progresado lo suficiente en mis estudios como para no deteriorarlo, me permitiría utilizar su propio material. También me dio la lista de libros que le había pedido, y a continuación me despedí de él y me marché.

De esa forma terminó un día memorable para mí, pues había de decidir mi futuro destino.

CAPÍTULO 3

Desde entonces, la filosofía natural y, especialmente, la química en el más amplio sentido de la palabra, se convirtieron en casi mi única ocupación. Leí y estudié con fruición las obras que, llenas de erudición y sabiduría, habían escrito los investigadores modernos sobre esas materias. Asistí con asiduidad a las conferencias y cultivé la amistad de los hombres de ciencia de la universidad. Incluso, hallé en el señor Krempe una buena dosis de sentido común y sólidos conocimientos, no menos valiosos por el hecho de ir acompañados por unos modales y un aspecto repulsivo.

En el señor Waldman encontré un verdadero amigo. El dogmatismo nunca empañó su bondad e impartía sus enseñanzas con tal aire de franqueza y amabilidad que excluía toda idea de pedantería. Tal vez fuese el carácter amable de aquel hombre más que el amor por la disciplina lo que me inclinaba hacia la rama de la filosofía natural a la cual se dedicaba. Pero ese estado de ánimo sólo se dio en las primeras etapas de mi camino hacia el saber. Luego, cuanto más me adentraba en la ciencia, más se convertía en un fin en sí misma. Esa entrega, que en un principio había sido fruto del deber y la voluntad, se fue haciendo tan imperiosa y exigente que con frecuencia las primeras luces del día me hallaban todavía trabajando en mi laboratorio.

No es de extrañar, pues, que en tales condiciones progresara con rapidez. Mi interés causaba el asombro de los alumnos y mis adelantos, el de los maestros. Con frecuencia, el profesor Krempe me preguntaba con sonrisa maliciosa por Cornelius Agrippa, mientras que el señor Waldman se deshacía en cálidos elogios ante mis avances.

Así pasaron dos años sin que volviera a Ginebra, pues estaba entregado de lleno al estudio de los descubrimientos que esperaba hacer. Nadie, salvo los que lo han experimentado, puede concebir lo fascinante de la ciencia. En otros terrenos, se avanza hasta cierto punto y después ya no queda nada más que aprender. Pero en la investigación científica siempre hay materia por descubrir, y de la cual asombrarse y maravillarse.

Una inteligencia moderadamente dotada que se dedique con interés a una determinada área llegará sin duda alguna a dominarla con cierta profundidad. También yo, que me esforzaba por conseguir una meta y a cuyo fin me dedicaba por completo, progresé con tal rapidez que luego de dos años conseguí mejorar algunos instrumentos químicos, lo que me valió gran admiración y respeto en la universidad. Cuando llegué a ese punto, y, habiendo aprendido todo lo que sobre la práctica y la teoría de la filosofía natural podían enseñarme los profesores de Ingolstadt, pensé en regresar con los míos a Ginebra, dado que mi permanencia en la universidad ya no conllevaría mayor progreso. Pero un incidente me obligó a cambiar de idea.

Uno de los fenómenos que me habían interesado y atraído desde siempre era el de la estructura del cuerpo humano y los demás seres vivos. Con frecuencia, me preguntaba sobre el principio mismo de la vida, cuestión delicada y misterio casi insondable. Sin embargo, serían enormes los secretos que habríamos develado si la negligencia y la cobardía no entorpecieran nuestras averiguaciones. Había reflexionado mucho sobre todo ello y había decidido dedicarme de preferencia a aquellas ramas de la filosofía natural vinculadas a la fisiología. De no haberme visto animado por un entusiasmo casi sobrehumano, esa clase de estudios me hubiera resultado tediosa y casi intolerable. Para examinar los orígenes de la vida, debí introducirme en el estudio de la muerte. Me familiaricé con la anatomía, pero eso no era suficiente. Tuve también que observar la descomposición natural y la corrupción del cuerpo humano.

Al educarme, mi padre se había esforzado para que no me atemorizaran los horrores sobrenaturales. No recuerdo haber temblado ante relatos de supersticiones o temido la aparición de fantasmas. La oscuridad no me asustaba y los cementerios no eran para mí más que el lugar donde yacían los cuerpos desprovistos de vida que, tras poseer fuerza y belleza, ahora eran alimento de los gusanos.

Ahora, me veía obligado a investigar las causas y el proceso de la descomposición, y a pasar días y noches en panteones y tumbas, concentrado y prestando atención a cosas que causan repugnancia a la mayor parte de los seres humanos. Vi cómo se marchitaba y acababa por perderse la belleza. Fui testigo de cómo la corrupción de la muerte reemplazaba la mejilla encendida. Observé la manera en que los prodigios del ojo y del cerebro eran la herencia del gusano. Me detuve a examinar y analizar todas las minucias que componen el origen, demostradas en la transformación de lo vivo en lo muerto y de lo muerto en lo vivo. De repente, una luz surgió de entre esas tinieblas. Una luz tan brillante y asombrosa, y a la vez tan sencilla, que, si bien me cegaba con las perspectivas que permitía vislumbrar, me sorprendió que fuera yo, un novato, de entre todos los genios que habían dedicado sus esfuerzos a la misma ciencia, el destinado a descubrir tan extraordinario secreto.

No estoy narrando las fantasías de un loco. Lo que afirmo es tan cierto como que el sol brilla en el cielo. Tal vez algún milagro hubiera podido producir aquello, pero las etapas de mi investigación fueron empíricamente comprobadas y determinadas de modo sistemático. Tras noches y días de increíble labor y fatiga, conseguí descubrir el origen de la generación y la vida. Es más: yo mismo estaba capacitado para infundir vida en la materia inerte.

El estupor que experimenté en un principio ante el descubrimiento pronto dio paso al entusiasmo y al arrebato. El alcanzar de repente la cima de mis aspiraciones, luego de tanto tiempo de arduo trabajo, era la recompensa más satisfactoria. Pero el descubrimiento era tan trascendente y sensacional que olvidé todos los pasos que de forma progresiva me habían ido llevando a él, para ver sólo el resultado final. Lo que desde la creación del mundo había sido motivo de afanes y desvelos por parte de los sabios estaba ahora a mi alcance. No es que se me revelara todo de golpe, como si de un juego de magia se tratara. Los datos que había obtenido no eran el punto de llegada. Más bien tenían la propiedad de, bien dirigidos, poder encaminar mis esfuerzos hacia la consecución de mi objetivo. Me sentía como el árabe que, enterrado junto a los muertos, halló un pasadizo por el cual volver al mundo, sin más ayuda que una luz mortecina y apenas suficiente.

Veo, por su interés, por el asombro y la expectativa que se leen en sus ojos, que espera la revelación de tal secreto. Eso es imposible. Escuche pacientemente mi historia hasta el final y entonces comprenderá mi discreción al respecto. No seré yo quien, encontrándose usted en el mismo estado de entusiasmo y candidez en el que me hallaba entonces, lo conduzca a la destrucción y a la desgracia. Aprenda de mí, si no por mis advertencias, al menos por mi ejemplo, lo peligroso de adquirir conocimientos; comprenda cuánto más feliz es el hombre que considera su ciudad natal el centro del universo, que otro aquel que aspira a una mayor grandeza de la que le permite su naturaleza.

Cuando me hallé con ese asombroso poder entre mis manos, dudé mucho tiempo sobre la forma de utilizarlo. Pese a que tenía la capacidad de infundir vida, el preparar un organismo para recibirla, con las complejidades de nervios, músculos y venas que ello entraña, seguía siendo una tarea en extremo ardua y difícil. En un principio, no sabía bien si intentar la creación de un ser semejante a mí o uno de funcionamiento más simple. Pero mi imaginación estaba demasiado exaltada como para permitirme dudar de mi capacidad para infundir vida a un animal tan maravilloso y complejo como el hombre. Los materiales con los que de momento contaba apenas si parecían adecuados para empresa tan difícil, pero tenía la certeza de un éxito final. Esperaba numerosos fracasos, era consciente de que muchas veces mis tentativas peligrarían e, incluso, comprendía que mi obra podía revelarse imperfecta. Sin embargo, me animaba cuando consideraba los progresos que día a día se llevan a cabo en las ciencias y la mecánica pensando que mis experimentos, al menos, servirían de base para futuros éxitos. Tampoco podía tomar la amplitud y complejidad de mi proyecto como excusa para ni siquiera intentarlo.

Imbuido de esos sentimientos, me lancé a la creación de un ser humano. Dado que las pequeñas dimensiones de los órganos suponía un obstáculo para la rapidez, decidí hacer una criatura de proporciones gigantescas, es decir, de unos ocho pies de estatura y los miembros proporcionados. Decidida esta cuestión, pasé algunos meses recogiendo y preparando los materiales, y comencé.

Nadie puede ni siquiera imaginar la variedad de sentimientos que, en el primer entusiasmo por el éxito, me espoleaban con la fuerza irresistible de un huracán. La vida y la muerte me parecían fronteras imaginarias que yo rompería con el fin de desparramar luego un torrente de luz por nuestro tenebroso mundo. Una nueva especie me bendeciría como a su creador, y muchos seres felices y maravillosos me deberían su existencia. Ningún padre podía reclamar de forma tan completa la gratitud de sus hijos como yo merecería la de éstos. Continuando tales reflexiones pensé que, si me era posible infundir vida a la materia inerte, quizá, con el tiempo (pese a que más tarde pude constatar que eso era una utopía), pudiese devolver la vida a aquellos cuerpos que, por lo visto, la muerte había entregado a la corrupción.

Esos eran lo pensamientos que me animaban mientras proseguía mi trabajo con infatigable entusiasmo. El estudio había empalidecido mi semblante y el constante encierro lo había demacrado. En ocasiones, fracasaba al borde mismo del éxito, pero seguía aferrado a la esperanza de que podía convertirse en realidad al día o a la hora siguiente. El secreto del cual yo era el único poseedor era la ilusión a la que había consagrado mi existencia. La luna iluminaba mis esfuerzos nocturnos mientras yo, con infatigable y apasionado ardor, perseguía a la naturaleza hasta sus más íntimos arcanos.

Nadie podrá jamás concebir el horror de mi encubierta labor, hurgando en la húmeda oscuridad de las tumbas o atormentando a algún animal vivo para intentar animar el barro inerte. Hoy, con solo recordarlo, tiemblo de espanto y me estremezco. Pero en aquellos tiempos me espoleaba un impulso irresistible y casi frenético. Parecía haber perdido el sentimiento y sentido de todo, con excepción de mi propósito final. No fue más que un período de tránsito que, incluso, agudizó mi sensibilidad cuando, al dejar de operar el estímulo innatural, volví a mis antiguas costumbres. Recolectaba huesos de los osarios y violaba con dedos sacrílegos los tremendos secretos de la naturaleza humana. Había instalado mi laboratorio de inmunda creación en un cuarto solitario o, mejor dicho, en una celda, en la parte más alta de la casa, separada de las restantes habitaciones por una galería y un tramo de escaleras. Los ojos casi se me salían de las órbitas de tanto observar los detalles de mi labor cuando me entregaba a mis odiosas manipulaciones. La mayor parte de los materiales me los proporcionaba la sala de disección y el matadero. Con frecuencia, me sentía asqueado con mi trabajo pero, impelido por una incitación que se incrementaba de forma constante, iba ultimando mi labor.

Transcurrió el verano mientras yo seguía entregado a mi objetivo en cuerpo y alma. La estación calurosa fue bellísima. Nunca habían producido los campos cosecha más abundante ni las cepas, mayor vendimia. Pero yo estaba ciego a los encantos de la naturaleza. Los mismos sentimientos que me tornaron insensible a lo que me rodeaba me hicieron olvidar aquellos amigos, a tantas, millas de mí, a quienes no había visto en mucho tiempo. Sabía que mi silencio los inquietaba y recordaba con claridad las palabras de mi padre: "Mientras estés contento de ti mismo, sé que pensarás en nosotros con afecto y sabremos de ti. Sabrás disculparme si tomo cualquier interrupción en tu correspondencia como señal de que también estás abandonando el resto de tus obligaciones".

Por lo tanto, sabía muy bien lo que mi padre debía sentir. Pero me resultaba imposible apartar mi atención y mis pensamientos de la odiosa labor que estaba llevando a cabo. Deseaba, por así decirlo, dejar a un lado todo lo relacionado con mis sentimientos de cariño hasta alcanzar el gran objetivo que había logrado anular todas mis anteriores costumbres.

En ese momento pensé que mi padre sería injusto si culpaba de mi negligencia a algún vicio o a cualquier otra falta. Pero ahora sé que él estaba en lo cierto al no considerarme del todo inocente. El ser humano que desea aproximarse a la perfección debe conservar siempre la calma y la paz de espíritu y nunca permitir que la pasión o el deseo fugaz turben su tranquilidad. No creo que la búsqueda del saber sea una excepción. Si el estudio al que uno se consagra tiende a debilitar el afecto y a destruir los placeres sencillos de la vida, entonces, ese estudio es negativo sin excepción, es decir, impropio de la mente humana. Si se acatara siempre esa regla, si nadie permitiera que nada en absoluto empañara su felicidad doméstica, Grecia no se habría esclavizado, César habría protegido a su país, América se habría descubierto de manera más calma y pausada, y no se hubieran destruido los imperios de México y Perú.

Pero estoy sermoneando en el punto más interesante de mi relato y su mirada me recuerda que debo continuar.

Mi padre nunca me reprochaba nada en sus cartas. Su modo de hacerme ver que reparaba en mi silencio era preguntándome con mayor insistencia por mis ocupaciones. El invierno, primavera y verano pasaron mientras yo proseguía mis labores, pero tan absorto estaba que no vi romper los capullos o crecer los brotes, escenas que en otros momentos me habrían llenado de alegría.

Aquel año las hojas se habían ya marchitado cuando mi trabajo comenzaba a tocar su fin y cada jornada traía con mayor claridad nuevas muestras de mi éxito. Pero la ansiedad reprimía mi entusiasmo y, más que un artista dedicado a su entretenimiento predilecto, tenía el aspecto de un condenado a trabajos forzados en las minas o cualquier otra ocupación insana. Cada noche padecía accesos de fiebre y me volví muy nervioso, lo que me incomodaba, ya que siempre había disfrutado de excelente salud y había alardeado de dominio de mí mismo. Pero pensé que el ejercicio y la diversión pronto acabarían con los síntomas, y me prometí disfrutar de ambos en cuanto hubiera completado mi creación.

CAPÍTULO 4

Una desapacible noche de noviembre pude contemplar mi tarea finalizada. Con una ansiedad cercana a la agonía, coloqué a mi alrededor los instrumentos que me iban a permitir infundir un hálito de vida a la cosa inerte que yacía a mis pies. Era ya la una de la madrugada, la lluvia golpeaba las ventanas de manera sombría y la vela casi se había consumido cuando, a la mortecina luz de la llama, vi cómo la criatura abría sus ojos amarillentos y desvaídos. Respiró profundamente y un movimiento convulsivo sacudió su cuerpo.

¿Cómo describir mi sensación ante esa catástrofe o encontrar las palabras que definan el engendro que con tanto esfuerzo e infinito trabajo había creado?

Sus miembros estaban bien proporcionados y había seleccionado sus rasgos por hermosos. ¡Hermosos! ¡Dios mío! Su piel amarillenta apenas si podía cubrir el entramado de músculos y arterias. Tenía el cabello negro, largo y lustroso, y los dientes blanquísimos. Pero todo ello no hacía más que resaltar el horrible contraste con sus ojos vidriosos que se confundían con las pálidas órbitas en las que se hundían, la cara arrugada, y los labios finos y negruzcos.

Los accidentes que se producen a lo largo de la vida no son, ni mucho menos, tantos como los de los sentimientos humanos. Durante casi dos años había trabajado de forma infatigable con el único objetivo de infundir vida en un cuerpo inerte. Para ello, me había privado de descanso y puesto en peligro mi salud. Lo había deseado con un fervor que sobrepasaba con mucho la moderación. Pero ahora que lo había conseguido, la hermosura del sueño se desvanecía, y la repugnancia y el horror me embargaban.

Incapaz de soportar la visión del ser que había creado, salí de forma precipitada de la estancia. Ya en mi alcoba, paseé por la habitación sin lograr conciliar el sueño. Finalmente, el cansancio se impuso a mi agitación y, vestido, me eché sobre la cama procurando hallar algunos momentos de olvido. Fue inútil. Pude dormir, pero tuve horribles pesadillas. Veía a Elizabeth, rebosante de salud, paseando por las calles de Ingolstadt. Con sorpresa y alegría la abrazaba pero, en cuanto mis labios besaron los suyos, empalidecieron con el tinte de la muerte. Sus rasgos parecieron cambiar y tuve la sensación de sostener entre mis brazos el cadáver de mi madre. La envolvía una mortaja y vi cómo los gusanos reptaban entre los dobleces de la tela.

Desperté aterrorizado. Un sudor frío me bañaba la frente, me castañeteaban los dientes y movimientos convulsivos me sacudían los miembros. A la pálida y amarillenta luz de la luna que se filtraba por los postigos, vi al engendro, al monstruo miserable que había creado. Había levantado la manta de la cama y sus ojos, si así podían llamarse, me miraban con fijeza. Su mandíbula se movía y murmuró unos sonidos ininteligibles, a la vez que una mueca arrugaba sus mejillas. Puede que hablara, pero no lo oí. Tendía hacia mí una mano, como si intentara detenerme pero, esquivándola, me precipité escaleras abajo. Me refugié en el patio de la casa, donde permanecí el resto de la noche, paseando arriba y abajo, agitado en extremo, escuchando con atención, temiendo cada ruido como si fuera a anunciarme la llegada del cadáver demoníaco al que tan miserablemente había dado vida.

Ningún mortal hubiera soportado el horror que inspiraba aquel rostro. Ni una momia reanimada podría ser tan espantosa como aquel engendro. Lo había observado cuando todavía estaba incompleto y ya entonces resultaba repugnante. Pero cuando sus músculos y articulaciones comenzaron a moverse, se convirtió en algo que ni siquiera Dante hubiera podido imaginar.

Pasé una noche terrible. Por momentos, el corazón me latía con tanta fuerza y rapidez que notaba las palpitaciones de cada arteria. A veces, casi me caía al suelo bajo el peso del horror, el desaliento y el cansancio. Junto al espanto, sentía la amargura de la desilusión. Los sueños que durante tanto tiempo habían constituido mi sustento y descanso se habían convertido ahora en un infierno ¡Y el cambio era tan brusco, tan total! Finalmente, llegó el amanecer, gris y lluvioso, e iluminó ante mis agotados y doloridos ojos la iglesia de Ingolstadt, el blanco campanario y el reloj, que marcaba las seis. El portero abrió las puertas del patio que había sido mi refugio aquella noche y salí, cruzando las calles con paso rápido, como si deseara evitar al monstruo que temía ver aparecer en cada esquina. No me atrevía a volver a mi habitación. Me sentía impelido a seguir adelante, pese a estar empapado por la lluvia que, a raudales, caía desde un cielo tan oscuro como inhóspito. Continué caminando de esa forma largo tiempo, intentando aliviar con el ejercicio el peso que oprimía mi espíritu. Deambulé por las calles sin conciencia clara de dónde estaba o de lo que hacía. El corazón me palpitaba con la angustia del temor, pero continuaba andando con paso inseguro, sin atreverme a mirar hacia atrás:

Como alguien que, en un solitario camino, avanza con miedo y terror, y habiéndose vuelto una vez, continúa, sin volver la cabeza ya más, porque sabe que cerca, detrás, tiene a un terrible enemigo.

Finalmente llegué al albergue donde solían detenerse las diligencias y carruajes. Me detuve, sin saber por qué, y permanecí un rato contemplando cómo se aproximaba un vehículo desde el final de la calle. Cuando estuvo más cerca, vi que era una diligencia suiza. Paró delante de mí y, al abrirse la puerta, reconocí a Henry Clerval, que, al verme, instantáneamente corrió hacia mí.

–Mi querido Frankenstein –gritó–. ¡Qué alegría! ¡Qué suerte que estuvieras aquí justamente ahora!

Nada podría igualar el placer que me produjo la inesperada aparición de mi amigo. Su presencia me traía recuerdos de mi padre, de Elizabeth y de esas escenas hogareñas tan queridas. Le estreché la mano e instantáneamente olvidé mi horror y mi desgracia. De pronto, y por primera vez en muchos meses, sentí que una serena y tranquila felicidad me embargaba. Recibí, por lo tanto, a mi amigo del modo más cordial y nos encaminamos hacia la universidad. Clerval me habló un rato de amigos comunes y de lo contento que estaba de que le hubieran permitido venir a Ingolstadt.

—Puedes suponer —me dijo— lo difícil que me fue convencer a mi padre de que no es imprescindible en absoluto para un negociante el no saber nada más que contabilidad. En realidad, creo que todavía tiene sus dudas, pues su eterna respuesta a mis incesantes súplicas era la misma que la del profesor holandés de *El Vicario de Wakefield*: "Gano diez mil florines anuales y sacio muy bien mi apetito sin saber griego".

—Me hace muy feliz volver a verte —le contesté—, pero cuéntame cómo están mis padres, mis hermanos y Elizabeth.

—Muy bien y muy contentos, aunque algo preocupados por la falta de noticias tuyas. Por cierto, que yo mismo pienso sermonearte un poco al respecto.

Y deteniéndose un instante para mirarme con mayor atención, exclamó:

—Pero, querido Frankenstein, no me había dado cuenta de tu mal aspecto. Pareces enfermo. ¡Estás muy pálido y delgado! Como si llevaras varias noches en vela.

—Estás en lo cierto. En los últimos tiempos he estado tan ocupado que, como ves, no he podido descansar lo suficiente. Pero espero sinceramente que mis labores hayan finalizado y pueda estar ya más libre.

Temblaba como una hoja. Era incapaz de pensar y, mucho menos, de referirme a los acontecimientos de la noche pasada. Apuré el paso y rápidamente llegamos a la universidad. Entonces temí, y eso me hizo estremecer, que la criatura que había dejado en mi habitación todavía podía hallarse allí viva y caminando libremente. Me horrorizaba la posibilidad de ver a ese monstruo, pero me espantaba aún más que Henry lo descubriera. Le rogué, por lo tanto, que esperara unos minutos al pie de la escalera y subí a mi cuarto corriendo. Con la mano ya en el picaporte me detuve unos instantes para sobreponerme. Un escalofrío me recorrió el cuerpo. Abrí la puerta de par en par, como suelen hacer los niños cuando esperan hallar un fantasma esperándolos, pero no ocurrió nada. Entré no sin temor: la habitación se encontraba vacía. Mi dormitorio también se hallaba libre de su horrendo huésped. Apenas si podía creer semejante suerte. Cuando me hube asegurado de que mi enemigo en verdad había huido, bajé corriendo en busca de Clerval, dando saltos de alegría.

Subimos a mi habitación y el criado enseguida nos sirvió el desayuno. Casi no podía dominar mi alegría. Y no era júbilo lo único que me embargaba. Sentía que un hormigueo de aguda sensibilidad me recorría todo el cuerpo y que el pecho me latía con fuerza. Me resultaba imposible permanecer quieto. Saltaba por encima de las sillas, daba palmas y me reía a carcajadas. En un principio, Clerval atribuyó a su llegada ese insólito estado. Pero, al observarme con mayor atención, percibió en mis ojos un salvajismo que desconocía. Sorprendido y asustado ante mi alboroto irrefrenado y casi cruel, me dijo:

—¡Dios santo! ¿Víctor, qué te sucede? No te rías así. Estás enfermo. ¿Qué significa todo esto?

—No me lo preguntes —aullé, tapándome los ojos con las manos, pues creí ver al aborrecido espectro deslizándose en el cuarto—. Él te lo puede decir. ¡Sálvame! ¡Sálvame!

Me pareció que el monstruo me atrapaba. Luché furiosamente y caí al suelo con un ataque de nervios.

¡Pobre Clerval! ¿Qué debió pensar? El reencuentro que imaginaba tan alegre se tornaba de pronto en amargura. Pero no fui testigo de su pena, porque perdí el conocimiento y no lo recuperé hasta mucho más tarde. Ese fue el principio de una fiebre nerviosa que me obligó a permanecer varios meses en cama. Durante todo ese tiempo, sólo Henry me cuidó. Supe más tarde que, debido a la avanzada edad de mi padre, lo impropio de un trayecto tan largo y lo mucho que mi enfermedad afectaría a Elizabeth, Clerval les había ahorrado ese pesar, ocultándoles la gravedad de mi estado. Sabía que nadie me cuidaría con más cariño y desvelo que él y, convencido de mi mejoría, no dudaba de que, lejos de obrar mal, realizaba para con ellos la acción más conveniente y bondadosa.

Pero, en realidad, mi estado era muy grave y sólo los constantes e ilimitados cuidados de mi amigo fueron capaces de devolverme la vida. Tenía siempre ante los ojos la imagen repulsiva del monstruo al que había dotado de vida y deliraba sin cesar sobre él. Sin duda, mis palabras sorprendieron a Henry. En un principio, las tomó por divagaciones de mi mente trastornada, pero la insistencia con que recurría al mismo tema lo convenció de que mi enfermedad se debía a algún hecho insólito y terrible.

Lentamente, y con numerosas recaídas que inquietaban y apenaban a mi amigo, me repuse. Recuerdo que, cuando estuve por primera vez en condiciones de ver con cierta claridad los objetos que me rodeaban, observé que habían desaparecido las hojas muertas y que tiernos brotes poblaban los árboles que daban sombra a mi ventana. Fue una primavera deliciosa y eso contribuyó mucho a mi mejoría. Sentí que renacían en mí sentimientos de afecto y alegría, mi tristeza se fue disolviendo y pronto recuperé la animación que tenía antes de sucumbir a mi horrible obsesión.

—Querido Clerval —exclamé un día— ¡qué bueno y amable has sido conmigo! En lugar de dedicar el invierno al estudio, tal como habías planeado, lo has pasado junto a mi lecho de enfermo. ¿Cómo podré pagarte lo que has hecho? Siento el mayor remordimiento por los trastornos que te he causado. Pero me perdonarás ¿verdad?

—Me consideraré recompensado por demás si dejas de atormentarte y te recuperas sin demoras, y puesto que te veo tan mejorado ¿me permitirás una pregunta?

Temblé. ¡Una pregunta! ¿Cuál sería? ¿Se referiría acaso a aquello en lo que no me atrevía ni a pensar?

—Tranquilízate —dijo Clerval al verme palidecer—, no lo mencionaré si ha de inquietarte. Pero tu padre y tu prima se sentirían muy felices si recibieran una carta de tu puño y letra. Apenas saben de tu gravedad y tu largo silencio los intranquiliza.

Respiré aliviado.

—¿Nada más, querido Henry? ¿Cómo pudiste suponer que mis primeros pensamientos no fueran para aquellos seres tan queridos y que tanto merecen mi amor?

—Siendo esto así, querido amigo, quizá te alegre leer esta carta que lleva aquí unos días. Creo que es de tu prima.

CAPÍTULO 5

Clerval me puso entonces la siguiente carta entre las manos:

A Víctor Frankenstein
Ginebra, 18 de marzo de 17...

Mi querido primo:

No puedo describirte la inquietud que nos ha causado tu estado de salud. No podemos evitar pensar que tu amigo Clerval nos oculta la magnitud de tu enfermedad, pues hace ya varios meses que no recibimos una carta de tu puño y letra. Todo este tiempo te has visto obligado a dictárselas a Henry, lo cual indica que debes haber estado muy enfermo, y eso nos entristece, sobre todo, después de la reciente muerte de tu querida madre. Tan convencido estaba mi tío de tu gravedad que nos costó mucho disuadirlo de su idea de viajar a Ingolstadt. Clerval nos asegura que mejoras de manera constante; espero ansiosamente que pronto nos demuestres lo cierto de esta afirmación mediante una carta escrita por ti, Víctor, pues nos tienes a todos muy preocupados. Tranquilízanos a este respecto y seremos los seres más dichosos del mundo.

La salud de tu padre es muy satisfactoria y parece haber rejuvenecido diez años desde el último invierno. Ernest ha cambiado tanto que apenas lo reconocerías. Va a cumplir dieciséis años, y ha perdido el aspecto enfermizo que solía tener y es dueño de una vitalidad desbordante. Mi tío y yo hablamos durante largo rato anoche sobre la profesión que Ernest debería elegir. Las constantes enfermedades de su niñez le han impedido crear hábitos de estudio. Ahora que goza de buena salud, suele pasar el día al aire libre, escalando montañas o remando en el lago. Por eso propuse que debería convertirse en granjero: es una vida saludable y feliz, y una profesión benéfica y con escasos sinsabores. Mi tío, en cambio, quiere que estudie derecho para que, gracias a sus influencias, algún día Ernest pueda convertirse en juez. Pero, aparte de que no está capacitado para ello en absoluto, creo que es más honroso cultivar la tierra para sustento de la humanidad que ser el confidente e incluso el cómplice de sus vicios, que es el trabajo del abogado. Dije que la labor de un granjero próspero, si no más honrosa, sí al menos era más grata que la de un juez, cuya triste suerte es la de andar siempre inmiscuido en la parte más sórdida de la naturaleza humana. Ante esos dichos, mi tío esbozó una sonrisa y retrucó que yo era la que debía ser abogada, lo que puso fin a la conversación.

Y ahora te contaré una pequeña historia que te gustará e, incluso, quizá te entretenga un rato. ¿Te acuerdas de Justine Moritz? Como es posible que no, te resumiré su vida en pocas palabras. Su madre, la señora Moritz, se quedó viuda con cuatro hijos, de los cuales Justine era la tercera. La niña había sido siempre la preferida de su padre pero, de forma incomprensible, su madre no le tenía afecto alguno y, tras la muerte del señor Moritz, la maltrataba sin motivo. Mi tía, tu madre, se dio cuenta de ello y, cuando Justine cumplió trece años, convenció a su madre para que la dejara vivir con nosotros. Las instituciones republicanas de nuestro país han tenido la virtud de producir costumbres más sencillas y felices que las que suelen imperar en las grandes monarquías que lo circundan. Por esa razón, hay menos diferencias entre las distintas clases sociales y los miembros de las más humildes, al no ser ni tan pobres ni estar tan despreciados, tienen modales más refinados y poseen un elevado sentido de la moral. Un criado en Ginebra no es igual que un criado en Francia o Inglaterra. Así pues, admitida en nuestra familia, Justine aprendió las obligaciones de una mucama, condición que, en nuestro afortunado país, no conlleva la ignorancia ni el sacrificio de la dignidad del ser humano. Luego de recordarte esto, supongo que adivinarás quién es la heroína de mi pequeña historia, porque tú sentías mucho aprecio por Justine. Incluso recuerdo que, en una ocasión, comentaste que cuando estabas de mal humor se te pasaba tan solo con que Justine te mirase, por la misma razón que esgrime el poeta Ariosto al hablar de la hermosura de Angélica: "Emanaba de ella la franqueza y la alegría". Mi tía llegó a apreciarla mucho, lo cual la indujo a darle una educación más esmerada de lo que en principio pensaba. Eso se vio pronto recompensado: la pequeña Justine se convirtió en la criatura más agradecida del mundo. No quiero decir que lo manifestara abiertamente, nunca la oí expresar su gratitud, pero sus ojos delataban la adoración que sentía por su protectora. Pese a que era de carácter juguetón –e, incluso en ocasiones, distraída– estaba pendiente del menor gesto de mi tía, que era para ella modelo de perfección. Se esforzaba por imitar sus ademanes y forma de hablar, de manera que, incluso ahora, a menudo me la recuerda.

Cuando mi querida tía murió, todos estábamos demasiado llenos de nuestro propio dolor como para reparar en la pobre Justine que, a lo largo de su enfermedad, la había atendido con el más solícito afecto. Cayó a su vez gravemente enferma, pero la aguardaban otras muchas pruebas.

Sus hermanos fueron muriendo uno tras otro y su madre se quedó sin más hijos que aquella a la que había desatendido desde pequeña. La mujer sintió remordimiento y comenzó a pensar que la muerte de sus preferidos era el castigo que por su injusta parcialidad le enviaba el Cielo. Era católica y creo que su confesor coincidía con ella en esa idea. Tanto es así que, a los pocos meses de partir tú hacia Ingolstadt, la arrepentida madre de Justine la hizo volver a su casa. ¡Pobrecita! ¡Cómo lloraba al abandonar nuestro hogar! Había cambiado mucho desde la muerte de mi tía. La pena le había dado una dulzura y seductora docilidad que contrastaban muchísimo con la tremenda vivacidad de antaño. Tampoco era la casa de su madre el lugar más adecuado para que recuperara su alegría. La pobre mujer era muy titubeante en su arrepentimiento. En ocasiones, le suplicaba a Justine que perdonara su maldad, pero con mayor frecuencia la culpaba de la muerte de sus hermanos.

La obsesión constante acabó enfermando a la señora Moritz, lo cual, a su vez, agravó su irritable carácter. Ahora ya descansa en paz. Murió a principios de este invierno, con la llegada de los primeros fríos. Justine está de nuevo con nosotros y te aseguro que la amo tiernamente. Es muy inteligente, dulce y bonita. Como te dije antes, sus gestos y expresiones me recuerdan casi constantemente a mi querida tía.

También quiero contarte algo, querido primo, del pequeño William. Me gustaría que lo vieras. Es muy alto para la edad que tiene, sus ojos azules son dulces y sonrientes, sus pestañas oscuras y su cabello, rizado. Cuando se ríe, le aparecen dos hoyuelos en las mejillas sonrosadas. Ya ha tenido una o dos pequeñas novias, pero Louise Biron es su favorita, una pequeña encantadora de cinco años.

Y ahora, querido Víctor, supongo que te gustará conocer algunos inocentes chismes sobre las buenas gentes de Ginebra. La agraciada señorita Mansfield ya ha recibido varias visitas de felicitación por su próximo enlace con un joven inglés, John Melbourne. Su poco agraciada hermana, Manon, se casó el otoño pasado con el señor Duvillard, un rico banquero. Tu compañero predilecto de colegio, Louis Manoir, ha sufrido algunos infortunios desde que Clerval salió de Ginebra, pero ya los ha superado y se dice que está a punto de casarse con madame Tavernier, una joven francesa muy bonita y jovial. Es viuda y mucho mayor que Manoir, pero es muy admirada y agrada a todos.

Escribirte me ha hecho sentir muy bien, querido primo. Pero no puedo finalizar sin preguntarte nuevamente por tu salud. Víctor, si no estás muy enfermo, escribe tú mismo y haznos felices a tu padre y a todos los demás. Y si no escribes..., lloro sólo de pensar en la otra posibilidad. Adiós, mi queridísimo primo.

Elizabeth Lavenza

—Querida, queridísima Elizabeth exclamé al concluir su carta—. Escribiré de inmediato para aliviar la ansiedad que deben sentir.

Escribí, pero esa sencilla actividad me agotó. Sin embargo, mi convalecencia ya había comenzado y mejoraba con rapidez. Al cabo de dos semanas pude abandonar mi habitación.

Una de mis primeras obligaciones luego de mi recuperación era presentar a Clerval a los distintos profesores de la universidad. Hacerlo fue un gran esfuerzo e inconveniente para mi aún endeble estado de salud. Desde aquella noche fatídica, final de mi labor y principio de mis desgracias, experimentaba un violento rechazo ante la sola mención de las palabras "filosofía natural". Incluso, cuando me hube restablecido por completo, la mera visión de un instrumento químico reavivaba mis síntomas nerviosos. Henry lo había notado y retiró todos los aparatos. También cambió el aspecto de mi habitación, pues observó que sentía repugnancia por el cuarto que había sido mi laboratorio. Pero todos los cuidados de Clerval no sirvieron de nada cuando visité a mis profesores.

El señor Waldman me torturó cuando empezó a elogiar calurosamente mis asombrosos progresos en el campo científico. Pronto se dio cuenta de que me disgustaba el tema pero, desconociendo la verdadera razón, lo atribuyó a mi modestia y pasó de mis adelantos a centrarse en la ciencia misma, con el claro propósito de interesarme. ¿Qué podía yo hacer? Con su afán de ayudarme sólo me atormentaba. Era como si hubiera colocado ante mí, uno a uno y con mucho cuidado, aquellos instrumentos que después se utilizarían para proporcionarme una muerte lenta y cruel. Cada una de sus palabras me herían, pero no osaba manifestar el dolor que sentía. Clerval, cuyos ojos y sensibilidad estaban siempre prontos para intuir las sensaciones de los demás, desvió el tema, alegando como excusa su absoluta ignorancia, con lo que la conversación tomó un rumbo más general. De corazón le agradecí esto a mi amigo, pero no tomé parte en la charla. Vi con claridad que estaba sorprendido, pero jamás intentó sonsacarme el secreto. A pesar de que lo quería con una mezcla de afecto y respeto ilimitados, no me atrevía a confesarle aquello que tan frecuentemente me volvía a la memoria, pues temía que, al revelárselo a otro, se me grabara aún más.

El señor Krempe no fue tan delicado. En el estado de hipersensibilidad en el que estaba, sus alabanzas claras y rudas me hirieron más que la benévola aprobación del señor Waldman.

–¡Maldito muchacho! –exclamó–. Le aseguro, señor Clerval, que nos ha superado a todos. Piense lo que quiera, pero así es. Este jovencito, que hasta no hace mucho creía en Cornelius Agrippa como en los Evangelios, se ha puesto a la cabeza de la universidad. Y si no nos deshacemos pronto de él, nos dejará en ridículo a todos... ¡Vaya, vaya! –continuó al observar el sufrimiento que reflejaba mi semblante–, el señor Frankenstein es, además, modesto, excelente virtud en un joven. Todos los jóvenes deberían serlo, ¿no lo cree así, señor Clerval? A mí, de muchacho, me ocurría, pero eso pronto se pasa.

El señor Krempe se lanzó entonces a un elogio de su persona lo que, por fortuna, desvió la conversación del tema que tanto me desagradaba.

A Clerval no le interesaba la filosofía natural. Tenía una imaginación demasiado viva como para aguantar la minuciosidad que requieren las ciencias. Le interesaban las lenguas y pensaba adquirir en la universidad la base elemental que le permitiera continuar sus estudios por cuenta propia una vez que volviera a Ginebra. Tras dominar el griego y el latín a la perfección, el persa, árabe y hebreo atrajeron su atención. A mí en particular, siempre me había disgustado la inactividad, y ahora que quería escapar de mis recuerdos y odiaba mi anterior ocupación me confortaba el compartir con mi amigo sus estudios, hallando no sólo formación sino consuelo en los trabajos de los orientalistas. Su melancolía me resultaba relajante y su alegría me animaba hasta puntos jamás antes experimentados al estudiar autores de otros países. En sus escritos, la vida parece un Edén de cálido sol y jardines de rosas "... en las sonrisas y caricias de una dulce enemiga, en el fuego que consume el corazón". ¡Qué distinto de la poesía heroica y viril de la Grecia y Roma clásicas!

Así transcurrió el verano y pauté mi regreso a Ginebra para finales del otoño, pero varios contratiempos retrasaron mi viaje. Llegó el invierno y, con él, la nieve que hizo inaccesibles las carreteras, por lo cual pospuse mi viaje hasta la primavera. Lamenté mucho esa demora, pues ardía en deseos de volver a mi ciudad natal y a mis seres queridos. Mi retraso obedecía a cierto reparo de mi parte por dejar a Clerval en un lugar desconocido para él, antes de que se hubiera relacionado con alguien. No obstante, pasamos el invierno de forma agradable y, cuando llegó la primavera, si bien tardía, compensó su tardanza con su esplendor.

Entrado mayo, y cuando diariamente esperaba la carta que fijaría el día de mi partida, Henry propuso una excursión a pie por los alrededores de Ingolstadt, a modo de despedida del lugar en el cual había pasado tanto tiempo. Acepté con gusto su sugerencia. Me gustaba el ejercicio y Clerval había sido siempre mi compañero preferido en este tipo de salidas, que acostumbrábamos a dar en mi ciudad natal.

El paseo duró quince días y a lo largo de ese tiempo logré recuperar por completo mi salud y mi moral. El aire fresco y saludable, los previsibles inconvenientes del camino, y nuestras largas y fraternales conversaciones mejoraron todavía más mi estado. La obsesión por el estudio me había alejado de mis compañeros y me había ido convirtiendo en ermitaño. Pero Clerval supo hacer renacer en mí mis mejores sentimientos. Nuevamente me inculcó el amor por la naturaleza y por los alegres rostros de los niños. ¡Qué gran amigo! ¡Cuán sinceramente me amaba y se esforzaba por elevar mi espíritu hasta el nivel del suyo! Un propósito egoísta me había disminuido y empequeñecido hasta que su bondad y cariño reavivaron mis sentidos. Volví a ser la misma criatura feliz que, años atrás, amando a todos y querido por todos, no conocía ni las tristezas ni las preocupaciones. Cuando me sentía contento, la naturaleza tenía la virtud de proporcionarme las sensaciones más exquisitas. Un cielo apacible y verdes prados me llenaban de emoción. Aquella primavera fue en verdad hermosa: las flores de estación brotaban en los campos anunciando las del verano que ya comenzaban a despuntar y no me importunaban los pensamientos que, pese a mis intentos, me habían oprimido el año anterior con un peso invencible.

Henry compartía sinceramente mi alegría y mis sentimientos. Se esforzaba por distraerme mientras me comunicaba sus impresiones. En esa ocasión, sus recursos fueron verdaderamente asombrosos: su conversación era animada por demás y con frecuencia inventaba cuentos de una fantasía y pasión maravillosas, imitando los de los escritores árabes y persas. En otras ocasiones, repetía mis poemas favoritos o me inducía a temas polémicos argumentando ingeniosamente. Regresamos a la universidad un domingo por la noche. Los campesinos bailaban y las gentes con las que nos cruzábamos parecían contentas y felices. Yo mismo me sentía muy animado y caminaba con paso jovial, lleno de desenfado y júbilo.

CAPÍTULO 6

De regreso a Ingolstadt, hallé la siguiente carta de mi padre:

A Víctor Frankenstein
12 de mayo de 17...
Mi querido Víctor:

Con impaciencia debes haber esperado la carta que confirmara tu regreso a casa. En un principio, estuve tentando de mandarte sólo unas líneas con el día en que te esperábamos. Pero hubiera sido un acto de cruel caridad y no me atreví a hacerlo. Cuál no hubiera sido tu sorpresa, hijo mío, cuando, esperando una feliz y dichosa bienvenida, te encontraras por el contrario con una casa sumida en el dolor y el llanto. ¿Cómo podré, hijo, explicarte nuestra desgracia? La ausencia no puede haberte tornado indiferente a nuestras penas y alegrías, y ¿cómo puedo yo infligir daño a un hijo ausente? Quisiera prepararte para la dolorosa noticia, pero sé que es imposible. Sé que tus ojos se saltan las líneas buscando las palabras que te revelarán las horribles nuevas.

¡William ha muerto! Aquel dulce niño cuyas sonrisas entibiaban y llenaban de gozo mi corazón, aquella criatura tan cariñosa y a la par tan alegre, Víctor, ha sido asesinada. No intentaré consolarte. Me limitaré tan solo a contarte lo sucedido.

El pasado jueves (7 de mayo) tus dos hermanos menores, Elizabeth y yo fuimos a Plainpalais a dar un paseo. La tarde era cálida y apacible, y nos tardamos algo más que de costumbre. Ya anochecía cuando pensamos en volver. Entonces, nos dimos cuenta de que habíamos perdido a William y Ernest, que se habían adelantado. Nos sentamos en un banco a esperar su regreso y, de pronto, llegó Ernest y nos preguntó si habíamos visto a su hermano. Dijo que habían estado jugando juntos, que William se había adelantado para esconderse y que lo había buscado en vano. Llevaba ya mucho tiempo esperándolo pero todavía no había regresado.

Eso nos alarmó de manera considerable y estuvimos buscándolo hasta que cayó la noche. Entonces, Elizabeth sugirió que quizá hubiese regresado solo a casa. Pero no estaba allí. Volvimos al lugar con antorchas, pues yo no podía descansar pensando en que mi querido hijo se había perdido y se hallaría expuesto a la humedad y el frío de la noche. Elizabeth también padecía una enorme angustia.

Alrededor de las cinco de la mañana encontré a mi pequeño que, la noche anterior rebosaba actividad y salud, tendido pálido e inerte en la hierba, con las huellas de los dedos del asesino en el cuello.

Lo trasladamos a casa y la agonía de mi semblante pronto delató el secreto a Elizabeth. Se empeñó en ver el cadáver. Intenté disuadirla, pero insistió. Entró en la habitación donde reposaba, examinó con premura el cuello de la víctima, y retorciéndose las manos exclamó:

—¡Dios mío! He matado a mi querido niño.

Perdió el conocimiento y nos costó mucho reanimarla. Cuando volvió en sí, tan sólo lloraba y suspiraba amargamente. Me dijo que esa misma tarde William la había convencido para que le dejara ponerse una valiosa miniatura que ella tenía de tu madre. Esa joya ha desaparecido y, sin duda, fue lo que tentó al asesino al crimen. No hay rastro de él hasta el momento, pese a que las investigaciones prosiguen sin pausa. De todas maneras, encontrarlo no le devolverá la vida a nuestro amado William.

Regresa, querido Víctor. Sólo tú podrás consolar a Elizabeth. Llora sin cesar y se acusa injustamente de su muerte. Me destroza el corazón con sus palabras. Estamos todos desolados, pero ¿no será esa una razón más para que tú, hijo mío, vengas y nos consueles con tu presencia? ¡Tu pobre madre, Víctor! Ahora le doy gracias a Dios de que no haya vivido para ser testigo de la cruel y atroz muerte de su benjamín.

Vuelve, por favor, y no pienses en una venganza contra el asesino. Llena tu corazón con sentimientos de paz y cariño que curen nuestras heridas en vez de ahondar en ellas. Únete a nuestro luto, hijo, pero con dulzura y cariño para quienes te quieren y no con odio para con tus enemigos.

Tu afligido padre que te quiere,

Alphonse Frankenstein

Clerval, que me había estado observando mientras leía la carta, se sorprendió al ver la desesperación en que se trocaba la alegría que había expresado al saber que habían llegado noticias de mis seres queridos. Tiré la carta sobre la mesa y me cubrí la cara con las manos.

—Querido Frankenstein —dijo al verme llorar con amargura—, ¿habrás de ser siempre desdichado? ¿Qué ha ocurrido, amigo mío?

A través de señas le indiqué que leyera la carta, mientras yo me paseaba arriba y abajo de la habitación lleno de angustia. Las lágrimas rodaron por sus mejillas a medida que leía y comprendía mi desgracia.

—No puedo ofrecerte consuelo alguno, amigo mío —dijo—, tu pérdida es irreparable. ¿Qué piensas hacer?

—Ir de inmediato a Ginebra. Acompáñame, Henry, a alquilar algunos caballos.

Mientras caminábamos, Clerval se desvivía por animarme, no con los tópicos usuales, sino manifestando su más profunda amistad y diciéndome:

—¡Pobre William! Ese dulce niño duerme ahora junto a su angelical madre. Nosotros lo lloramos y estamos de luto, pero él descansa en paz. Ya no sufre el acoso de su asesino, la tierra y el césped cubren su dulce cuerpo, y ya no puede sufrir. No debe inspirarnos piedad. Quienes sobrevivimos somos los que más sufrimos y para nosotros el tiempo es el único consuelo. No debemos esgrimir aquellas máximas de los estoicos que decían que la muerte no es un mal y que el hombre debe estar por encima de la desesperación ante la ausencia eterna del objeto amado. Incluso Catón lloró ante el cadáver de su hermano.

De esa manera hablaba Clerval mientras nos apresurábamos por las calles. Las palabras se me quedaron grabadas y después las recordé en mi soledad. En cuanto llegaron los caballos, subí a la calesa, y me despedí de mi amigo.

El viaje fue penoso. Al comienzo iba de prisa, pues estaba impaciente por consolar a los míos. Pero, a medida que nos acercábamos a mi ciudad natal, fui aminorando la marcha. Apenas si podía soportar la multitud de pensamientos que se me agolpaban en la mente. Revivía escenas familiares y casi olvidadas de mi infancia. ¿Qué cambios habría habido en esos seis años que pasé lejos de mi hogar? Se había producido de repente uno brusco y desolador, pero miles de pequeños sucesos deberían haber tenido lugar, poco a poco, y esas otras alteraciones, no por más tranquilas, tenían que ser necesariamente menos decisivas. Me invadió el miedo. Temía avanzar, aguardando miles de inesperados e indefinibles males que me hacían temblar.

Me detuve dos días en Lausanne, sumido en ese doloroso estado de ánimo. Contemplé el lago: sus aguas estaban en calma, todo a mí alrededor exhalaba paz y los nevados montes, "palacios de la naturaleza", permanecían inmutables. Poco a poco, el maravilloso y sereno espectáculo me restableció, y proseguí mi periplo hacia Ginebra.

El camino bordeaba el lago y se angostaba a medida que se acercaba a mi ciudad natal. Cuando pude distinguir con claridad las oscuras laderas de los montes jurásicos y la brillante cima del Mont Blanc, lloré como un niño. "¡Queridas montañas!", pensé, "¡mi hermoso lago! ¿Cómo van a recibir al caminante? Sus cumbres centellean, el lago y el cielo son azules... ¿Es esto una promesa de paz o una burla a mi desgracia?".

Temo, amigo mío, resultar tedioso si me sigo regodeando en estos preliminares, pero fueron días de relativa felicidad y los recuerdo con placer. ¡Mi tierra! ¡Mi querida tierra! ¿Quién, salvo el que haya nacido aquí, puede entender el placer que experimenté al volver a ver tus riachuelos, tus montañas y, sobre todo, tu hermoso lago?

Sin embargo, a medida que me iba acercando a casa, volvió a cernirse sobre mí la pena y el terror. Cayó la noche y, cuando dejé de poder ver las montañas, me sentí todavía más apesadumbrado. El paisaje se me presentaba como una inmensa y sombría escena maléfica, y presentí de manera confusa que estaba destinado a ser el más desdichado de los humanos. ¡Ay de mí! Vaticiné de forma acertada. Me equivoqué tan solo en una cosa: todas las desgracias que imaginaba y temía no llegaban ni a la centésima parte de la angustia que el destino me tenía reservada. Era por completo de noche cuando llegué a las afueras de Ginebra. Las puertas de la ciudad ya se encontraban cerradas y tuve que pasar la noche en Secheron, un pequeño pueblo cercano a la capital. El cielo estaba sereno y, dado que no podía dormir, decidí visitar el lugar donde habían asesinado a mi pobre William. Como no podía atravesar la ciudad, me vi obligado a cruzar hasta Plainpalais en barca por el lago. Durante el breve recorrido, vi los relámpagos que, sobre la cima del Mont Blanc, dibujaban las más hermosas figuras. La tormenta avanzaba con rapidez y, al desembarcar, subí a una colina para desde allí observar mejor el panorama. Se acercaba. El cielo se cubrió de nubes, sentí la lluvia caer lentamente, y las gruesas y dispersas gotas se fueron convirtiendo en un diluvio.

Abandoné el lugar y seguí andando, pese a que la oscuridad y la tormenta aumentaban minuto a minuto. De pronto, un trueno ensordecedor estalló sobre mi cabeza. Los montes de Jura y los Alpes de Saboya repetían su eco. Deslumbrantes relámpagos iluminaban el lago, concediéndole el aspecto de una inmensa explanada de fuego. Después, tras unos instantes, todo quedó sumido en tinieblas, mientras mi retina se reponía del resplandor. Como sucede frecuentemente en Suiza, la tormenta había estallado en varios puntos a la vez. Lo más violento se cernía sobre el norte de la ciudad, en esa parte del lago entre el promontorio de Belrive y el pueblecito de Copet. Otro núcleo iluminaba más débilmente el Jura, y un tercero ensombrecía y revelaba de forma intermitente la Móle, un escarpado monte al este del lago. Admiraba la tormenta, tan hermosa y a la vez tan terrible, mientras caminaba con paso ligero. Esta noble lucha de los cielos elevaba mi espíritu. Junté las manos y exclamé:

–William, mi querido hermano. Este es tu funeral, tu réquiem.

Ni bien pronuncié estas palabras, divisé en la oscuridad una figura que emergía de manera subrepticia de un bosquecillo cercano. Me quedé inmóvil, mirándola fijamente: no había duda. Un relámpago la iluminó y me descubrió sus rasgos con claridad. Su gigantesca estatura y su aspecto deforme, más horrendo que todo lo que existe en la naturaleza, me demostraron de inmediato que se trataba del engendro, el repulsivo demonio al que había dotado de vida. ¿Qué hacía allí? ¿Sería acaso –me estremecía solamente de pensarlo– el asesino de mi hermano? Ni bien me hube formulado esta pregunta, llegó la respuesta con claridad. Los dientes me castañetearon y me tuve que apoyar en un árbol para no caerme. La figura pasó con rapidez por delante de mí y se perdió en la oscuridad. Nada con la forma de un humano hubiera podido dañar a un niño. Él era el asesino, no cabía duda. La sola ocurrencia de la idea era prueba irrefutable. Pensé en perseguir a aquel demonio, pero hubiera sido en vano, pues el siguiente relámpago me lo descubrió trepando por las rocas de la abrupta ladera del monte Saleve. Escaló la cima con rapidez y desapareció.

Permanecí inmóvil. Los truenos cesaron, pero la lluvia continuaba y todo estaba envuelto en tinieblas. Repasé los acontecimientos que hasta el momento había intentado olvidar: las etapas que precedieron a la creación del engendro, su aparición junto a mi cama y su posterior huida. Habían transcurrido ya casi dos años desde la noche en que le había dado vida. ¿Era este su primer crimen? ¡Dios mío! Había lanzado al mundo una criatura horrenda y depravada, que se deleitaba causando el mal. ¿Acaso no era la muerte de mi hermano prueba de ello?

Nadie puede concebir la angustia que sufrí durante el resto de aquella siniestra noche que pasé, frío y mojado, a la intemperie. Pero mi espíritu, plagado de escenas de horror y maldad, no notaba la inclemencia del tiempo. Consideraba que este ser con el que había afligido a la humanidad, dotado de voluntad y poder para cometer horrendos crímenes como el que acababa de realizar, era mi propio vampiro, mi propia alma escapada de la tumba y destinada a destruir todo aquello que me era querido.

Finalmente, amaneció. Me dirigí hacia la ciudad, cuyas puertas ya estaban abiertas, y me llegué a la casa de mi padre. Mi primer pensamiento fue comunicar lo que sabía sobre el asesino de William y hacer que de inmediato se emprendiera su búsqueda y captura. Pero cambié de idea cuando reflexioné sobre lo que tendría que explicar. ¿Qué pensarían cuando les contara que me había hallado en plena noche y en la ladera de una montaña inaccesible con un ser al cual yo mismo había creado y dotado de vida? Recordé también la fiebre nerviosa que sufrí tras su creación y que daría un cierto aire de delirio a una historia ya de por sí increíble. Bien sabía que, si alguien me hubiera contado algo parecido, lo habría tomado como el producto de su demencia. Además, las extrañas características del monstruo harían imposible su captura, aún en el caso de que lograra convencer a mis familiares de que la iniciaran. Y ¿de qué serviría perseguirlo? ¿Quién podría atrapar a un ser capaz de escalar las laderas verticales del monte Saleve? Estas reflexiones acabaron por convencerme y opté por guardar silencio.

Llegué a la casa de mi padre alrededor de las cinco de la mañana. Ordené a los criados que no despertaran a mi familia y me fui a la biblioteca a aguardar la hora en que solían levantarse.

Aquellos seis años habían pasado como un sueño, interrumpido bruscamente por el horrendo drama. Me hallaba en el mismo cuarto en el que por última vez había abrazado a mi padre al partir hacia Ingolstadt. ¡Padre querido y venerado! Por suerte, todavía vivía. Contemplé el cuadro de mi madre colgado sobre la chimenea. Era un tema histórico pintado por encargo de mi padre y la representaba en actitud de desesperación, postrada ante el féretro de su padre. Su indumentaria era rústica y sus mejillas estaban pálidas, pero emanaba un aire de dignidad y hermosura que anulaba todo posible sentimiento de piedad. Debajo de ese cuadro había una miniatura de William que me hizo saltar las lágrimas. En aquel momento, entró Ernest, quien me había oído llegar y venía a darme la bienvenida. Se alegraba de verme, pero sus palabras estaban llenas de tristeza.

—Bienvenido, querido Víctor. Lamento que tu regreso no se haya adelantado unos meses, pues nos hubieras hallado felices y contentos. Pero ahora estamos desolados, y me temo que sean las lágrimas y no las sonrisas las que te reciban. Nuestro padre está muy apenado. Este terrible acontecimiento parece hacer revivir en él el dolor que experimentó con la muerte de nuestra madre. La pobre Elizabeth está también está devastada.

Mientras hablaba, las lágrimas le resbalaban por las mejillas.

—No me des la bienvenida, entonces —le dije—. Procura serenarte para que no me sienta completamente desgraciado al entrar en la casa de mi padre luego de tan larga ausencia. Dime, ¿cómo lleva él esta desgracia? ¿Qué puedo hacer por Elizabeth?

—Ella es la que más ayuda y consuelo necesita. Se acusa de haber causado la muerte de mi hermano y eso la atormenta de una manera horrible. Aunque ahora que han descubierto al asesino...

—¿Que lo han descubierto? ¡Dios mío! ¿Cómo es posible? ¿Quién ha podido detenerlo? Es imposible. Sería como atrapar el viento o detener un torrente con una caña.

—No entiendo lo que quieres decir, pero a todos nos dolió el descubrirlo. Al principio, nadie lo podía creer e incluso ahora, pese a las pruebas, Elizabeth se niega a admitirlo. Es en verdad increíble que Justine Moritz, tan dulce y tan encariñada como parecía con todos nosotros, haya podido de pronto hacer algo tan espantoso.

—¡Justine Moritz! ¡Pobre, desgraciada muchacha! ¿Ella es la acusada? Están equivocados, es evidente. Nadie puede creer semejante cosa.

—Al principio no. Pero existen varios indicios que nos han forzado a aceptar los hechos. Su propio comportamiento es tan desconcertante que añade a las pruebas un peso que temo que no deja lugar a duda. Hoy la juzgan y podrás convencerte tú mismo.

Me contó que la mañana en que hallaron el cadáver del pobre William, Justine se enfermó y se vio obligada a guardar cama. Unos días después, una de las criadas revisó por casualidad el vestido que llevaba el día del crimen y encontró en un bolsillo la miniatura de mi madre, que se suponía había sido el móvil del asesinato.

Le enseñó al instante el descubrimiento a otra mucama, la cual, sin decirnos ni una palabra, se fue a ver a un magistrado y le entregó la joya. A consecuencia de todo ello, Justine fue detenida. Al acusársela del crimen, la pobre confirmó las sospechas, en gran medida con su total confusión y aturdimiento.

Todo aquello me resultó sumamente extraño, pero no logró hacer vacilar mi convicción y respondí con firmeza:

–Están todos equivocados. Yo sé quien es el asesino de nuestro William. La pobre Justine es inocente.

En aquel preciso momento entró mi padre y pude comprobar cómo la tristeza había hecho mella en su rostro. A pesar de todo, trató de recibirme con alegría, y, tras intercambiar nuestro apenado saludo, hubiera iniciado otro tema de conversación que no fuera el de nuestra desgracia, de no ser porque Ernest exclamó:

–¡Dios mío, padre! Víctor dice saber quién es el asesino de William.

–Por desgracia, nosotros también –respondió mi padre–. Hubiera preferido ignorarlo para siempre, antes que descubrir tanta maldad e ingratitud en alguien tan querido.

– Querido padre, están equivocados: Justine es inocente.

–Si es así, no permita Dios que se la hallen culpable. Hoy la juzgarán y espero de todo corazón que la absuelvan.

Esas palabras me dejaron más tranquilo. Estaba totalmente convencido de que Justine, es más, cualquier otro ser humano, era incapaz de cometer un asesinato tan atroz. Por tanto, no temía que se pudiera presentar ninguna prueba contundente que bastara para condenarla. Con esta confianza, me calmé y esperé el juicio con interés, pero sin sospechar ningún resultado negativo.

Elizabeth pronto se reunió con nosotros y pude comprobar lo mucho que había cambiado desde la última vez que nos vimos. Seis años antes era una joven bonita y agradable a quien todos querían y mimaban. Ahora, se había convertido en una mujer de una belleza excepcional. La frente, amplia y despejada, indicaba gran inteligencia y franqueza. Sus ojos de color miel denotaban ternura, mezclada ahora con la pena de su reciente dolor. El cabello era de un brillante castaño rojizo, la tez clara y la figura menuda y grácil. Me saludó con el mayor de los afectos.

—Querido primo —dijo—, tu llegada me llena de esperanza. Tú quizá logres encontrar algún medio para probar que la pobre Justine es inocente. Si a ella la condenan, ¿quién podrá estar seguro de aquí en adelante? Confío tanto en su inocencia como en la mía propia. Nuestra desgracia es doblemente penosa: no sólo hemos perdido a nuestro adorado niño, sino que ahora un destino aún peor nos puede arrebatar a Justine. Si la condenan, jamás volveré a saber lo que es la alegría. Pero estoy segura de que no será así y, entonces, pese a la muerte de mi pequeño William, podré volver a ser feliz.

—Es inocente, querida Elizabeth —le contesté—, y se probará, no tengas miedo. Deja que el convencimiento de que será absuelta calme tu espíritu.

—¡Qué bueno y generoso eres! Todos la creen culpable y eso me entristece mucho, porque sé que es imposible. El ver a todos tan predispuestos en su contra me desesperaba —dijo llorando.

—Querida sobrina —dijo mi padre—, seca tus lágrimas. Si Justine es inocente como crees, confía en la justicia de nuestros jueces y en el interés con que yo impediré la más ligera sombra de parcialidad.

CAPÍTULO 7

Vivimos horas penosas mientras aguardábamos el inicio del juicio, pautado para las once de la mañana. Acompañé a mi padre y a los demás miembros de mi familia, que estaban citados como testigos. Toda aquella odiosa parodia de justicia fue para mí un verdadero calvario. Lo que en realidad allí se decidía era si mi curiosidad e ilícitos experimentos desembocarían en la muerte de dos seres humanos: el uno, una encantadora criatura llena de inocencia y alegría; la otra, asesinada de una forma aún más terrible, puesto que tendría todos los agravantes de la infamia para hacerla inolvidable. Justine era una muchacha noble y poseía cualidades que le auguraban una vida feliz. Ahora todo estaba a punto de acabar en una ignominiosa tumba por mi culpa.

Hubiera preferido mil veces confesarme yo culpable del crimen que se le atribuía a Justine, pero me hallaba ausente cuando se cometió, y hubieran tomado semejante declaración como las alucinaciones de un demente, por lo que tampoco hubiera servido para exculpar a la que sufría por mi culpa.

Justine entró al tribunal con tranquilidad. Iba de luto y la intensidad de sus sentimientos daba a su semblante, siempre atractivo, una exquisita belleza. Parecía confiar en que su inocencia fuera reconocida. No temblaba, pese a que miles de personas la observaban y vituperaban, pues toda la bondad que su belleza hubiera de otra forma despertado quedaba ahora ahogada, en el espíritu de los espectadores, por la idea del crimen que se suponía que había cometido. Sin embargo, noté que su serenidad era ficticia: si los miembros del tribunal consideraban que su aturdimiento al enterarse de su acusación era indicio de culpabilidad, una actitud de confianza y valor los conduciría a la conclusión contraria. Al entrar, recorrió con la vista la sala y pronto descubrió el lugar donde estábamos sentados. Los ojos parecieron nublárseles al vernos, pero pronto se dominó y una mirada de pesaroso afecto pareció atestiguar su completa inocencia.

Comenzó el juicio. Cuando los fiscales finalizaron su informe de los hechos, se llamó a varios testigos. Había algunos acontecimientos aislados que se combinaban en su contra y que habrían sumido en la confusión a cualquiera que no tuviera, como yo, la seguridad de su inocencia. Había pasado fuera de casa toda la noche del crimen y, al amanecer, una mujer del mercado la había visto cerca del lugar donde más tarde hallarían el cadáver del niño asesinado. La mujer le preguntó qué hacía allí, pero Justine, de manera muy extraña, le había contestado de forma confusa e ininteligible. Retornó a casa hacia las ocho de la mañana y, cuando alguien quiso sabe dónde había pasado la noche, contestó a la pregunta diciendo que había estado buscando al niño e inquirió ansiosamente si se sabía algo sobre él. Cuando le mostraron el cuerpo, tuvo un violento ataque de nervios, que la obligó a guardar cama durante varios días. Se expuso entonces la miniatura que la criada había encontrado en el bolsillo. Al declarar Elizabeth que era la misma que había colocado con sus propias manos alrededor de la garganta del pequeño una hora antes de su desaparición, un murmullo de horror e indignación recorrió la sala.

Después, llamaron a Justine para que se defendiera. A medida que el juicio había ido avanzando, su aspecto había cambiado y expresaba ahora sorpresa, horror y desesperación. Por momentos, luchaba contra el llanto que la embargaba pero, cuando la solicitaron que se declarara inocente o culpable, se sobrepuso y habló con voz audible aunque entrecortada.

—Dios sabe bien que soy inocente. Pero no pretendo que mis afirmaciones me absuelvan. Solamente puedo probar mi inocencia explicando de forma sencilla los hechos que se han esgrimido en mi contra. Y espero que mi buena conducta incline a los jueces a una interpretación favorable de aquellas circunstancias que puedan parecer sospechosas o poco claras.

A continuación declaró que, contando con el permiso de Elizabeth, había pasado la tarde de la noche del crimen en casa de una tía en Chene, pueblito situado a una legua de distancia de Ginebra. A su regreso, hacia las nueve de la noche, se encontró con un hombre que le preguntó si había visto al niño que buscaban. Eso la alarmó y estuvo varias horas intentando hallarlo. Cuando regresó, encontró las puertas de Ginebra ya cerradas, por lo que se vio obligada a pasar parte de la noche en el cobertizo de una casa, no sintiéndose inclinada a despertar a los dueños, que la conocían bien. Incapaz de dormir, abandonó pronto su refugio y reemprendió la búsqueda de mi hermano. Si había deambulado cerca del lugar donde yacía el cuerpo, fue sin saberlo. Su aturdimiento al ser interrogada por la mujer del mercado no era de extrañar, puesto que no había dormido en toda la noche y la suerte que había corrido William todavía estaba por verse. Respecto a la miniatura, le resultaba imposible aclarar nada.

—Sé bien que ese hallazgo parece culparme de forma inequívoca —continuó la entristecida víctima—, pero no puedo dar explicación alguna. Tras expresar mi total ignorancia en este punto, no me queda más que hacer conjeturas sobre cómo pudo llegar a mi bolsillo. Pero aquí también me encuentro con otra barrera, pues no tengo enemigos y no puede haber nadie tan malvado como para querer destruirme de modo tan deliberado. ¿Fue acaso el propio asesino el que la puso allí? Pero no veo cómo hubiera podido hacerlo y, además, ¿qué finalidad tendría robar la joya para desprenderse de ella tan pronto? Confío en la justicia, pero lo cierto es que no veo esperanzas para mí. Ruego se haga declarar a algún testigo respecto de mi reputación y, si su testimonio no prevalece sobre la acusación, que me condenen, aunque fundo mi esperanza en el hecho de mi absoluta inocencia.

Se llamó a varios testigos que la conocían desde mucho tiempo atrás y todos hablaron favorablemente de ella. Pero el temor y la repulsión que sentían por el crimen del cual la creían culpable los intimidaron e impidió que la apoyaran con ardor. Elizabeth se dio cuenta de que este último recurso, la bondad y conducta irreprochables de la acusada, también iba a fallar. Muy alterada solicitó la venia del tribunal para dirigirse a él.

—Soy —dijo— la prima del desgraciado niño que ha sido asesinado. Mejor dicho, soy su hermana, pues fui educada por sus padres y vivo con ellos desde mucho antes de que William naciera. Tal vez por eso pueda no resultar decoroso que declare en esta ocasión. Pero ante la posibilidad de que la cobardía de sus supuestos amigos termine en la ejecución de un ser humano, me veo obligada a hablar en su favor. Conozco bien a la acusada. Hemos vivido bajo el mismo techo primero durante cinco años y, luego, durante dos. A lo largo de todo ese tiempo, siempre se mostró como la más bondadosa y amable de todas las criaturas. Cuidó con el mayor afecto y devoción a mi tía, la señora Frankenstein, durante su última y mortal enfermedad. Después, tuvo que atender a su propia madre, también agonizante durante largo tiempo y lo hizo con una abnegación tal que llenó de admiración a todos los que la conocíamos. Fallecida su madre, regresó a nuestro hogar, donde todos la queremos. Sentía un especial cariño por el niño asesinado y lo trataba como una madre. Por mi parte, no tengo la más mínima duda de que, pese a todas las pruebas en su contra, es por completo inocente. No tenía motivos para hacerlo. Y con relación a la minucia que constituye la prueba principal, de haberla pedido, con gusto se la hubiera regalado, tanto es el cariño que siento hacia Justine.

El alegato de Elizabeth fue excelente. Un murmullo de aprobación recorrió la sala, más dirigido a su generosa intervención que en favor de la pobre Justine, contra la cual se volcó la indignación del público con renovada violencia, acusándola de la mayor ingratitud. Lloró con amargura y en silencio mientras escuchaba la declaración de Elizabeth.

Durante todo el juicio mi nerviosismo y angustia fueron, sencillamente, indescriptibles. Creía en su inocencia, sabía que no era culpable. ¿Acaso el diabólico ser que había matado a mi hermano también arrastraba, en su demoníaco juego, a una muchacha que ahora se veía hundida en la ignominia y próxima a la muerte? El horror de la situación me resultaba insoportable y, cuando la reacción del público y la cara de los jueces me indicaron que la pobre víctima había sido condenada, abandoné enloquecido el tribunal. El sufrimiento de la acusada no igualaba al mío. A ella la sostenía su inocencia, pero a mí me laceraban los latigazos del remordimiento, que no cedía su presa.

Pasé la noche sumido en una desesperación inenarrable. Por la mañana, fui al tribunal. Mi boca y mi garganta estaban secas, y no me atreví a hacer la pregunta fatal. Pero me conocían y el ujier adivinó la razón de mi visita. La suerte estaba echada. El jurado había pronunciado su fallo irrevocable: Justine estaba condenada.

No intentaré describir lo que sentí. Ya antes había experimentado sensaciones de horror, las cuales me he esforzado por describir. Pero no existen palabras capaces de retratar la nauseabunda desesperación de aquel momento. El funcionario, entonces, añadió que Justine ya había confesado su culpabilidad.

—Lo cual apenas era necesario —añadió— en un caso tan evidente. Pero me alegro. A ninguno de nuestros jueces le gusta condenar a un criminal por pruebas circunstanciales, por decisivas que parezcan.

Cuando regresé a casa, Elizabeth me preguntó con ansiedad por el resultado.

—Querida prima —contesté—. Por desgracia, han decidido lo que ya esperábamos. Todos los jueces prefieren condenar a diez inocentes antes de que se escape un culpable. Pero lo peor es que ella ha confesado.

Para Elizabeth, que había creído firmemente en la inocencia de Justine, aquello fue un golpe mortal.

—¡Ay! —dijo—, ¿cómo podré volver a creer en la bondad humana? ¿Cómo ha sido capaz de engañarnos Justine, a quien yo quería como a una hermana? ¿Cómo pudo sonreírnos con aquella inocencia y luego traicionarnos de esta manera? Sus dulces ojos parecían asegurar que era incapaz de aspereza o mal humor y, sin embargo, ha cometido un crimen espantoso.

Poco tiempo después, nos comunicaron que la pobre víctima deseaba hablar con mi prima. Mi padre no quería que fuese, pero dejó la decisión manos de Elizabeth.

—Sí, iré —dijo ella—. Aunque sea culpable. Acompáñame tú, Víctor. No puedo entrar allí sola.

La mera idea de enfrentarme con Justine me atormentaba, pero no podía negarme.

Entramos en una siniestra mazmorra, al fondo de la cual estaba la condenada sentada sobre un montón de paja. Tenía las manos encadenadas y apoyaba la cabeza en las rodillas. Al vernos entrar, se levantó y, cuando estuvimos a solas, se echó llorando a los pies de Elizabeth, que también rompió en sollozos.

—Justine —dijo—, ¿por qué me has robado mi último consuelo? Confiaba en tu inocencia y, pese a que me sentía muy desgraciada, no estaba tan triste como ahora.

—¿Usted también cree que soy tan perversa? ¿Se une a mis enemigos para condenarme?

Y mientras preguntaba eso, el llanto la ahogaba.

—Levántate, pobre amiga mía —dijo Elizabeth—. ¿Por qué te arrodillas, si eres inocente? No soy uno de tus enemigos. No quise creer que eras culpable, hasta que confesaste el crimen. Ahora, me dices que eso es falso. Ten la seguridad, Justine querida, de que nada, salvo tu propia confesión, puede quebrar mi confianza en ti.

—Confesé, es cierto. Pero mentí para poder obtener la absolución. Y ahora esa mentira pesa más sobre mi conciencia que cualquier otra falta que haya podido cometer. ¡Dios me perdone! Desde el momento en que me condenaron, el confesor ha insistido y amenazado hasta que casi me ha convencido de que soy el monstruo que dicen que soy. Me amenazó con la excomunión y con los fuegos eternos del infierno si insistía en declararme inocente. Mi querida señora, no tenía a nadie que me ayudara. Todos me tienen por un ser despreciable abocado a la ignominia y a la pena de muerte. ¿Qué otra cosa podía hacer? En un momento de debilidad consentí en mentir y ahora me siento más desgraciada que nunca.

El llanto la obligó a callar unos instantes, pero enseguida continuó.

—Pensaba con horror en la posibilidad de que ahora usted creería que Justine, a quien su tía tenía en tanta consideración y a quien usted tanto estimaba, era capaz de cometer un asesinato que ni siquiera el demonio osaría perpetrar. ¡Mi querido William! ¡Mi amado niño! Pronto me reuniré contigo en el Cielo, donde seremos felices. Ese es mi consuelo mientras marcho hacia la muerte.

—¡Justine! —exclamó Elizabeth.— Perdóname si por un momento he puesto en duda tu inocencia. ¿Por qué confesaste? Pero no te atormentes, querida mía: proclamaré tu inocencia por doquier y los obligaré a creerte. Y, aun así, has de morir. Tú, mi compañera de juegos, mi amiga, más que una hermana para mí terminarás tus días en manos de un verdugo. No sobreviviré a tan tremenda desgracia.

Justine inclinó tristemente la cabeza.

—Dulce Elizabeth, no llore. Debería animarme con pensamientos sobre una vida mejor que me hagan pasar por encima de las pequeñeces de este mundo injusto y agresivo. No sea usted, mi querida amiga, la que me induzca a la desesperación. Hábleme de otras cosas, de algo que me traiga paz, y no mayor tristeza.

Mientras tenía lugar esa conversación, me había retirado a un rincón de la celda, donde pudiera esconder la angustia que me embargaba. ¡Desesperación! ¿Quién se atrevía a hablar de eso? La pobre víctima que debía al día siguiente traspasar la tenebrosa frontera entre la vida y la muerte no sentía tan amarga y penetrante agonía como yo. Apreté los dientes, haciéndolos rechinar, y un suspiro salido del alma se escapó de entre mis labios.

Justine, sobresaltada, me reconoció y dijo:

—Querido señor, qué bondadoso es al honrarme con su visita. Espero que usted tampoco me crea culpable.

No pude responderle y Elizabeth lo hizo por mí.

—No, Justine —dijo—. Está más convencido que yo de tu inocencia. Ni siquiera al saber que habías confesado dudó de ti.

—Se lo agradezco de corazón. En estos últimos momentos de mi vida siento la mayor gratitud hacia aquellos que me juzgan bondadosamente. ¡Qué dulce es para una pobre desgraciada como yo contar todavía con algunos afectos! Me alivia la mitad de mis desgracias. Ahora que usted, mi querida señora, y su primo creen en mi inocencia, puedo morir en paz.

De esa forma trataba la pobre de consolarnos a nosotros y mitigar su dolor. Consiguió la resignación que buscaba. Pero yo, el verdadero asesino, sentía vivo en mi pecho un remordimiento que imposibilitaba toda esperanza o sosiego a lo largo de mi vida. Elizabeth también lloraba entristecida, pero su dolor era el del inocente, que es como la nube que puede oscurecer la luna un breve rato pero no logra apagar su brillo. En cambio, las llamas de la angustia y la desesperación que se habían apoderado de mi corazón y me calcinaban, ya no podrían extinguirse jamás.

Permanecimos con Justine varias horas y Elizabeth no logró separarse de ella sino con gran dificultad.

—Quiero morir contigo —gritaba—, no puedo vivir en este mundo lleno de miseria.

Justine hizo lo posible por adoptar un cierto aire de alegría, pese a que apenas podía contener las lágrimas. Abrazó a Elizabeth y con voz ahogada por la emoción dijo:

—Adiós, mi querida señora, mi dulce Elizabeth, mi amada y única amiga. Que el Cielo la bendiga y preserve, y que sea esta su última desgracia. Viva, sea feliz y haga felices a los demás.

Justine fue ejecutada al día siguiente. La elocuencia de Elizabeth no pudo convencer a los jueces de que revocaran su decisión ni tampoco pudieron hacerlo mis fervorosas protestas. Al comprender, por sus frías respuestas, la rudeza de aquellos magistrados, aquello que estuve a punto de revelarles no salió de mis labios. Si les hubiera contado mi historia, yo hubiera quedado como un demente sin conseguir que modificaran la sentencia de Justine, por lo que la pobre murió a manos de un verdugo como si fuera un vulgar asesino.

Por mi parte, intenté hacer a un lado mis remordimientos para concentrarme en la tristeza de Elizabeth. Su dolor también era resultado de mis acciones, como lo era la pesadumbre de mi padre y la desolación que se había abatido sobre el hogar todo. Mis seres queridos se ahogaban en lágrimas inútiles sobre las tumbas de William y Justine, primeras infelices víctimas de mis sacrílegas acciones.

CAPÍTULO 8

Nada hay más doloroso para el alma humana, luego de que los sentimientos se han visto acelerados por una rápida sucesión de hechos, que la calma mortal de la inactividad y la certeza que nos privan tanto del miedo como de la esperanza.

Justine había muerto y descansaba en paz. Pero yo seguía vivo. La sangre circulaba con libertad por mis venas, y un peso insoportable de remordimiento y desesperación me oprimía el corazón, sin que yo pudiera encontrar alivio alguno. No podía dormir, deambulaba como alma atormentada, pues había cometido inenarrables actos horrendos y malvados, y tenía el convencimiento de que no serían los últimos. Sin embargo, mi corazón rebosaba de bondad y amor a la virtud. Había comenzado la vida lleno de buenas intenciones y aguardaba con impaciencia el momento de ponerlas en práctica y convertirme en alguien útil para mis semejantes. Pero ahora todo quedaba aniquilado. En vez de esa tranquilidad de conciencia, que me hubiera permitido rememorar el pasado con satisfacción y concebir nuevas esperanzas, me azotaban el remordimiento y los sentimientos de culpa que me empujaban hacia un infierno de indescriptibles torturas.

Tal estado de ánimo amenazaba mi salud, que no se había repuesto por completo del primer golpe que había sufrido. Rehuía a mis semejantes y toda manifestación de alegría me resultaba intolerable. Mi único consuelo era la soledad, una tan profunda y oscura que se asemejaba a la muerte.

Mi padre observaba con dolor el cambio que se iba produciendo en mis costumbres y carácter. Trató de razonar conmigo y convencerme de la inutilidad de dejarme arrastrar por una desproporcionada tristeza.

–¿Tú crees, Víctor, que yo no sufro? –me dijo, con lágrimas en los ojos–. Nadie es capaz de querer tanto a un niño como yo amaba a tu hermano. Pero los sobrevivientes debemos evitar manifestar un dolor exagerado en pos de no incrementar el ajeno. También es un deber para contigo mismo, pues la tristeza desmesurada impide la posibilidad de consuelo y de recuperación. Incluso, puede anular el simple hecho de llevar a cabo los quehaceres diarios, sin los que ningún hombre es digno de ocupar un sitio en la sociedad.

Esos consejos, aunque válidos, no resultaban aplicables a mi caso. Yo hubiera sido el primero en ocultar mi dolor y consolar a los míos, si el remordimiento no hubiera teñido de amargura mis otros sentimientos. Ahora, sólo podía responder a mi padre con una mirada de desesperación, y hacer lo posible por evitarle mi presencia.

Fue por aquella época cuando nos trasladamos a nuestra propiedad de Belrive. El cambio me resultó por demás agradable. El habitual cierre de las puertas a las diez de la noche y la imposibilidad de permanecer en el lago luego de esa hora, me hacían incómoda la estancia en Ginebra. Ahora me sentía libre. Con frecuencia, cuando el resto de mi familia se había acostado, tomaba la barca y pasaba largas horas en el lago. En ocasiones, izaba la vela y dejaba que el viento me llevara. Otras veces, remaba hasta el centro del espejo de agua y allí dejaba la barca a la deriva mientras yo me sumía en tristes pensamientos. A menudo, cuando todo a mi alrededor estaba en paz y yo era el único ser que vagaba intranquilo por ese paisaje tan precioso y sobrenatural –exceptuando algún murciélago o las ranas cuyo croar rudo e intermitente oía cuando me acercaba a la orilla–, me sentía tentado a tirarme al lago silencioso, y que las aguas se cerraran para siempre sobre mi cabeza y mis sufrimientos. Pero me frenaba el recuerdo de la heroica y abnegada Elizabeth, a quien amaba tiernamente, y cuya vida estaba unida a la mía de forma muy estrecha. También pensaba en mi padre y mi otro hermano: ¿iba yo con mi deserción a exponerlos a la maldad del diablo que había soltado entre ellos?

En aquellos momentos lloraba con amargura y deseaba recobrar la paz de espíritu que me permitiría consolarlos y alegrarlos. Pero eso era imposible. El remordimiento anulaba cualquier esperanza. Yo era el autor de males irremediables y vivía bajo el perpetuo terror de que el monstruo que había creado cometiera otra nueva maldad. Tenía el oscuro presentimiento de que todavía no había concluido todo y de que pronto cometería nuevamente algún crimen espantoso que borraría con su magnitud el recuerdo del anterior. Mientras viviera algún ser querido, siempre habría un lugar para el miedo. La repulsión que sentía hacia ese demoníaco ser es absolutamente inconcebible. Cuando pensaba en él, apretaba los dientes, se me encendían los ojos y no deseaba más que extinguir aquella vida que, con tanta imprudencia, había creado. Al recordar su crimen y su maldad, el odio y deseo de venganza que surgían en mí sobrepasaban los límites de la moderación. Hubiera ido en peregrinación al pico más alto de los Andes de saber que desde allí podría despeñarlo. Quería verlo de nuevo para maldecirlo, y vengar las muertes de William y de Justine.

Nuestro hogar estaba de luto. La salud de mi padre se vio seriamente afectada por el horror de los recientes sucesos. Elizabeth estaba triste y decaída, y ya no se divertía con sus quehaceres cotidianos.

Cualquier alegría o diversión le parecía un sacrilegio para con los muertos, y creía que el llanto y el luto eterno eran el justo tributo que debía pagar a la inocencia con tanta crueldad destruida y aniquilada. Ya no era la feliz criatura que había paseado conmigo por la orilla del lago comentando con júbilo nuestros futuros proyectos. Se había vuelto seria, y hablaba con frecuencia de la inconstancia de la suerte y de la inestabilidad de la vida.

—Cuando pienso, querido primo —decía—, en la trágica e injusta muerte de Justine Moritz, no puedo contemplar el mundo y sus obras como lo hacía antes. Consideraba que los relatos de maldad e injusticia, de los cuales oía hablar o sobre los que leía en los libros, eran historias de tiempos pasados o producto de fantasías. Sin embargo, ahora el dolor ha llegado hasta nuestra casa y los hombres me parecen monstruos sedientos de sangre. Tal vez sea un pensamiento injusto. Todos creyeron culpable a esa pobre criatura y, de haber cometido el crimen que se la imputó, por cierto, hubiera sido el más depravado de los seres humanos. ¡Asesinar al hijo de su amigo y protector, un niño al que había cuidado desde la cuna y al que parecía querer como a un hijo, sólo por robar una joya! Me opongo a la muerte de cualquier ser humano, mas hubiera estimado que semejante criatura no era digna de vivir entre sus semejantes. Pero era inocente. Lo sé, estoy convencida. Tú también piensas lo mismo y eso confirma mi certeza. ¡Ay, Víctor! Cuando la mentira se parece tanto a la verdad, ¿quién puede creer en la felicidad? Me parece estar andando por el borde de un precipicio, hacia el cual se dirigen miles de seres que intentan arrojarme al vacío. Asesinan a William y a Justine, y el criminal escapa y anda libre por el mundo. Quizá, incluso, es alguien respetado. Pero no me cambiaría por alguien tan vil, aunque mi destino fuera morir en el patíbulo.

Escuché sus palabras con terrible agonía. Yo era el causante, si bien no el autor, de todo ello. Elizabeth leyó la angustia en mi semblante y, tomándome la mano con dulzura, me dijo:

—Mi querido primo, tranquilízate. Dios sabe lo mucho que estos acontecimientos me han afectado pero, sin embargo, no sufro tanto como tú. Tienes una expresión de desesperación y, por momentos, de venganza, que me hace temblar. Cálmate, Víctor. Daría mi vida por tu paz. Sin duda, nosotros podremos ser felices. Tranquilos en nuestra tierra y lejos del mundo, ¿quién puede turbarnos?

Mientras decía esas palabras lloraba, traicionando con ello el consuelo que intentaba dar. Pero, al mismo tiempo, intentaba sonreír para espantar al demonio que moraba en mi corazón. Mi padre, que tomaba la infelicidad reflejada en mi cara como una exageración de lo que normalmente hubieran sido mis sentimientos, pensó que algún tipo de distracción me devolvería mi usual serenidad. Esta había sido ya la razón para venirnos al campo, así como también la que lo indujo a proponer que hiciéramos una excursión al valle de Chamounix. Yo ya había estado allí antes, pero no así Elizabeth ni Ernest. Ambos habían expresado con frecuencia el deseo de ver con sus propios ojos el paisaje de ese lugar que les habían descrito como maravilloso y sublime. Así pues, emprendimos la excursión desde Ginebra a mediados de agosto, casi dos meses después de la muerte de Justine.

El clima era fantástico y si mi tristeza no hubiera sido tan profunda, esa excursión podría haberme proporcionado el tan ansiado alivio que mi padre se proponía brindarme. Así y con todo, me sentía algo interesado por el paisaje que de a ratos me apaciguaba, si bien jamás anulaba mi pesar. El primer día viajamos en un carruaje. Por la mañana, ya podíamos divisar a la distancia las montañas hacia las cuales nos dirigíamos. Nos dimos cuenta de que el valle que atravesábamos, formado por el río Arve cuyo curso seguíamos, se iba angostando a nuestro alrededor y, al atardecer, ya estuvimos rodeados de inmensas montañas y precipicios, al tiempo que podíamos oír el furioso rumor del río entre las rocas y el estruendo de las cascadas.

Al día siguiente, continuamos nuestro trayecto en mula. A medida que subíamos, el valle adquiría un aspecto más magnífico y asombroso: castillos en ruinas colgados de laderas pobladas de abetos, el impetuoso Arve, y casitas que asomaban aquí y allá entre los árboles constituían un paisaje de singular belleza. Pero eran los Alpes los que hacían sublime el panorama, cuyas formas y cumbres blancas y centelleantes dominaban todo, como si pertenecieran a otro mundo y fueran la morada de una raza de seres distintos de la humana.

Cruzamos el puente de Pelissier, donde el barranco formado por el río se abrió ante nosotros, y comenzamos a ascender por la montaña que lo limita. Poco después, entramos en el valle de Chamounix, más imponente y sublime, pero menos hermoso y pintoresco que el de Servox, que acabábamos de atravesar. Los altos montes de cumbres nevadas eran sus fronteras más cercanas. Desaparecieron los castillos en ruinas y los fértiles campos. Inmensos glaciares bordeaban el camino, y oímos el ruido atronador de un alud desprendiéndose y observamos la neblina que dejó a su paso. El Mont Blanc se destacaba supremo y refulgente entre los picos cercanos, y su imponente cima dominaba el valle. Durante el trayecto, ocasionalmente me unía a Ernest y me esforzaba por señalarle los puntos más hermosos del paisaje. Con frecuencia, obligaba a mi mula a rezagarse para de esa manera poder entregarme a la tristeza de mis pensamientos. Otras veces, espoleaba al animal para que adelantara a mis compañeros y, de esa forma, olvidarme de ellos, del mundo y casi de mí mismo. Cuando los dejaba muy atrás, me tumbaba en la hierba, vencido por el horror y la desesperación.

Arribamos a Chamounix a las ocho de la noche. Mi padre y Elizabeth se encontraban muy cansados. Ernest, que también había venido, estaba entonado y alegre, y su estado de ánimo sólo se veía perturbado por el viento del sur que prometía traer consigo lluvia al día siguiente.

Nos retiramos temprano a nuestras habitaciones, pero no para dormir. Al menos, a mí me fue imposible. Permanecí largas horas asomado a la ventana, contemplando los pálidos relámpagos que jugueteaban por encima del Mont Blanc y escuchando el rumor del Arve que corría bajo mi ventana.

CAPÍTULO 9

El día siguiente, y contrariando todos los pronósticos de nuestros guías, amaneció hermoso, aunque nublado. Visitamos el nacimiento del Arveiron y paseamos a caballo por el valle hasta el atardecer. La sublime belleza de aquel paisaje me proporcionó el mayor consuelo que en esos momentos podía concebir. Me elevó por encima de las pequeñeces del sentimiento y, a pesar de que no me libraba realmente de la tristeza, sí me la mitigaba y calmaba. Hasta cierto punto, también me desviaba la atención de aquellos sombríos pensamientos a los que me había entregado durante los últimos meses. Por la tarde regresé cansado, pero menos triste y conversé con mi familia con mayor animación de lo que había acostumbrado a hacer en los últimos tiempos. Mi padre estaba contento y Elizabeth, encantada.

–Querido primo –me dijo–, ¿ves cuánta felicidad contagias cuando te encuentras alegre? ¡No vuelvas a caer en la desdicha!

A la mañana siguiente llovió torrencialmente y una espesa niebla ocultaba las cimas de las montañas. Me levanté temprano, pero me sentía melancólico. La lluvia me deprimía por lo que, con ella, retornó mi acostumbrado estado de ánimo. Sabía lo que este cambio brusco apenaría a mi padre y preferí evitarlo hasta haberme recobrado lo suficiente como para poder disimular los sentimientos que me dominaban. Sabía que ellos decidirían quedarse aquel día en el albergue y, dado que yo estaba acostumbrado a la lluvia, la humedad y el frío, decidí ir solo a la cima del Montanvert. Recordaba la impresión que me había causado el inmenso glaciar en constante movimiento la primera vez que lo vi. Entonces, me había llenado de un éxtasis que concedió alas a mi espíritu, permitiéndole despegarse de un mundo de tinieblas, y remontarse hasta la luz y la felicidad. La contemplación de todo lo que majestuoso y sobrecogedor que hay en la naturaleza siempre ha tenido el poder de ennoblecer mis sentimientos y me ha hecho olvidar las efímeras preocupaciones de la existencia. Decidí ir solo, pues conocía bien el camino, y la presencia de otro hubiera destruido la grandiosa soledad del paraje.

La ascensión es difícil, pero el accidentado sendero permite escalar la enorme perpendicularidad de la montaña. Es un sitio de una desolación terrible. Múltiples lugares muestran el rastro de aludes invernales y hay rastros de árboles tronchados esparcidos por el suelo; algunos están por completo destrozados, mientras que otros se apoyan en rocas protuberantes o en otros árboles. A medida que se continúa subiendo, el sendero cruza varios barrancos nevados, por los cuales caen sin cesar piedras desprendidas. De entre todos ellos, uno es especialmente peligroso, pues el más mínimo ruido puede producir una conmoción de aire suficiente como para provocar una avalancha. Los pinos no son enhiestos ni frondosos, sino sombríos y añaden un aire de severidad al panorama.

Contemplé el valle desde la altura. Sobre los ríos que lo atraviesan se levantaba una densa niebla que serpenteaba en espesas columnas alrededor de las montañas de la vertiente opuesta, cuyas cimas se escondían entre las nubes. Los negros nubarrones dejaban caer una lluvia torrencial que contribuía a la impresión de tristeza que desprendía todo lo que me rodeaba.

¿Cómo puede presumir el hombre de una sensibilidad mayor a la de las bestias cuando esto sólo los convierte en seres más necesitados? Si nuestros instintos se limitaran al hambre, la sed y el deseo, seríamos casi libres. Pero nos conmueve cada viento que sopla, cada palabra pronunciada al azar, cada imagen que esa misma palabra nos evoca.

Descansamos y una pesadilla tiene el poder de envenenar nuestro sueño.

Despertamos y un pensamiento errante nos empaña el día. Sentimos, concebimos o razonamos; reímos o lloramos.

Abrazamos una querida angustia o desechamos nuestra pena.

Es indiferente pues, ya sea alegría o dolor,
el camino de su olvido permanece siempre abierto.

El ayer del hombre nunca será igual al de mañana.
¡Nada es duradero, salvo la mutabilidad!

Llegué a la cima cerca del mediodía. Permanecí un rato sentado en la roca que dominaba aquel mar de hielo. La neblina lo envolvía, al igual que a los montes circundantes. De repente, una brisa disipó las nubes y bajé al glaciar. Su superficie, muy irregular y surcada por profundas grietas, recordaba las olas de un mar tempestuoso.

El glaciar medía casi una legua de largo y tardé cerca de dos horas en atravesarlo. En el otro extremo, una pared montañosa se erguía escarpada y desnuda. Desde donde me encontraba, Montanvert se alzaba justo enfrente, a una legua y, por encima de él, se levantaba el Mont Blanc, en su augusta majestuosidad. Me refugié en el hueco de una roca admirando la impresionante escena. El mar o, mejor dicho, el inmenso río de hielo, serpenteaba por entre sus circundantes montañas, cuyas altivas cimas dominaban el grandioso abismo. Traspasando las nubes, las heladas y relucientes cumbres brillaban al sol. Mi corazón, repleto hasta entonces de tristeza, se hinchó de gozo y exclamé:

—Espíritus errantes: si en verdad existen, si no están prisioneros en estrechos lechos, concédanme un poco de felicidad y, si no, llévenme con ustedes, lejos de los goces de la vida.

No bien pronuncié esas palabras, vi a la distancia la figura de un hombre que avanzaba hacia mí a velocidad sobrehumana, saltando con facilidad sobre las grietas de hielo por las que yo había caminado con extrema precaución y cautela. A medida que se acercaba, su estatura parecía sobrepasar la de un hombre. Temblé, se me nubló la vista y me sentí desfallecer. Pero la fría brisa de las montañas me reanimó enseguida. Comprobé, cuando la figura estuvo cerca, que la odiada y aborrecida visión era la del engendro que yo había creado. Estremecido por la ira y el horror, resolví aguardarlo y trabar con él un combate mortal. Se acercó. Su cara reflejaba una mezcla de amargura, desdén y maldad, y su diabólica fealdad hacía imposible el mirarlo, pero apenas me fijé en eso. El enojo y el odio me habían enmudecido, y me recuperé tan sólo para lanzarle las más furiosas expresiones de desprecio y repulsión.

–¡Demonio! –grité–. ¿Cómo te atreves a acercarte? ¿No temes que caiga sobre ti mi terrible venganza? ¡Aléjate, monstruosa criatura! O mejor, ¡quédate! ¡Quisiera pisotearte hasta convertirte en polvo si, con ello, con la abolición de tu miserable existencia, pudiera devolverles la vida a aquellos que has asesinado de forma tan diabólica!

–Esperaba este recibimiento –dijo el monstruo–. Todos los humanos aborrecen a los desgraciados. ¡Cuánto, pues, se me debe odiar a mí que soy el más infeliz de los seres vivientes! Me diste la vida y, sin embargo, me detestas y me rechazas, a mí, a la criatura a la que te atan lazos que sólo la muerte de uno de nosotros podría romper. Quieres matarme. ¿Cómo te atreves a jugar así con la vida? Cumple antes las obligaciones que tienes conmigo y yo lo haré con las que me ligan a la humanidad. Si aceptas mis condiciones, te dejaré tranquilo tanto a ti como a tus semejantes. Pero si te niegas, llenaré hasta saciarlo el buche de la muerte con la sangre de tus amigos.

–¡Aborrecible monstruo! ¡Demonio infame! Los tormentos del infierno son un castigo demasiado suave para tus crímenes. ¡Diablo inmundo! ¿Me reprochas el haberte creado? Acércate y apagaré en ti la llama de la vida que con tanta imprudencia encendí.

Mi furia no tenía límites. Salté sobre él, impulsado por todo lo que puede inducir a un ser a matar a otro, pero me esquivó sin dificultad y dijo:

–¡Calma! Te ruego que me escuches antes de dar rienda suelta a tu odio. ¿Acaso no he sufrido bastante que buscas aumentar mi miseria? Amo la vida, pese a que sólo sea una sucesión de angustias, y la defenderé. Recuerda que me hiciste más fuerte que tú. Te aventajo en estatura y mis miembros son más vigorosos. Pero no me dejaré arrastrar a la lucha. Soy tu obra, y seré dócil y sumiso para con el rey y señor mío que eres por ley natural. Pero debes asumir aquellos deberes que aún me adeudas. ¡Oh, Frankenstein! No seas ecuánime con todos los demás e injusto sólo conmigo, que soy el que más merece tu justicia e, incluso, tu clemencia y afecto. Recuerda que soy tu criatura. Debería ser tu Adán, pero soy más bien el ángel caído a quien niegas toda felicidad. Dondequiera que mire, veo dicha, de la cual sólo estoy excluido de forma irrevocable. Yo era bueno y cariñoso; el sufrimiento me ha envilecido. Concédeme la felicidad y volveré a ser virtuoso.

—¡Vete! No quiero seguir escuchándote. No puede haber entendimiento entre tú y yo; somos enemigos. Apártate o, de lo contrario, midamos nuestras fuerzas en una lucha en la que sucumba uno de los dos.

—¿Cómo podré conmoverte? ¿No conseguirán mis súplicas que te apiades de esta desdichada criatura que suplica tu compasión y tu bondad? Créeme, Frankenstein: soy bueno, mi espíritu está lleno de amor y humanidad. ¡Pero estoy tan horriblemente solo! Tú, mi creador, me aborreces. ¿Qué puedo esperar de aquellos que no me deben nada? Me odian y me rechazan. Las cumbres solitarias y los desolados glaciares son mi refugio. He vagado por ellos muchos días. Las heladas cavernas, a las cuales tan solo yo no temo, son mi morada, la única que el hombre no me niega. Bendigo esos desolados parajes, pues son para conmigo más amables que los de tu especie. Si la humanidad conociera mi existencia haría lo que tú, armarse contra mí. ¿Acaso no es lógico que odie a quienes me aborrecen? No puedo ser bondadoso con mis enemigos. Soy desgraciado y ellos compartirán mis sufrimientos. Pero está en tu mano recompensarme y librarlos del mal, que sólo aguarda que tú lo desencadenes, para que se convierta en una venganza que no sólo sufrirán tú y a tu familia, sino a millares de seres más que morirán en el torbellino de mi frenética matanza. Tenme compasión y no me desprecies. Escucha mi relato y, cuando lo hayas oído, maldíceme o apiádate de mí, según lo que creas que merezco. Pero escúchame. Las leyes humanas permiten que los culpables, por malvados que sean, hablen en defensa propia antes de ser condenados. Escúchame, Frankenstein. Me acusas de asesinato y, sin embargo, destruirías con la conciencia tranquila a tu propia criatura. ¡Loada sea la eterna justicia del hombre! Pero no pido que me perdones. Tan sólo óyeme y después, si puedes y si quieres, destruye la obra que creaste con tus propias manos.

—¿Por qué me traes a la memoria acontecimientos que hacen que me estremezca, y de los cuales soy autor y causa? ¡Maldito sea el día, abominable diablo, en el cual viste la luz! ¡Malditas sean —aunque me maldigo a mí mismo— las manos que te crearon y te dieron forma! Me has hecho más desgraciado de lo que me es posible expresar. ¡No me has dejado la posibilidad de ser justo contigo! ¡Aparta! ¡Libra mis ojos de tu detestable visión!

—Así lo haré, creador mío —dijo, tapándome los ojos con sus odiosas manos, que aparté con violencia—. Así te libraré de la visión que aborreces. Pero todavía puedes seguir escuchándome y otorgarme tu compasión. Te suplico, en nombre de las virtudes que una vez poseí, que escuches mi larga y triste historia. Pero sube a la cabaña de la montaña, pues la temperatura de este lugar no es apropiada a tu constitución, más delicada que la mía. El sol está todavía muy alto y, antes de que descienda y se oculte tras aquellas cimas nevadas para alumbrar el otro extremo del planeta, habrás oído mi relato y podrás decidir. De ti depende el que abandone para siempre la compañía de los hombres y lleve una existencia inofensiva o me convierta en el azote de tus semejantes y el artífice de tu pronta ruina.

Comenzó a atravesar el hielo mientras seguía hablando. Yo lo seguí. Tenía el corazón oprimido y no le contesté. Mientras caminaba, sopesé los argumentos que había utilizado y decidí escuchar su relato. En parte me impulsaba a ello la curiosidad, y la compasión hizo que me terminara de decidir. Hasta el momento lo había considerado el asesino de mi hermano y esperaba con ansiedad que me confirmara o desmintiera esa idea. Por primera vez experimenté lo que eran las obligaciones del creador para con su criatura y entendí que antes de lamentarme de su maldad debía posibilitarle la felicidad. Esos fueron los pensamientos que me indujeron a acceder a su súplica.

Cruzamos el hielo, por tanto, y escalamos la roca del fondo. El aire era frío y comenzaba a llover de nuevo. Entramos en la cabaña. El monstruo con aire satisfecho y yo, apesadumbrado y desanimado, pero decidido a escucharlo. Me senté cerca del fuego que mi odioso acompañante había encendido y comenzó su relato.

CAPÍTULO 10

Recuerdo con gran dificultad la primera etapa de mi vida: todos los acontecimientos se me aparecen confusos e indistintos. Una extraña multitud de sensaciones se apoderó de mí y comencé a ver, sentir, escuchar y oler, todo a la vez. Necesité mucho tiempo para aprender a diferenciar las características de cada sentido. Recuerdo que, poco a poco, una luminosidad cada vez más fuerte oprimía mis nervios ópticos y tuve que cerrar los ojos. Me sumergí entonces en la oscuridad y eso me turbó. Pero apenas había notado eso cuando descubrí que, al abrir los ojos, la luz volvía a iluminarme. Empecé a andar y creo recordar que bajé unas escaleras, pero de pronto percibí un enorme cambio. Hasta el momento, me habían rodeado cuerpos opacos y sombras que, por consiguiente, apenas podía percibir y que, al encontrarse lejos, no podía tocar, pero descubrí que me era posible moverme sin que existieran obstáculos infranqueables. La luz se me hacía más y más intolerable, y a causa del esfuerzo que implicaba caminar, el calor comenzaba a molestarme.

Así que, buscando alguna sombra reparadora, llegué hasta el bosque de Ingolstadt, donde me tumbé a descansar cerca de un riachuelo, hasta que el hambre y la sed me atormentaron, y desperté del sopor en el que había caído. Comí algunas bayas que hallé en los árboles o esparcidas por el suelo, calmé mi sed en el arroyo y me dormí nuevamente.

Era de noche cuando me desperté. Sentía frío y experimentaba un temor instintivo al hallarme tan solo. Antes de abandonar tu casa, como tenía frío, me había cubierto con algunas prendas que resultaban insuficientes para protegerme de la humedad de la noche. Era una pobre criatura, indefensa y desgraciada, que ni sabía ni entendía nada. Lleno de dolor me senté y empecé a llorar.

Poco después, una tenue luz iluminó el cielo, procurándome una leve sensación de bienestar y consuelo. Me levanté y vi emerger una brillante esfera de entre los árboles. La contemplé asombrado. Se desplazaba lentamente, pero su luz alumbraba lo que había alrededor, y volví a salir en procura de bayas. Aún tenía frío cuando, debajo de un árbol, hallé una enorme capa con la que me cubrí y me senté de nuevo. Ninguna idea clara ocupaba mi mente y todo estaba confuso. Era sensible a la luz, al hambre, a la sed y a la oscuridad, y me llegaban incontables sonidos y múltiples olores. Pero lo único que distinguía con claridad era la brillante luna, en la que fijé mis ojos con mucho agrado. Se sucedieron varios cambios de días y noches, y la esfera nocturna había menguado de manera considerable, cuando comencé a distinguir mis sensaciones una de la otra. Paulatinamente, empecé a percibir con claridad el cristalino arroyo que me proporcionaba agua y los árboles que me concedían cobijo y protección con su follaje. Fui dichoso cuando por primera vez descubrí que el armonioso sonido que a menudo era un regalo para mis oídos procedía de las gargantas de los pequeños animalitos con alas que frecuentemente me habían interceptado la luz. Empecé, asimismo, a observar con mayor precisión las formas que me rodeaban y a percibir los límites de la brillante bóveda de luz que se extendía sobre mí. A veces, trataba de imitar el agradable trino de los pájaros, pero no podía. Otras, procuraba expresar mis sentimientos a mi manera, pero los rudos y extraños ruidos que producía me hacían enmudecer de susto. La luna había desaparecido y luego retornado empequeñecida, y yo continuaba en el bosque. Mis sensaciones eran ya claras y cada día iba asimilando nuevas ideas. Mis ojos se habían acostumbrado a la luz y a distinguir bien los objetos. Diferenciaba un insecto de un tallo de hierba y, poco a poco, las diversas clases de plantas entre sí. Comprobé que los gorriones tenían un trinar áspero, mientras que el canto del mirlo y de los zorzales era grato y atrayente.

Un día en que el frío me desesperaba, hallé por azar un fuego que algún vagabundo habría encendido, y experimenté una gran emoción al ver el calor que desprendía. Lleno de júbilo hundí mis manos en las brasas, pero las retiré de inmediato aullando de dolor. ¡Qué raro, pensé, que la misma causa produzca efectos tan contrarios! Examiné la composición de la hoguera y descubrí, satisfecho, que se trataba de leña. Recogí algunas ramas, pero estaban húmedas y no encendieron. Eso me desanimó y me senté de nuevo a contemplar el fuego. La leña húmeda que había dejado cerca del calor se secó y comenzó a arder, cosa que me hizo reflexionar. Descubrí la razón al tocar las distintas ramas, y me puse de nuevo a reunir una gran cantidad de ellas para ponerlas a secar y poder contar con una reserva. Al llegar la noche, y con ella el sueño, mi temor era que se apagara el fuego. Lo tapé cuidadosamente con hojarasca y ramas secas, poniendo luego leña húmeda encima. Después, extendí la capa en el suelo y me eché a dormir.

Por la mañana, mi primera preocupación fue la fogata. La destapé y una suave brisa que soplaba la avivó enseguida. Eso me indujo a construir con ramas una especie de abanico que me permitiera reavivar las brasas cuando parecían a punto de extinguirse.

Al caer de nuevo la noche, descubrí gozoso que el fuego, aparte de dar calor, también daba luz. Asimismo, observé que podía utilizar las llamas para mi alimentación, gracias a los restos de comida que algún viajero dejó abandonados. Vi que éstos estaban asados y que eran más sabrosos que las bayas que yo recogía. Intenté, pues, hacer lo mismo con mis alimentos y descubrí que, así, las bayas se estropeaban pero que las nueces y raíces tenían un sabor mucho más agradable.

Pronto empezaron a escasear los alimentos y con frecuencia pasaba un día entero procurando en vano hallar algunas bellotas con las que calmar mi hambre. Entonces, tomé la decisión de abandonar el lugar donde había habitado hasta aquel momento y buscar otro en el cual pudiera satisfacer más fácilmente mis necesidades. Lo que más lamentaba de ese traslado era la pérdida del fuego que, de casualidad, había hallado y que no sabía cómo encender. Pasé varias horas pensando en el problema, pero me vi obligado a abandonar todo intento de reproducirlo. Así que, envuelto en mi capa, comencé a cruzar el bosque en dirección al sol poniente. Anduve tres días enteros antes de llegar, por fin, a campo abierto. Durante la noche había caído una gran nevada y los campos aparecían uniformemente cubiertos de una capa blanca. El panorama era desolador y noté que la húmeda sustancia fría que cubría el suelo me helaba los pies.

Eran alrededor de las siete de la mañana, y necesitaba con urgencia encontrar cobijo y comida. Finalmente, divisé en un montículo una pequeña cabaña que, sin duda, era la morada de algún pastor. Para mí, era una novedad. La examiné con gran curiosidad y, al observar que la puerta se abría, entré. Sentado junto al fuego, en el cual se preparaba el desayuno, se encontraba sentado un anciano. Al escuchar ruidos, se dio vuelta y, al verme, salió de la cabaña gritando y cruzó los campos a una velocidad inimaginable para una persona tan debilitada. Me sorprendieron su huida y su aspecto, distinto a todo lo que hasta entonces había visto. Pero estaba encantado con la cabaña: allí no podía entrar ni la nieve ni la lluvia, el suelo se encontraba seco, y me pareció un refugio tan delicioso y exquisito como les debió parecer el Pandemónium a los demonios del infierno, luego de las horrendas torturas que habían sufrido en el lago de fuego.

Devoré con avidez los restos del desayuno abandonado por el pastor, que consistía en pan, queso, leche y vino. Este último, sin embargo, no fue de mi agrado. Después, vencido por el cansancio, me tumbé en un montón de paja y me dormí.

Hacia el mediodía, me desperté. Animado por el calor del sol, que hacía brillar la nieve, me dispuse a continuar mi viaje. Guardé lo que quedaba del desayuno en una bolsa de cuero que hallé y emprendí camino a campo traviesa durante algunas horas hasta que, al anochecer, llegué a una aldea. ¡Qué hermosa me pareció! Las cabañas, las casitas más limpias y las haciendas encendieron mi admiración. Las verduras en los huertos, y la leche y los quesos colocados en las ventanas me abrieron el apetito. Entré en una de las mejores casas pero, apenas si había puesto el pie en el umbral, cuando unos niños comenzaron a chillar y una mujer se desmayó. Todo el pueblo se alborotó. La mayoría de la gente huía enloquecida, pero algunos me atacaron hasta que, magullado por las piedras y otros objetos que me arrojaron, escapé al campo. Me refugié con temor en un cobertizo de techo bajo, vacío, que contrastaba poderosamente con las lujosas construcciones que había visto en la aldea. Ese cobertizo, sin embargo, estaba adosado a una casa de bonito aspecto y muy limpia, pero tras mi reciente y desafortunada experiencia no me atreví a entrar en ella. Mi refugio era de madera, pero de techo tan bajo, que apenas podía permanecer sentado sin tener que agachar la cabeza. No había madera en el suelo, que era de tierra, pero estaba seco. Y, a pesar de que el viento se filtraba por numerosas rendijas, encontré que era un asilo agradable para resguardarme de la nieve y la lluvia. Así que me introduje y me acosté, contento de haber hallado un lugar, por pobre que fuera, que me protegiera de las inclemencias del tiempo y, sobre todo, de la barbarie del hombre. No bien hubo amanecido, salí de mi cubil para observar la casa adyacente y ver si me era posible seguir, sin ser descubierto, en mi refugio recién encontrado.

Mi escondite se encontraba detrás de la casa y próximo a un pequeño estanque de aguas claras. En una de las paredes se abría una gran grieta, por la que había podido entrar la noche anterior. Para proteger mejor mi refugio procedí a tapar con piedras y leña todos los orificios por los cuales pudieran verme, pero de tal modo que me fuera posible apartarlas para salir. La única luz que entraba procedía del establo, pero era suficiente para mí.

Tras haber arreglado de esa forma mi vivienda y haberla alfombrado con paja limpia, procedí a ocultarme, pues divisé a la distancia la figura de un hombre y todavía me acordaba demasiado bien del tratamiento recibido la noche anterior como para encomendarme a él. Por suerte, tenía comida para ese día, pues había robado una hogaza y una taza, que me servía mejor que las manos para beber el agua cristalina que corría cerca de mi refugio. El suelo estaba algo levantado, de manera que permanecía seco y, por ubicarse cerca de la chimenea de la casa, era moderadamente caliente.

Así provisto, me dispuse a permanecer allí hasta que ocurriera algo que modificara mi decisión. Comparada con mi anterior morada, el desangelado bosque donde las ramas goteaban lluvia y el suelo estaba mojado, esta era, en verdad, un paraíso.

Después de desayunar quise salir a buscar agua, pero escuché pasos y vi por una rendija a una muchacha que, balanceando un balde en la cabeza, pasaba por delante de mi cobertizo. Era joven y de aspecto dulce, muy diferente de lo que más tarde he comprobado que son los labriegos y los criados de las granjas. Iba vestida de forma humilde, con una tosca falda azul y una chaqueta de paño. Sus cabellos rubios estaban trenzados con esmero pero no llevaba adornos, y parecía tan triste como resignada. La perdí de vista pero, transcurridos unos quince minutos, reapareció con el mismo recipiente, que ahora estaba medio lleno de leche. Mientras andaba, claramente incómoda por el peso, un joven de semblante todavía más deprimido fue su encuentro. Con aire melancólico intercambiaron algunas palabras y, agarrándole el balde, se lo llevó hasta la casa. Al poco tiempo, vi reaparecer al muchacho con unas herramientas en la mano y cruzar el campo que había detrás de la casa. Asimismo, la muchacha también estaba ocupada, a veces dentro de la casa y otras en el patio.

Explorando con más atención mi refugio, descubrí que una de las ventanas de la casa había dado antes al cobertizo, si bien ahora el hueco estaba tapado por planchas de madera. Una de ellas estaba agrietada y, a través de la rendija, se podía divisar una pequeña habitación, encalada, limpia y casi desprovista de muebles. En un rincón, cerca del fuego, estaba sentado un anciano, con la cabeza entre las manos en actitud abatida. La joven se encontraba ocupada arreglando la estancia. De pronto, sacó algo del cajón que tenía entre las manos y se sentó cerca del anciano, el cual, tomando un instrumento, comenzó a tocar y a arrancar de él sones más dulces que el cantar del mirlo o el ruiseñor. Era un cuadro bellísimo, incluso, para un infeliz como yo. El pelo plateado y el aspecto bondadoso del anciano ganaron mi respeto, y los modales dulces de la joven despertaron mi amor. Tocaba una melodía dulce y triste que conmovió a su acompañante, a quien el hombre parecía haber olvidado hasta que escuchó su llanto. Pronunció entonces algunas palabras y la muchacha, dejando su labor, se arrodilló a sus pies. Él la levantó y le sonrió con tanta amabilidad y afecto, que una sensación peculiar y sobrecogedora me recorrió el cuerpo. Era una mezcla de dolor y gozo que, hasta entonces, no me habían producido ni el hambre ni el frío ni el calor ni ningún alimento. Incapaz de soportar por más tiempo esa emoción, me retiré de la ventana.

Al poco rato, volvió el muchacho llevando un haz de leña al hombro. La joven lo recibió en la puerta y lo ayudó con el fardo, del cual eligió algunas ramas que echó al fuego. Después, se fueron los dos a una esquina de la habitación, y él le tendió una hogaza de pan y un trozo de queso. Ella pareció alegrarse, y salió al jardín en busca de plantas y raíces, las metió en agua y luego al fuego. Acto seguido, continuó su tarea y el joven se fue al jardín, donde se puso a cavar con diligencia y a arrancar raíces. Al cabo de una hora, la muchacha salió a buscarlo y juntos entraron en la casa.

El anciano había estado pensativo durante todo ese tiempo. Pero, al ver a sus compañeros, adoptó un aire más alegre y se sentaron a comer. El almuerzo fue breve. La muchacha volvió a ocuparse de las labores caseras en tanto que el anciano, apoyado en el brazo del joven, paseaba al sol por delante de la casa. No puede haber nada más bello que el contraste de aquellos dos seres. El uno era muy mayor, con el pelo plateado y un semblante que reflejaba bondad y cariño; el otro era esbelto y muy apuesto, y tenía las facciones modeladas con la mayor simetría. Sin embargo, su mirada y actitud reflejaban una gran tristeza y depresión. El anciano volvió a la casa y el muchacho se encaminó a los campos, portando herramientas distintas a las de la mañana.

Pronto cayó la noche pero, con gran sorpresa de mi parte, vi que los habitantes de aquella casa tenían una forma de prolongar la luz, por medio de bastones de cera y me alegró que la puesta de sol no pusiera fin al gozo que experimentaba observando a mis vecinos humanos.

Durante la velada, la joven y su compañero se dedicaron a diversas ocupaciones cuya utilidad era incomprensible para mí. El anciano, por su parte, volvió a tomar el instrumento que producía aquellos divinos sonidos que tanto placer me habían causado por la mañana. En cuanto hubo finalizado, el joven empezó no a tocar, sino a articular una serie de sonidos monótonos que no se asemejaban ni a la armonía del instrumento del anciano ni al canto de los pájaros. Más tarde, supe que leía en voz alta pero, en aquellos momentos, lo ignoraba todo acerca del arte de las letras ni de las palabras.

Tras permanecer así ocupados durante un breve tiempo, la familia apagó las luces y se retiró a descansar.

CAPÍTULO 11

Me acosté en mi camastro, pero no logré dormir. Repasaba los acontecimientos del día. Lo que más me había impresionado eran los modales cariñosos de aquellas personas. Recordaba muy bien el trato de los salvajes aldeanos la noche anterior y estaba decidido a que, cualquiera que fuese la actitud que adoptara en el futuro, por el momento permanecería en mi cobertizo, observando a mis vecinos e intentando descubrir las razones que motivaban sus actos.

Al día siguiente, la familia se levantó antes de que amaneciera. La muchacha arregló la casa y preparó el desayuno, y el joven salió luego de comerlo. El día transcurrió de igual forma que el anterior. El muchacho trabajaba constantemente fuera de la casa y la chica en diversas labores domésticas. El anciano, que pronto me di cuenta de que era ciego, pasaba las horas meditando o tocando su instrumento. Nada podría superar el cariño y respeto que los jóvenes demostraban para con su venerable compañero. Le prestaban todos los servicios con gran dulzura y él los recompensaba con una sonrisa llena de bondad.

Pero no eran felices. Los jóvenes, a veces, se apartaban para llorar a solas. No lograba comprender la causa de su tristeza, pero me afectaba profundamente. Si seres tan encantadores eran desdichados, no era de extrañar que yo, criatura imperfecta y solitaria, también lo fuera. Pero ¿por qué eran infelices aquellas personas tan bondadosas? Tenían una agradable casa (por lo menos, así me parecía) y disfrutaban de todas las comodidades. Contaban con un fuego para calentarlos del frío y con deliciosa comida con que saciar su hambre. Vestían buenos trajes y, lo que es más, disfrutaban de su mutua compañía y conversación, intercambiando a diario miradas de afecto y bondad. ¿Qué significaba, entonces, su llanto? ¿Sus lágrimas expresaban dolor? Al principio no podía responderme a esas preguntas, pero el tiempo y una sostenida observación me explicaron muchas cosas que, a primera vista, me resultaban un misterio.

Pasó bastante tiempo antes de que descubriera que la pobreza, que padecían en grado sumo, era uno de los motivos de intranquilidad de aquella agradable familia. Su alimentación sólo consistía en verduras del huerto y leche de su vaca, muy escasa durante el invierno, época en la que sus dueños apenas podían alimentarla. Creo que a menudo pasaban mucha hambre, en especial los jóvenes, pues en varias ocasiones los vi privarse de su propia comida para dársela al anciano. Esa generosidad me conmovió hondamente. Yo solía, durante la noche, robarles parte de su comida para mi sustento pero, cuando me di cuenta de que esto los perjudicaba, me abstuve, contentándome con bayas, frutas secas y raíces que recogía de un bosque cercano.

También encontré una forma de ayudarlos. Había observado que el joven pasaba gran parte del día recogiendo leña para el fuego que alimentaba la casa. Durante la noche, a menudo yo agarraba sus herramientas, que pronto aprendí a utilizar, y les acercaba leña suficiente para varios días.

Recuerdo que la primera vez que hice eso, la joven abrió la puerta por la mañana y quedó estupefacta al ver ante la casa tal cantidad de leña. Dijo algunas palabras en voz alta, y el joven salió y expresó a su vez su asombro. Observé, con alegría, que aquel día no fue al bosque, y lo pasó reparando la casa y cultivando la huerta.

Poco a poco hice un descubrimiento de mayor importancia aun. Me di cuenta de que aquellas personas tenían una manera de comunicarse sus experiencias y sentimientos por medio de sonidos articulados. Observé que las palabras que pronunciaban producían en los semblantes de los oyentes alegría o dolor, sonrisas o tristeza. Esta sí que era una ciencia divina y deseaba familiarizarme con ella. Pero no lo lograba. Hablaban con rapidez y las palabras que decían, al no tener para mí relación con los objetos tangibles, me impedían resolver el misterio de su significado. Pero, finalmente y sobre la base de grandes esfuerzos, y cuando ya había pasado en mi cobertizo varias lunas, aprendí el nombre de algunos de los objetos más familiares, como "fuego", "leche", "pan" y "leña". Asimismo, aprendí los nombres de mis vecinos. La joven y su hermano tenían ambos varios nombres, pero el anciano sólo tenía uno: "padre". A la muchacha la llamaban "hermana" o "Ágatha", y al joven "Félix", "hermano" o "hijo". No puedo explicar la alegría que experimenté cuándo comprendí las ideas correspondientes a estos sonidos y, al mismo tiempo, fui capaz de pronunciarlos. Distinguía otras palabras, que ni entendía ni podía emplear, tales como "bueno", "querido" y "triste".

De esa forma transcurrió el invierno. La amabilidad y la belleza de esas personas me hicieron encariñarme mucho con ellas. Cuando estaban tristes, yo me deprimía y, cuando eran felices, yo participaba de su alegría. Veía a pocos seres humanos, aparte de ellos y si, por casualidad, alguno iba a la casa, sus toscos modales y brusco caminar hacían resaltar aún más las virtudes de mis vecinos.

Noté que el anciano se esforzaba con frecuencia en animar a sus hijos, como ocasionalmente les llamaba, para que no estuvieran tan tristes. Solía, entonces, hablar en tono alegre, con una expresión de bondad en el rostro que hasta yo disfrutaba de contemplar. Ágatha lo escuchaba con respeto y frecuentemente se le llenaban los ojos de lágrimas, que intentaba disimular. Pero noté que, por lo general, había más animación en su cara y tono de voz tras haber escuchado a su padre. Las cosas eran distintas con su hermano. Siempre era el más triste del grupo e, incluso yo con mi inexperiencia, me daba cuenta de que parecía haber sufrido más que los otros. Sin embargo, aunque sus facciones reflejaban mayor tristeza, su tono de voz era más alegre que el de su hermana, en especial, cuando se dirigía a su padre.

Podría citar innumerables ejemplos que, aunque sencillos, testimonian con claridad la disposición de aquellas buenas gentes. En medio de la pobreza y la necesidad, Félix, satisfecho, tuvo el exquisito gesto de llevarle a su hermana la primera flor blanca que asomó entre la nieve. Por la mañana temprano, antes de que ella se levantara, limpiaba el sendero que llegaba hasta el establo, sacaba agua del pozo y le llevaba leña al otro cobertizo, donde, con gran asombro, hallaba las reservas que una mano invisible iba reponiendo.

Creo que durante el día el muchacho trabajaba para un granjero vecino porque, con frecuencia, salía y no retornaba hasta la noche, pero no traía leña. Otras veces, trabajaba en la huerta pero, como en invierno había poco que hacer allí, solía pasar largos ratos leyéndoles al anciano y a Ágatha.

Aquellas lecturas lograron intrigarme mucho en un principio pero, poco a poco, descubrí que, al leer, pronunciaba con frecuencia los mismos sonidos que cuando hablaba. Supuse, por ende, que se encontraba sobre el papel con signos de expresión que comprendía. ¡Cómo deseaba yo aprenderlos! Pero ¿cómo iba a hacerlo si ni siquiera entendía los sonidos que representaban? Sin embargo, progresé en esa materia aunque, pese a mis esfuerzos, todavía no podía seguir ninguna conversación. Me daba cuenta claramente de que, por mucho que deseara dirigirme a mis vecinos, no debía hacerlo hasta no dominar su lenguaje, conocimiento que me permitiría hacerles olvidar mi aspecto monstruoso, de lo cual me había hecho consciente a través del contraste.

Admiraba las formas perfectas de mis vecinos: su gracia, hermosura y la delicadeza de sus rasgos. ¡Cómo me horroricé al verme reflejado en el agua del estanque! En un principio, salté hacia atrás aterrorizado, incapaz de creer que era mi propia imagen la que aquel espejo me devolvía. Cuando logré convencerme de que realmente era el monstruo que soy, me embargó la más profunda amargura y mortificación. Y ni siquiera podría imaginar las fatales consecuencias que mi monstruosidad produciría.

A medida que el sol comenzaba a calentar más y los días se iban haciendo más largos, la nieve se fue derritiendo, y vi aparecer los árboles desnudos y la tierra oscura. A partir de ese momento, Félix estuvo más ocupado y desaparecieron los indicios de hambre inminente. Como descubrí más tarde, su alimentación era tosca pero sana y suficiente. Crecieron en el huerto nuevos tipos de plantas que mis vecinos utilizaron para lograr mayor variedad de comidas y estas muestras de bienestar aumentaban día a día a medida que avanzaba la primavera.

Al mediodía, cuando no llovía, el anciano salía a pasear con su hijo, quien lo tomaba del brazo. Esas lluvias eran frecuentes, pero los fuertes vientos pronto secaron la tierra y el clima se hizo mucho más agradable de lo que había sido. En el cobertizo mi ritmo de vida era uniforme. Durante la mañana, observaba las idas y venidas de mis vecinos. Por la tarde, dormía cuando sus quehaceres en el exterior los dispersaban. El resto del día lo pasaba de forma similar. Cuando se retiraban a descansar, si había luna o la noche era estrellada, yo salía al bosque en busca de comida para mí y leña para ellos. Cuando se hacía necesario, quitaba la nieve del sendero y ejecutaba los trabajos que había visto hacer a Félix. Más tarde, supe que esas labores, que llevaba a cabo una mano invisible, los sorprendían mucho. Incluso en alguna ocasión, los oí mencionar a este respecto las palabras "espíritu bueno" y "maravilloso", pero no entendía entonces el significado de esos términos.

Mi cerebro era cada vez más activo y deseaba más que nunca descubrir los impulsos y los sentimientos de estas bellas personas. Experimentaba curiosidad por conocer el motivo de la congoja de Félix y de la pena de Ágatha. Pensaba -¡infeliz de mí!- que estaría en mi mano el devolverles a estas criaturas la felicidad y alegría que tanto merecían. Cuando dormía o me ausentaba, se me aparecía la imagen del padre ciego, la dulce Ágatha y el buen Félix. Los consideraba seres superiores, árbitros de mi futuro destino y trataba de imaginarme, de mil formas diferentes, el día en que me presentaría ante ellos y la forma en que me recibirían. Suponía que, tras una primera repulsión, mi buen comportamiento y mis palabras conciliadoras me ganarían, en principio, su simpatía y, más tarde, su sincero afecto.

Aquellos pensamientos me exaltaban y estimulaban con renovado vigor a aprender el arte de la expresión. Mis cuerdas vocales eran duras, pero flexibles y, pese a que mi tono de voz distaba mucho de tener la musicalidad del de aquellas personas, podía pronunciar con relativa facilidad las palabras que comprendía.

Era como en la fábula del asno y el perro, aunque bien merecía el dócil burro, cuyas intenciones eran buenas pese a su rudeza, mejor trato que los golpes e insultos que le daban.

Las suaves y templadas lluvias, junto con el calor de la primavera, modificaron mucho el aspecto del terreno. Los hombres, que parecían haber estado escondidos en cuevas, se dispersaron por doquier y se dedicaron a los más diversos cultivos. Los pájaros trinaban con mayor alegría y las hojas comenzaron a despuntar en las ramas. ¡Alegre tierra! Digna morada de los dioses y que todavía ayer aparecía insana, húmeda y desolada. Ese resurgimiento de la naturaleza elevó mi espíritu. El pasado se me borró de la memoria, el presente era tranquilo y el futuro me daba esperanza y promesas de alegría.

CAPÍTULO 12

Pasaré ahora a la parte más conmovedora de mi historia. Relataré los hechos que me han convertido, de lo que era, en lo que soy. La primavera avanzaba rápidamente. El tiempo mejoró y las nubes desaparecieron del cielo. Me sorprendió ver cómo lo que hasta hacía poco había sido tan sólo desierto y tristeza, nos obsequiaba con las más preciosas flores y verdor. Mis sentidos estaban gratificados y estimulados por miles de exquisitos aromas e imágenes de una belleza sin par.

Fue durante uno de aquellos días, mientras mis vecinos descansaban de su trabajo —el anciano tocaba su guitarra y los jóvenes lo escuchaban—, cuando observé que Félix parecía más melancólico que de costumbre y suspiraba a menudo. En un momento, su padre interrumpió la música y deduje, por sus gestos, que le preguntaba a su hijo la razón de su tristeza. Félix le respondió con un tono que trataba de ser alegre y el anciano se disponía a retomar su música, cuando alguien llamó a la puerta.

Se trataba de una dama acompañada por un campesino que le servía de guía. Iba vestida con un traje oscuro y un tupido velo negro le cubría la cara. Ágatha le hizo una pregunta, a la cual la desconocida respondió pronunciando con dulzura tan sólo el nombre de Félix. Su voz era melodiosa, pero diferente de la de mis vecinos. Al oír su nombre, el joven se acercó apurado a la dama que, al verlo, se levantó el velo dejando ver un rostro de belleza y expresión angelical. Su brillante cabello negro estaba trenzado de manera curiosa. Tenía los ojos oscuros y vivos, pero amables, las facciones bien proporcionadas, la piel tersa y las mejillas un tanto sonrosadas.

Félix, al verla, pareció volverse loco de alegría. Todas las señales de tristeza desaparecieron de su semblante que, al instante, expresó un júbilo del cual apenas lo creía capaz. Los ojos le brillaban, se le encendieron de placer las mejillas y en aquel instante me pareció tan hermoso como la visitante. Ella, a su vez, parecía presa de agitados sentimientos. Secándose las lágrimas de sus hermosos ojos, le tendió la mano a Félix que la besó embelesado, mientras le llamaba, según pude entender, "mi dulce árabe". La extranjera no parecía comprenderlo pero, aún así, sonreía. La ayudó a desmontar y, despidiendo al guía, la condujo al interior de la casa. Tuvo lugar entonces una breve conversación entre padre e hijo. La joven extranjera se arrodilló a los pies del anciano y le hubiera besado la mano, si éste no se hubiera apresurado a levantarla y abrazarla afectuosamente.

Pronto observé que, pese a que la joven emitía sonidos articulados y parecía tener un idioma propio, los demás no la comprendían, de la misma forma en que ella tampoco los entendía. Hicieron muchos gestos e intercambiaron muchas señas que yo no entendí, pero vi que su presencia llenaba la casa de alegría y borraba su tristeza de un modo similar al sol que disipa las brumas matinales. Félix se mostraba especialmente feliz y la atendía con radiantes sonrisas. La dulce Ágatha, por su parte, cubría de besos las manos de la extranjera y, señalando a su hermano, parecía querer indicarle por señas lo triste que había estado antes de su arribo. Así transcurrieron algunas horas, en el curso de las cuales manifestaron una alegría, cuya razón yo no terminaba de entender. De pronto descubrí, por la frecuente repetición de un sonido, que la visitante trataba de imitar, que intentaba aprender la lengua de mis vecinos. Al instante se me ocurrió que yo, con idéntico fin, podía valerme de la misma enseñanza. La extranjera aprendió unas veinte palabras en esta primera lección, la mayoría de las cuales yo ya conocía.

Al caer la noche, Ágatha y la muchacha árabe se retiraron pronto a descansar. Cuando se separaron, Félix besó la mano de la extranjera y murmuró:

—Buenas noches, dulce Safie.

Él permaneció despierto largo rato, conversando con su padre. Por las numerosas veces que repetían su nombre supuse que hablaban de la hermosa huésped. Me hubiera gustado entenderlos y presté gran atención pero, pese a mis esfuerzos, no lo logré.

A la mañana siguiente, Félix fue a su trabajo, tal cual lo hacía habitualmente. Cuando finalizaron las labores cotidianas de Ágatha, la muchacha árabe se sentó a los pies del anciano y, tomando su guitarra, tocó unos aires de tan conmovedora belleza que hicieron que llorara de tristeza y admiración. Cantó, y su voz era modulada y rica en cadencias, como la del ruiseñor.

Cuando terminó, le ofreció la guitarra a Ágatha que, en un principio, se mostró reacia a tomarla. Después, tocó una sencilla tonadilla. También cantó, con dulce voz, pero muy distinta de la maravillosa modulación de la extranjera. El anciano estaba extasiado y dijo algo que Ágatha intentó explicarle a Safie. Parecía querer decirle que con su música le producía un enorme placer.

Los días transcurrían con la misma tranquilidad que antes, con la sola diferencia de que la tristeza había sido sustituida por la alegría en el rostro de mis amigos. Safie estaba siempre feliz y contenta. Ambos progresamos en la lengua con rapidez de manera que, al cabo de dos meses, comencé a entender la mayoría de las cosas que decían mis protectores.

Mientras tanto, la oscura tierra se iba cubriendo de un tapiz verde salpicado de innumerables flores de dulce aroma y maravillosa vista, como estrellas que brillaban con delicado color a la luz de la luna. El sol se tornó más y más tibio, y las noches se hicieron claras y suaves. Mis paseos nocturnos me procuraban un placer enorme, pese a que se vieron acortados por las tardías puestas de sol y el temprano amanecer. Jamás me atrevía a salir durante el día, temeroso de recibir el mismo trato que en la primera aldea en la que estuve.

Pasaba los días prestando la máxima atención, para poder dominar el idioma de mis vecinos a la mayor brevedad posible. Puedo asegurar, sin falsa modestia, que aprendía a más velocidad que la muchacha árabe, que entendía muy poco y hablaba con acento entrecortado, mientras que yo comprendía todo y podía reproducir casi todas las palabras.

El libro con el cual Félix enseñaba a Safie era *Las Ruinas o Meditación sobre la revolución de los imperios*, de Volney. No hubiera entendido la intención de aquel volumen de no ser porque

Félix, al leerlo, lo explicaba minuciosamente. Había elegido esta obra, dijo, porque su estilo declamatorio imitaba el de autores orientales. A través de ese libro, obtuve una visión panorámica de la historia y algunas nociones sobre los imperios que existían en el mundo actual. Me dio una perspectiva de las costumbres, gobiernos y religiones que tenían las distintas naciones del planeta. Oí hablar de la innata pereza de los asiáticos, de la magnífica genialidad y actividad intelectual de los griegos, de las guerras y virtudes de los romanos, de su degeneración posterior y de la decadencia de ese poderoso imperio, del nacimiento de las órdenes de caballería, la cristiandad y la monarquía. Supe del descubrimiento de América y lloré con Safie la desdichada suerte de sus indígenas.

Esas narraciones apasionantes me llenaban de extraños sentimientos. ¿Realmente era el ser humano tan poderoso, virtuoso, magnífico y, a la vez, tan lleno de bajeza y maldad? Unas veces se mostraba como un vástago del mal, mientras que otras lo hacía como todo lo que de noble y divino se puede concebir. El ser un gran hombre lleno de virtudes parecía el mayor honor que pudiera recaer sobre un humano, mientras que el ser infame y cruel, como tantos en la historia, la mayor denigración, una condición más rastrera que la del ciego topo o del inofensivo, pero miserable, gusano. Durante mucho tiempo no pude entender cómo un hombre podía asesinar a sus semejantes, ni comprendía siquiera la necesidad de leyes o gobiernos. Pero cuando supe más detalles sobre crímenes y maldades, dejé de asombrarme, y sentí asco y disgusto.

Cada conversación de mis vecinos me descubría nuevas maravillas. Fue escuchando las instrucciones que Félix le daba a la joven árabe como aprendí el extraño sistema de la sociedad humana. Supe del injusto reparto de riquezas que se reflejaba en inmensas fortunas y tremendas miserias. Me enteré de la existencia del rango, el linaje y la nobleza.

Todo ello me hizo reflexionar. Aprendí que las virtudes más apreciadas por mis semejantes eran el rancio abolengo acompañado de riquezas. El hombre que poseía tan sólo una de esas cualidades podía ser respetado pero, si carecía de ambas, se le consideraba, salvo raras excepciones, como a un vagabundo, un esclavo destinado a malgastar sus fuerzas en provecho de los pocos privilegiados. ¿Y qué era yo? Ignoraba todo respecto de mi creación y creador, pero sabía que no poseía ni dinero ni amigos ni propiedad alguna y que, por el contrario, estaba dotado de una figura deformada de manera horrible y repulsiva. Ni siquiera mi naturaleza era como la de los otros hombres. Era más ágil que ellos, más fuerte y podía subsistir a base de una dieta más tosca. Soportaba mejor el frío y el calor, y mi estatura era muy superior a la suya. Cuando miraba a mi alrededor, ni veía ni oía hablar de nadie que se pareciese a mí. ¿Era, pues, yo en verdad un monstruo, una mancha sobre la Tierra, de la que todos huían y a la que todos rechazaban?

No puedo describir los sentimientos de desesperación que sentí. Intentaba desecharlos, pero la tristeza se incrementaba a medida que me iba instruyendo. ¿Por qué no me habría quedado en mi bosque, donde ni conocía ni experimentaba otras sensaciones que las del hambre, la sed y el calor?

¡Qué extraña es la naturaleza de la sabiduría! Se aferra a la mente, de la cual ha tomado posesión, como el liquen a la roca. En ocasiones, deseaba desterrar de mí todo pensamiento, todo afecto. Pero aprendí que sólo había una forma de imponerse al dolor y ésa era la muerte, estado que me asustaba a pesar de que todavía no lo entendía. Admiraba la virtud y los buenos sentimientos y me agradaban los modales dulces y amables de mis vecinos. Pero no me era permitida la convivencia con ellos, salvo sirviéndome de la astucia, permaneciendo desconocido y oculto, lo cual, más que satisfacerme, aumentaba mi deseo de convertirme en uno más entre mis semejantes. Las tiernas palabras de Ágatha y las sonrisas animadas de la gentil árabe no me estaban destinadas. Los apacibles consejos del anciano y la alegre conversación del buen Félix tampoco estaban dirigidos a mí, desgraciado e infeliz engendro.

Otras lecciones se me grabaron aún con mayor profundidad. Supe de la diferencia de sexos, del nacer y crecer de los hijos.

Conocí la felicidad de un padre con las sonrisas de su pequeño y de las alegres correrías de los hijos más mayores. Entendí cómo todos los cuidados y razón de ser de la madre se concentran en esa preciada carga. Comprendí cómo la mente del joven se va desarrollando y enriqueciendo. Supe de hermanos y hermanas, de otros vínculos que unen a los seres humanos.

Pero ¿dónde se encontraban mis amigos y parientes? Ningún padre había cuidado mi niñez, ninguna madre me había prodigado sus cariños y sonrisas y, en caso de que hubiera ocurrido, mi vida pasada se había convertido para mí en un borrón, un vacío en el que no distinguía nada. Hasta donde lograba recordar, yo había tenido siempre la misma estatura y proporción. No había visto todavía ningún ser que se me pareciera o que aceptara relacionarse conmigo. ¿Qué era yo, entonces? La pregunta surgía una y otra vez sin que pudiera responder a ella más que con lamentaciones.

Pronto relataré hacia dónde me llevaron tales pensamientos. Pero por el momento continuaré con mis vecinos, cuya historia me produjo sentimientos encontrados de indignación, alegría y asombro, pero que culminaron todos en un mayor respeto y amor hacia mis protectores, tal como me gustaba llamarles con un inocente y casi doloroso deseo de engañarme.

CAPÍTULO 13

Transcurrió algún tiempo hasta que pude conocer la historia de mis vecinos. Pero cuando la supe, se quedó grabada para siempre en mi memoria, pues estaba plagada de apasionantes aventuras y acontecimientos asombrosos, sobre todo, para un ser como yo, que era tan poco experimentado por aquel entonces.

El anciano se llamaba De Lacey. Descendía de una familia aristocrática de Francia, país en el que había vivido muchos años. Rico, respetado por sus superiores y estimado por sus iguales, educó a su hijo para servir a la patria y a Ágatha para tratar con las damas de la más alta alcurnia. Unos meses antes de mi llegada, vivían en una gran ciudad llamada París, rodeados de amigos y disfrutando de todo lo que la virtud, la cultura, el gusto y una considerable riqueza pueden proporcionar.

Fue el padre de Safie quien arrastró a la ruina a los De Lacey. Era un mercader turco y llevaba viviendo muchos años en París cuando, por alguna razón que no llegué a conocer, cayó en desgracia ante el gobierno. Fue detenido y encarcelado el mismo día en que Safie llegaba de Constantinopla para reunirse con él en Francia. Se lo juzgó y condenó a muerte. La injusticia de semejante sentencia era evidente. Todo París estaba indignado, pues consideraba que sus riquezas y su religión, más que el crimen que se le imputaba, habían sido la causa de su condena.

Félix había presenciado el juicio, y su horror e indignación al escuchar la sentencia fue incontenible. Hizo al instante una promesa solemne de liberarlo y principió inmediatamente la búsqueda del medio que le permitiera llevar a cabo su juramento. Luego de muchos infructuosos intentos de penetrar en la prisión, halló en un ala poco vigilada del edificio una ventana enrejada que iluminaba la celda del infortunado musulmán, que, doblegado bajo el peso de las cadenas, aguardaba lleno de desesperación el cumplimiento de la bárbara sentencia. Por la noche, a través de la ventana, Félix le comunicó al prisionero sus intenciones de ayudarlo. Sorprendido y encantado, el turco intentó alentar el entusiasmo de su liberador con promesas de grandes riquezas. Félix rechazó la oferta con desprecio, pero cuando vio a la bella Safie, a quien permitieron visitar a su padre y que por señas le mostraba su agradecimiento, no pudo evitar pensar que el cautivo poseía un tesoro que compensaría con creces todo esfuerzo y peligro.

El turco comprendió de inmediato la impresión que Safie había producido en el muchacho y quiso asegurarse más su celo prometiéndosela en matrimonio en cuanto fuera conducido a un lugar seguro. Félix era demasiado cortés y considerado como para aceptar semejante oferta, pero sabía que aquella probabilidad constituía su máxima esperanza.

Durante los días siguientes, mientras se preparaba la huida del mercader, el entusiasmo y coraje de Félix se vio acrecentado por varias cartas que recibió de la hermosa joven, que halló el medio de expresarse en el idioma de su amado gracias a la ayuda de un viejo criado de su padre, que sabía francés. En esas misivas le agradecía con efusividad la ayuda que intentaba prestarles al tiempo que lamentaba discretamente su propia suerte.

Poseo copias de todas esas cartas, pues durante mi estancia en el cobertizo pude hacerme con útiles de escribir, y Félix y Ágatha a menudo tuvieron las cartas en sus manos, por lo que pude leerlas. Antes de partir te las enseñaré para que puedas comprobar la veracidad de mi relato. De momento, sólo podré resumírtelas, ya que el sol comienza a declinar.

Safie explicaba que su madre había sido una árabe convertida al cristianismo, a la cual habían capturado y esclavizado los turcos. Su increíble hermosura había conquistado el corazón del padre de Safie, que la tomó por esposa. La muchacha elogiaba mucho a su madre que, nacida en libertad, despreciaba la sumisión a la que se veía reducida. Instruyó a su hija en las normas de su propia religión, y la exhortó a aspirar a un nivel intelectual y a una independencia de espíritu prohibidos para las mujeres musulmanas. Cuando la madre murió, sus enseñanzas estaban muy afianzadas en la mente de Safie, que enfermaba ante la sola idea de regresar a Asia y encerrarse en un harén, con autorización tan solo para entregarse a diversiones infantiles, poco acordes con la disposición de su espíritu, acostumbrado ahora a una mayor amplitud de pensamientos y a la práctica de la virtud. La perspectiva de desposar a un cristiano y vivir en un país donde las mujeres podían ocupar un lugar en la sociedad la llenaba de dicha.

Finalmente, se fijó el día de la ejecución pero, la noche antes, el condenado se fugó misteriosamente de la prisión y, por la mañana, se hallaba a muchas leguas de París. Félix se había procurado salvoconductos a nombre suyo, de su padre y hermana. Antes, le había comunicado su plan a su padre, quien colaboró con la fuga abandonando su casa bajo la excusa de un viaje, pero ocultándose con su hija en una apartada zona de París.

Félix condujo a los fugitivos a través de Francia hasta Lyon y después por el Monte Cenis hasta Livorno, donde el mercader había decidido esperar una oportunidad favorable para pasar a alguna parte del territorio turco.

Safie decidió permanecer con su padre hasta el momento de la partida y éste renovó su promesa de otorgar la mano de su hija a su salvador.

El joven se quedó con ellos a la espera del hecho. Mientras tanto, disfrutaba de la compañía de la muchacha, que le mostraba el más sincero y dulce afecto. Conversaban por medio de un intérprete aunque, en ocasiones, les bastaba el intercambio de miradas o Safie le cantaba las maravillosas melodías de su país.

El turco permitía que esa intimidad creciera y aparentaba ver con buenos ojos las esperanzas de los jóvenes enamorados. Pero había concebido otros planes para su hija. Odiaba la idea de verla unida a un cristiano, pero temía la reacción de Félix si demostraba sus verdaderos sentimientos, pues sabía que aún estaba en manos de su liberador y que éste todavía podía entregarlo a las autoridades italianas. Lo cierto era que pretendía llevarse a su hija con él ni bien se presentara la ocasión de huir. Esos proyectos se vieron muy pronto favorecidos por las noticias que llegaron de París.

La fuga del musulmán había provocado gran indignación en el gobierno francés, que estaba dispuesto a no ahorrar esfuerzos para dar con el liberador y apresarlo. Pronto se descubrió el plan de Félix, y De Lacey y Ágatha fueron encarcelados. La noticia despertó al joven de su sueño de amor: su anciano padre ciego y su dulce hermana habían sido arrojados a una lóbrega prisión mientras él disfrutaba de la libertad y la compañía de la mujer a quien amaba. Tal idea lo atormentaba. Acordó con el turco que, si partía en su ausencia, él mismo encontraría albergue para Safie en un convento cerca de Livorno.

Se despidió de la bella árabe y regresó rápidamente a París, donde se entregó a las autoridades esperando conseguir con ello la libertad de De Lacey y Ágatha.

Pero no fue así. Los tres hubieron de permanecer cinco meses en prisión antes de que tuviera lugar el juicio que les arrebataría toda su fortuna y los condenaría al destierro.

Encontraron un triste refugio en Alemania, en la cabaña donde yo los hallé. Félix pronto se enteró de que el innoble turco, a causa del cual él y su familia habían sufrido tan terrible desgracia, había traicionado los buenos sentimientos y el honor al descubrir la miseria en la que se hallaba sumido su liberador y, con su hija, había abandonado Italia. A Félix, de forma insultante, le envió una ridícula cantidad de dinero para ayudarlo, según dijo, a conseguir algún medio de subsistencia.

Aquellos eran los tristes sucesos que azotaban el corazón de Félix cuando lo conocí y que hacían de él el más desdichado de su familia. Hubiera podido sobrellevar la pobreza e, incluso, vanagloriarse de ella, si comprobaba que esa desgracia fortalecía su espíritu. Pero la ingratitud del mercader y la pérdida de su amada Safie eran golpes más duros e irreparables. Ahora, la llegada de la joven árabe le devolvía la alegría a su corazón herido.

Cuando llegó a Livorno la noticia de que a Félix se le había desposeído de sus bienes y de su rango, el turco ordenó a su hija que se olvidara de su pretendiente y que se dispusiera a volver con él a Constantinopla. La naturaleza bondadosa de Safie se rebeló contra esa orden e intentó razonar con su padre, el cual, negándose a escucharla, sólo reiteró su tiránica orden.

Pocos días más tarde, el turco entró en la habitación de su hija y, de modo atropellado, le comunicó que tenía razones para creer que su presencia en Livorno había sido descubierta y que estaba a punto de ser entregado a las autoridades francesas. Para evitarlo, había contratado un navío que partiría a Constantinopla en cuestión de horas. Pensaba dejar a su hija al cuidado de un criado fiel para que, con más tranquilidad, lo siguiera con el resto de los bienes que todavía no habían llegado a Livorno.

Cuando Safie estuvo sola, reflexionó sobre el plan de acción que mejor convenía seguir en esa situación de emergencia. La idea de volver a Turquía le resultaba repelente. Sus sentimientos y religión se oponían a ello. Gracias a algunos documentos de su padre que cayeron en sus manos, supo del exilio de su prometido y del nombre del lugar donde residía. Durante algún tiempo estuvo indecisa pero, finalmente, se decidió. Tomando algunas joyas que le pertenecían y una pequeña suma de dinero, abandonó Italia, acompañada de una sirvienta nacida en Livorno que sabía turco y se dirigió a Alemania.

Pudo llegar sin dificultad hasta un pueblito cercano a la casa de los De Lacey, donde la criada cayó enferma de gravedad. Pese a los cuidados de Safie, la infeliz jovencita murió, y la hermosa árabe se halló sola en un país cuya lengua y costumbres desconocía. Por fortuna, había caído en buenas manos. La italiana había mencionado el nombre del lugar hacia el cual se dirigían y, luego de su muerte, la dueña de la casa en la que se habían alojado se cuidó de que Safie llegara bien a la casa de su prometido.

CAPÍTULO 14

Esa es la historia de mis queridos vecinos. Me impresionó vivamente y, de los aspectos de la vida social que encerraba, aprendí a admirar sus virtudes y a condenar los vicios de la humanidad.

Hasta ese momento, yo había considerado al crimen como algo ajeno y remoto. Admiraba y tenía siempre presentes la bondad y la generosidad que infundían en mí el deseo de participar de forma activa en un mundo donde encontraban expresión tantas cualidades admirables. Pero, al narrar el progreso que estaba experimentando en el plano intelectual, no debo omitir una circunstancia que tuvo lugar ese mismo año, a principios del mes de agosto.

Durante una de mis acostumbradas salidas nocturnas al bosque cercano, donde me procuraba alimentos para mí y leña para mis protectores, hallé una bolsa de cuero llena de ropa y libros que alguien había extraviado. Agarré ansiosamente ese premio y volví con él a mi cobertizo. Por fortuna, los volúmenes estaban escritos en la lengua que había adquirido de mis vecinos. Eran *El paraíso perdido* de Milton, un volumen de *Vidas paralelas* de Plutarco y *Las desventuras del joven Werther* de Goethe. Tal descubrimiento me proporcionó un inmenso placer. Con ellos, estudiaba y me ejercitaba la mente mientras mis amigos realizaban sus quehaceres cotidianos.

Me resultaría muy difícil explicar el efecto que tuvieron en mí esas obras. Me despertaron un cúmulo de nuevas imágenes y sentimientos que, en ocasiones, me extasiaban pero que, con mayor frecuencia, me sumían en una depresión absoluta. En el *Werther,* aparte de lo interesante que me resultaba la sencilla historia, hallé manifestadas tantas opiniones y esclarecidos tantos puntos hasta ese momento oscuros para mí, que se transformó en una fuente inagotable de asombro y reflexión. Las tranquilas costumbres domésticas que describe, unidas a los nobles y generosos pensamientos expresados, concordaban perfectamente con la experiencia que yo tenía entre mis protectores y con las necesidades que de manera tan aguda sentía nacer en mí. Werther me parecía una criatura divina, sencilla y profunda a la vez. Su personalidad era simple, pero dejaba una profunda huella. Las meditaciones sobre la muerte y el suicidio parecían calculadas para remover pensamientos encontrados. Sin pretensiones de juzgar el caso, me inclinaba por las opiniones del héroe, cuyo suicidio lloré, aunque no comprendía bien.

En el curso de mi lectura fui encontrando mucho material para comparar con mis propios sentimientos y mi triste condición. Hallaba muchos puntos en común y, a la vez, curiosamente distintos, entre mí mismo y los personajes sobre los cuales leía y de cuyas conversaciones era observador. Los compartía y en parte comprendía, pero todavía tenía la mente demasiado poco formada. Ni dependía de nadie ni estaba vinculado a nadie. "El camino de mi olvido permanece siempre abierto" y nadie me lloraría si muriese. Mi aspecto era nauseabundo y mi estatura gigantesca. ¿Qué significaba eso? ¿Quién era yo? ¿Qué era? ¿De dónde venía? ¿Cuál era mi destino? Me hacía esas preguntas sin cesar, pero mis interrogantes no encontraban respuestas.

El volumen de las *Vidas Paralelas* de Plutarco relataba la historia de los creadores de las antiguas repúblicas. Su lectura me produjo un efecto muy distinto del de *Werther*. El historiador griego me enseñó a elevar el pensamiento, a sacarlo de la reducida esfera de mis reflexiones personales, y a admirar y a sentir afecto por los héroes de la Antigüedad. Tal vez ni haga falta aclarar que mucho de lo que leía rebasaba mi experiencia y mi comprensión. Tenía un conocimiento muy confuso sobre lo que eran los imperios, los vastos territorios, los ríos majestuosos y la inmensidad de los océanos. Pero, respecto a ciudades y grandes concentraciones humanas, mi ignorancia era absoluta. La modesta casa de mis protectores había sido la única escuela donde pude estudiar la naturaleza humana, y ese libro me abrió horizontes desconocidos y mayores campos de acción. Por él, supe de hombres dedicados a gobernar o a aniquilar a sus semejantes. Sentí que se reafirmaba en mí una tremenda admiración por la virtud y experimenté un inmenso odio por el crimen, en la medida en que entendía el alcance de esos términos que, en aquel entonces, se refería tan sólo al placer y al dolor. Influido por esos sentimientos, fui, pues, aprendiendo a admirar a los estadistas pacíficos, Numa, Solón y Licurgo más que a Rómulo y Teseo. La vida patriarcal de mis vecinos colaboraba a que esos sentimientos arraigaran en mí. Tal vez, de haber venido mi presentación a la humanidad de la mano de un joven soldado ávido de batallas y gloria, mis impresiones hubieran sido muy otras.

En cuanto a *El paraíso perdido*, despertó en mí emociones distintas y mucho más profundas. Lo leí, al igual que los libros anteriores que había encontrado, como si fuera una historia real. Conmovió en mí todos los sentimientos de asombro y respeto que la figura de un Dios omnipotente combatiendo contra sus criaturas es capaz de suscitar. Me impresionaba la coincidencia de las distintas situaciones con la mía y me identificaba con ellas frecuentemente. Como a Adán, me habían creado sin ninguna aparente relación con otro ser humano aunque, en todo lo demás, su situación era muy distinta a la mía. Dios lo había hecho una criatura perfecta, feliz y confiada. Además, su creador lo cuidaba y protegía solícitamente. Podía conversar con seres de esencia superior a la suya y de ellos adquirir mayor saber. Pero yo estaba desdichado, solo y desamparado. Asiduamente, pensaba en Satanás como el ser que mejor se adecuaba a mi situación pues, como en él, la dicha de mis protectores a menudo despertaba en mí amargos sentimientos de envidia.

Un nuevo hecho reforzó y afianzó esos sentimientos. Poco después de llegar al cobertizo, hallé en el bolsillo del gabán algunos papeles que había tomado de tu laboratorio. En un principio, los había ignorado. Pero ahora que ya podía descifrar los caracteres en los cuales se hallaban escritos, comencé a leerlos con presteza. Se trataba de unos fragmentos de tu diario en los que relatabas los cuatro meses que habían precedido a mi creación. En ellos, describías minuciosamente todos los pasos que dabas en el desarrollo de tu trabajo e insertabas incidentes de tu vida cotidiana. Sin duda recuerdas esos papeles. Aquí los tienes. En ellos se encuentra todo lo referente a mi nefasta creación y revelan con precisión toda la serie de repugnantes circunstancias que la hicieron posible. Ofrecen una descripción detallada de mi odiosa y repulsiva persona en términos que reflejan tu propio horror y que convirtieron el mío en algo inolvidable. Enfermaba a medida que iba leyendo.

–¡Mil veces maldigo el día que me vio nacer! –exclamé desesperado–. ¡Maldito creador! ¿Por qué has dado vida a un monstruo tan horripilante, del cual incluso tú te apartaste asqueado? Dios, en su misericordia, creó al hombre hermoso y atractivo, a su imagen y semejanza. Pero mi aspecto es una abominable imitación del tuyo, más desagradable todavía gracias a esa semejanza. Satanás, al menos, tiene compañeros, otros demonios que lo admiran y ayudan. Pero yo estoy solo y todos me desprecian.

Aquellas fueron las reflexiones que me hacía durante las horas de soledad y desesperación. Pero, cuando observaba las virtudes de mis vecinos, su carácter amable y bondadoso, me decía a mí mismo que, cuando supieran la admiración que experimentaba por ellos, se apiadarían de mí cerrando los ojos a mi monstruosidad. ¿Podrían echar de su hogar a alguien, por deforme que fuera, que pedía su amistad y compasión? Decidí, al menos, no desesperar, sino prepararme para un encuentro con ellos, del cual dependería mi destino. Retrasé unos meses más esa tentativa, ya que la importancia que para mí tenía el que resultara un éxito me llenaba de temor ante la idea de un posible fracaso. Además, mis conocimientos se ampliaban tanto con la experiencia diaria, que prefería esperar a que unos meses me permitieran adquirir mayores conocimientos.

Mientras tanto, la cabaña había sufrido algunos cambios. La presencia de Safie colmaba de felicidad a sus habitantes y pude comprobar, asimismo, que gozaban de una mayor abundancia. Félix y Ágatha pasaban más tiempo conversando y tenían criadas que los ayudaban en sus quehaceres. No parecían ricos, pero se los veía satisfechos y dichosos. Se encontraban tranquilos y serenos, mientras que yo cada día estaba más inquieto. El aumento de mis conocimientos me revelaba con mayor claridad la clase de paria que era. Cierto es que abrigaba una esperanza, pero esta desaparecía con la misma rapidez que se desvanece esa temblorosa imagen cuando veía mi figura reflejada en el agua o mi sombra a la luz de la luna.

Me esforzaba por alejar de mí esos temores e intentaba hacerme fuerte para la prueba a la que había decidido someterme unos meses más tarde. En ocasiones, permitía que mis pensamientos descontrolados vagaran por los jardines del paraíso, y llegaba a imaginar que amables y hermosas criaturas entendían mis sentimientos y consolaban mi tristeza, mientras sus semblantes angelicales sonreían de manera alentadora. Pero todo era un sueño. Ninguna Eva calmaba mis pesares ni compartía mis pensamientos —¡estaba solo!—. Recordaba la súplica de Adán a su creador. Pero ¿dónde estaba el mío? Me había abandonado y, rebosante de amargura, lo maldecía.

Así llegó el otoño. Vi, con desilusión y sorpresa, cómo se secaban las hojas y de qué modo la naturaleza volvía a tomar el aspecto triste y desolado que tenía cuando vi por primera vez los bosques y la hermosa luna. Mas no eran los rigores del clima lo que me incomodaba, ya que por mi constitución me adaptaba mejor al frío que al calor. Pero me entristecía perder las flores, los pájaros y toda la belleza que trae consigo el verano, y que había supuesto para mí un gran motivo de dicha. Cuando me vi privado de aquellas delicias, me dediqué con mayor atención a mis vecinos. El fin del verano no hizo disminuir su felicidad. Se seguían tratando con afecto, se comprendían y sus alegrías, que provenían sólo de sí mismos, no se veían afectadas por las circunstancias fortuitas que tenían lugar a su alrededor. Cuanto más los observaba, mayores deseos tenía de ganarme su simpatía y protección, y de que esos amables seres me conocieran y quisiesen. Mi mayor ambición era que sus dulces miradas se posaran en mí con afecto. No me atrevía a pensar que apartaran de mí su mirada con desdén y repulsión. Jamás despedían a los mendigos que llegaban hasta su puerta. Sé que pedía tesoros más valiosos que un simple lugar para reposar o un poco de comida: solicitaba cariño y amabilidad, pero no me creía del todo indigno de ello.

El invierno avanzaba, todo un ciclo de estaciones había transcurrido desde mi creación. Por entonces, todo mi interés se centraba en elaborar un plan que me permitiera entrar en la casa de mis protectores. Di vueltas a muchos proyectos, pero aquel por el que finalmente me decidí consistía en entrar a la cabaña cuando el anciano ciego estuviera solo. Tenía la suficiente astucia como para saber que la fealdad anormal de mi persona era la principal causa que desencadenaba el horror en aquellos que me contemplaban. Mi voz, si bien era ruda, no tenía nada de terrible. Por lo tanto pensé que, si en ausencia de sus hijos conseguía despertar la benevolencia y atención del anciano De Lacey, lograría con su intervención que mis jóvenes protectores me aceptaran.

Un día alegre y cálido, en el que el sol brillaba sobre la alfombra de hojas rojizas que tapizaba el suelo, Safie, Ágatha y Félix salieron a dar un largo paseo por el campo mientras que el anciano prefirió quedarse en la casa. Cuando los jóvenes se marcharon, agarró la guitarra y tocó algunas melancólicas pero dulces melodías, más dulces y melancólicas de lo que jamás hasta entonces lo había oído tocar. Al principio, su cara se iluminó de placer pero, a medida que proseguía, se fue ensombreciendo. Finalmente, dejando el instrumento de lado, se sumió en la reflexión.

Mi corazón comenzó a latir enloquecido. Había llegado el momento de mi prueba, el instante que afianzaría mis esperanzas o confirmaría mis temores. La servidumbre se había marchado a una feria vecina. La cabaña y sus alrededores se encontraban en silencio. Era la ocasión perfecta pero, cuando quise ponerme en pie, me fallaron las piernas y caí al suelo. Volví a levantarme y, haciendo acopio de todo mi valor, retiré las maderas que había colocado delante del cobertizo para ocultar mi escondite. El aire fresco me animó y resuelto a terminar con mis sufrimientos me acerqué a la puerta de la casa y llamé con los nudillos.

—¿Quién es? —preguntó el anciano y enseguida añadió—: ¡Adelante!

Empujé la puerta y dije:

—Perdóneme usted —dije—, soy un viajero que busca un poco de reposo. Me haría un gran favor si me permitiera disfrutar del fuego unos minutos.

—Pase, pase —dijo De Lacey—. Veré cómo puedo atender a sus necesidades. Por desgracia, mis hijos no están en casa y, como soy ciego, temo que me será difícil procurarle algo de comer.

—No se preocupe, buen hombre. Tengo provisiones suficientes —dije—, no necesito más que calor y un poco de descanso.

Me senté y se hizo un silencio. Sabía que cada minuto era precioso para mí, pero estaba indeciso sobre cómo proseguir la conversación. De pronto el anciano se dirigió a mí:

—Por su acento extranjero deduzco que somos compatriotas. ¿Es usted francés?

—No, no lo soy, pero fui educado por una familia francesa y no entiendo otra lengua. Ahora voy a solicitar la protección de unos amigos que me son muy queridos y en cuya ayuda confío.

—¿Son alemanes?

—No, son franceses. Pero si no lo incomoda, preferiría cambiar de tema. Soy un ser desamparado y solo. No tengo parientes ni amigos. Esas personas a las que tanto quiero y de las que acabo de hablarle ni siquiera me conocen. Estoy lleno de temores pues, si me fallan, me convertiré en un desgraciado por el resto de mi vida.

—No desespere. Es cierto que no tener amigos es una desgracia. Pero el corazón de los hombres, cuando el egoísmo no los ciega, está repleto de amor y cariño fraternal. Confíe, tenga esperanza y, si sus amigos son bondadosos y caritativos, no tiene nada que temer.

—Son muy amables —exclamé—. No puede haber personas mejores en el mundo pero, por desgracia, recelan de mí pese a que mis intenciones son buenas. Jamás he hecho daño a nadie, por el contrario, siempre he tratado de aportar mi ayuda. Pero un prejuicio fatal los obnubila y, en lugar de ver en mí a un amigo lleno de sensibilidad, me consideran un monstruo detestable.

—Eso es lamentable. Pero, si está usted exento de culpa, ¿no los podría convencer de que están equivocados?

—Justamente, eso es lo que pretendo hacer y es también la razón por la que estoy tan asustado. Tengo un gran cariño por esos amigos. Durante muchos meses, y sin que ellos lo sepan, les he venido prestando con asiduidad algunos pequeños servicios; no obstante, piensan que quiero perjudicarlos. Esa desconfianza es lo que quiero vencer.

—¿Dónde viven sus amigos?

—Cerca de este lugar.

El anciano hizo una pausa y continuó:

—Si usted quisiera confiarse a mí, quizá yo podría ayudarlo a vencer el recelo de sus amigos. Soy ciego y no puedo opinar sobre su aspecto, pero hay algo en sus palabras que me inspira confianza. Soy pobre y estoy en el exilio, pero sentiría un gran placer si todavía pudiera ayudar a otro ser humano.

—¡Es usted muy bueno! Agradezco su oferta y la acepto. Con su bondad me infunde nuevos ánimos. Confío en que, con su ayuda, ya no seré rechazado por los seres humanos y mis amigos me prodigarán su afecto.

—¡Dios no lo permita, ni aunque fuera usted de verdad un malvado! Eso sólo lo llevaría a la desesperación y no lo instigaría a la virtud. Sepa que yo también soy desgraciado. Aunque inocentes, yo y mi familia hemos sido condenados de forma injusta y, por lo tanto, puedo entender muy bien cómo se siente.

—¿Cómo agradecerle sus palabras? Es usted mi único y mejor bienhechor. De sus labios oigo las primeras frases amables dirigidas a mí y eso es algo que nunca olvidaré. Su humanidad me asegura que tendré éxito entre aquellos amigos a quienes estoy a punto de conocer.

—¿Cómo se llaman sus amigos? ¿Dónde viven?

Guardé silencio. Pensé que ese era el momento decisivo, el instante en que mi felicidad se confirmaría o se vería destruida para siempre. En vano luché por hallar el valor suficiente para contestarle: el esfuerzo acabó con las pocas energías que me quedaban y, llorando, me senté en una silla. En aquel momento, escuché los pasos de mis jóvenes vecinos. No tenía un segundo que perder y tomando la mano del anciano grité:

—¡Ha llegado la hora! ¡Sálveme! ¡Sálveme y protéjame! Usted y su familia son los amigos que busco. No me abandone en el momento decisivo.

—¡Dios mío! —exclamó el anciano— ¿Quién es usted?

En aquel instante se abrió la puerta de la casa, y entraron Félix, Safie y Ágatha. ¿Cómo describir el horror y la desesperación que se apoderaron de mí? Ágatha perdió el conocimiento y Safie, demasiado impresionada para poder auxiliar a su amiga, salió corriendo de la cabaña. Félix se abalanzó sobre mí y, con una fuerza sobrenatural, me arrancó del lado de su padre, cuyas rodillas yo abrazaba. Loco de ira, me arrojó al suelo y me azotó de forma violenta con un palo. Podía haberlo destrozado miembro a miembro con la misma facilidad que el león despedaza a una gacela. Pero el corazón se me encogió con una terrible amargura y me contuve. Vi cómo Félix se disponía a golpearme de nuevo, cuando, vencido por el dolor y la angustia, abandoné la casa y, al amparo de la confusión general, logré entrar al cobertizo sin ser visto

CAPÍTULO 15

¡Maldito, maldito creador! ¿Por qué tuve que vivir? ¿Por qué no apagué en ese instante la llama de vida que tú de manera tan inconsciente habías encendido? No lo sé. Todavía no se había apoderado de mí la desesperación, sólo experimentaba sentimientos de ira y venganza. Con gusto hubiera destruido la casa y sus habitantes, y sus alaridos y su desgracia me hubieran saciado.

Cuando llegó la noche, salí de mi refugio y vagué por el bosque. Ya sin que me frenara el miedo a que me descubrieran, di rienda suelta a mi dolor, prorrumpiendo en espantosos aullidos que nada tenían de humano. Era como un animal salvaje que había roto sus cadenas. Destrozaba todo lo que se cruzaba en mi camino, adentrándome en el bosque con la ligereza de un ciervo. ¡Qué noche más espantosa pasé! Las frías estrellas parecían brillar con burla y los árboles desnudos agitaban sus ramas. De cuando en cuando el dulce trino de algún pájaro rompía la total quietud. Todo, menos yo, descansaba o gozaba. Yo, maldito monstruo demoníaco, llevaba un infierno en mis entrañas y, no hallando a nadie que me comprendiera, quería arrancar los árboles, sembrar el caos y la destrucción a mi alrededor para, luego, sentarme a disfrutar de las ruinas.

Pero era una sensación que no podía durar. Rápidamente, el exceso de esfuerzo corporal me fatigó y me senté en la hierba húmeda, sumido en la impotencia de la desesperación. No había uno de entre los millones de seres humanos en la Tierra que se compadeciera de mí y me auxiliara. ¿Debía yo, entonces, sentir bondad hacia mis enemigos? ¡No! Desde aquel momento declararía una guerra sin fin contra la especie y, en especial, contra aquel que me había creado y obligado a sufrir esta insoportable desdicha.

Al llegar el alba y escuchar voces humanas, supe que me sería imposible volver a mi refugio durante el día. De modo que me escondí entre la maleza con la intención de dedicar las próximas horas a reflexionar acerca de mi situación.

La tibieza del sol y la pureza del aire me devolvieron en parte la tranquilidad y, cuando repasé lo sucedido en la cabaña, no pude menos que llegar a la conclusión de que me había precipitado. Sí, había sido imprudente. Estaba claro que mi conversación había despertado en el padre un interés por mí y yo era un necio por haberme expuesto al horror que produciría en sus hijos. Debí haber esperado hasta que el anciano De Lacey estuviera familiarizado conmigo y haberme presentado luego ante su familia, cuando estuvieran preparados para mi presencia. Pero creí que mi error no era irreparable y, tras mucho meditar, tomé la decisión de regresar a la cabaña, buscar al anciano y ganarme su apoyo exponiéndole con sinceridad mi situación.

Tales pensamientos lograron calmarme y, por la tarde, caí en un profundo sueño, pero la fiebre que me recorría la sangre impidió que durmiera tranquilo. De manera constante me venía a los ojos la escena del día anterior: en mis sueños veía cómo las mujeres huían enloquecidas y a Félix, enceguecido de ira, arrancándome del lado de su padre. Desperté exhausto y, al comprobar que ya era de noche, salí de mi escondite en busca de algo que comer.

Cuando sacié mi hambre, me encaminé hacia el sendero que tan bien conocía y que llevaba hasta la cabaña. Allí reinaba la paz. Penetré sigilosamente en el cobertizo, y aguardé en silencio y con ansiedad la hora en que la familia solía levantarse. Pero pasó esa hora, el sol estaba ya alto en el cielo y mis vecinos no se dejaban ver. Me puse a temblar con violencia, temiendo alguna desgracia. El interior de la vivienda estaba oscuro y no se oía ruido alguno. No puedo describir la agonía de esta espera.

De pronto, se acercaron dos campesinos que, deteniéndose cerca de la casa, empezaron a discutir, gesticulando exageradamente. No entendía lo que decían, pues hablaban en un idioma que era distinto del de mis vecinos. Poco después llegó Félix con otro hombre, lo cual me sorprendió, pues sabía que no había salido de la casa aquella mañana. Aguardé con impaciencia a descubrir, por sus palabras, el significado de esas insólitas imágenes.

—Comprenda usted —decía el acompañante— que tendrá que pagar tres meses de alquiler y que perderá la cosecha de su huerta. No es mi intención aprovecharme de su situación, por lo que le ruego que recapacite sobre su decisión.

—Es inútil —contestó Félix—. No podemos seguir viviendo en su casa. La vida de mi padre ha corrido grave peligro, debido a lo que le acabo de contar. Mi esposa y mi hermana tardarán mucho tiempo en recobrarse del susto. No insista, se lo suplico. Recupere su casa y déjenos huir lo antes posible de este lugar.

Félix temblaba mientras decía esas palabras. Entró en la casa seguido de aquel hombre, permanecieron allí algunos minutos y después salieron. No volví a ver a ningún miembro de la familia De Lacey.

Me quedé en el cobertizo durante el resto del día, sumido en un estado de completa desesperación. Mis protectores se habían marchado y, con ellos, el único lazo que me ataba al mundo y a los seres humanos. Por primera vez noté que sentimientos de venganza y de odio se apoderaban de mí, y que no intentaba reprimirlos. Dejándome arrastrar por la corriente, permití que me invadieran pensamientos de muerte y destrucción. Cuando recordaba a mis amigos, a la mansa voz de De Lacey, a la mirada tierna de Ágatha y a la belleza exquisita de la joven árabe, esos pensamientos se esfumaban y encontraba alivio en el llanto. Sin embargo, cuando de nuevo pensaba en que me habían abandonado y rechazado, me volvía la ira, una ira ciega y brutal. Incapaz de dañar a los humanos, regresé a mi cólera contra las cosas inanimadas. Avanzada la noche, coloqué alrededor de la casa diversos objetos combustibles y, tras destruir todo rastro de cultivo en la huerta, esperé con forzada impaciencia la desaparición de la luna para dar comienzo a mi vengativa labor.

Comenzó a soplar un fuerte viento en dirección al bosque, que dispersó las nubes y alejó las posibilidades de lluvia. La ventolera fue aumentando hasta que pareció una imponente avalancha y produjo en mí una suerte de ataque de demencia que arrasó los límites de la razón. Prendí fuego a una rama seca y empecé una alocada danza alrededor de la casa, antes tan querida, los ojos fijos en el oeste, donde la luna comenzaba a rozar el horizonte. Finalmente, se ocultó y desapareció por completo. Fue entonces que yo blandí mi rama y, con un aullido, encendí la paja, los matorrales y arbustos que había colocado. El viento avivó el fuego y pronto la casa estuvo envuelta en llamas que la lamían con avidez mediante sus destructoras y puntiagudas lenguas de fuego.

En cuanto me convencí de que no había manera de que se salvara parte alguna de la vivienda, abandoné el lugar y me interné en el bosque para buscar cobijo.

Ahora, el mundo se abría ante mí, pero no sabía dónde debía dirigir mis pasos. Decidí, por lo pronto, huir lejos del lugar de mis infortunios. Pero para mí, ser odiado y despreciado, todos los países serían igual de hostiles. Por último, pensé en ti. Sabía por tu diario que eras mi padre, mi creador y ¿a quién podía dirigirme sino a que a aquel que me había dado la vida? Entre las enseñanzas que Félix le había impartido a Safie se incluía también la geografía. De ella había aprendido la situación de los distintos países del globo. Tú mencionabas Ginebra como tu ciudad natal y, por lo tanto, hacia allí decidí encaminarme.

Pero ¿cómo orientarme? Sabía que debía seguir la dirección suroeste para llegar a mi destino, mas no contaba más que con el sol para guiarme. Desconocía el nombre de las ciudades por las cuales tenía que pasar y no podía preguntarle a nadie. Pero, aún así, no desesperé. Sólo podía ya esperar tu auxilio, pese a que no experimentaba por ti otro sentimiento que el odio. ¡Creador insensible y falto de corazón! Me habías dotado de sentimientos y pasiones para después lanzarme al mundo, víctima del desprecio y repugnancia de la humanidad. Pero sólo de ti podía exigir piedad y reparación, y de ti estaba dispuesto a conseguir esa justicia que en vano había intentado procurarme entre los demás hombres.

Fue un viaje largo y muchos fueron los sufrimientos que padecí. El otoño ya estaba muy avanzado cuando abandoné la región en la que había vivido tanto tiempo. Viajaba solamente por la noche, temeroso de hallarme con algún ser humano. La naturaleza se marchitaba a mi alrededor y el sol ya no calentaba. Tuve que soportar lluvias torrenciales y copiosas nevadas, y vi caudalosos ríos que se habían helado. La superficie del planeta se había endurecido y convertido en una pista gélida y resbalosa. No encontraba lugar para resguardarme. ¡Ay! ¡Cuántas veces maldije la causa de mi existencia! Lo apacible de mi carácter desapareció, y todo mi ser rezumaba amargura y hiel. Cuanto más me aproximaba al lugar donde vivías, más profundamente sentía que el deseo de venganza se apoderaba de mí. Comenzaron las nevadas y las aguas se helaron, pero yo proseguía mi viaje. Algunas indicaciones ocasionales me guiaban y tenía un mapa de la región, pero con frecuencia me desviaba de mi camino. La angustia de mis sentimientos no me concedía tregua. No había incidente del cual mi furia y desdicha no pudieran sacar provecho, pero un hecho que tuvo lugar cuando llegué a la frontera suiza, cuando ya el sol volvía a calentar y la tierra a reverdecer, confirmó de modo muy especial la amargura y horror de mis sentimientos.

Generalmente, descansaba durante el día y viajaba de noche, cuando la oscuridad me protegía de cualquier eventual encuentro. Pero una mañana, viendo que mi ruta cruzaba un espeso bosque, me atreví a continuar mi periplo luego del amanecer. Era uno de los primeros días de la primavera, y la suavidad del aire y la belleza de la luz consiguieron animarme. Sentí revivir en mí olvidadas emociones de dulzura y placer que ya creía muertas. Un tanto sorprendido por la novedad de tales sentimientos, me dejé arrastrar por ellos. Olvidé mi soledad y mi monstruosidad, y me atreví a ser feliz. Lágrimas ardientes humedecieron mis mejillas y alcé los ojos hacia el sol agradeciendo la dicha que me enviaba.

Seguí avanzando por los caprichosos y sinuosos senderos hasta que llegué al límite del bosque, donde encontré un profundo torrente de aguas turbulentas sobre las que los árboles inclinaban sus reverdecidas copas. Allí me detuve, dudando sobre el camino que debía seguir, cuando el murmullo de unas voces me impulsó a ocultarme ayudado por un ciprés. Apenas había tenido tiempo de esconderme, cuando apareció una niña corriendo hacia donde yo estaba, como si jugara a escaparse de alguien. Seguía corriendo por el escarpado margen del río cuando, de repente, se resbaló y cayó al agua. Abandoné precipitadamente mi escondite y, tras una ardua lucha contra la corriente, conseguí sacarla y arrastrarla a la orilla. Se había desvanecido y yo trataba por todos los medios de hacerla volver en sí cuando me interrumpió la llegada de un campesino que debía ser la persona de la que, en broma, huía la niña. Al verme, se abalanzó sobre mí y, arrancándome a la pequeña de los brazos, se encaminó con rapidez hacia la parte más espesa del bosque. Sin saber por qué, lo seguí a gran velocidad, pero cuando el hombre vio que me acercaba, me apuntó con una escopeta que llevaba y disparó. Caí al suelo mientras él, con renovada celeridad, se adentró en el bosque.

¡Aquella fue la recompensa por mi buena acción! Había salvado de la muerte a un ser humano y el premio, que me hacía retorcer de dolor, era una herida que me había astillado el hueso. Los sentimientos de bondad y afecto que había experimentado pocos minutos antes se transformaron en una diabólica furia que me hacía rechinar los dientes. Torturado por el daño, juré odio y venganza eterna a toda la humanidad. Pero el dolor me vencía. Sentí como se detenía mi pulso y perdí el conocimiento.

Durante unas semanas llevé en el bosque una existencia miserable, intentando curarme la herida que había recibido. La bala me había penetrado en el hombro e ignoraba si continuaba allí o lo había traspasado. Cualquiera fuera el caso, no disponía de los medios para extraerla. Mi sufrimiento también se veía aumentado por una terrible sensación de injusticia e ingratitud. Mi deseo de venganza se incrementaba día tras día: anhelaba una venganza implacable y mortal que compensara la angustia y los ultrajes que yo había padecido.

La herida cicatrizó semanas más tarde y pude continuar mi viaje. Ni el sol primaveral ni las suaves brisas eran capaces ya de aliviar mis pesares. La felicidad me parecía una burla, un insulto a mi desolación y me hacía sentir de forma más pronunciada que el gozo y el placer no se habían hecho para mí.

Pero mis sufrimientos ya estaban llegando a su fin y dos meses más tarde me hallaba en los alrededores de Ginebra.

Llegué al anochecer y busqué refugio en los campos cercanos para reflexionar acerca de la forma de acercarme a ti. Me azotaban el hambre y la fatiga, y me sentía demasiado desdichado como para poder disfrutar del suave aire vespertino o de la perspectiva de la puesta de sol tras los magníficos montes del Jura.

Pronto me sumí en un ligero sueño que me alivió del dolor y me concedió por un rato olvido a mis sufrimientos. Me desperté de repente con la llegada de un hermoso niño que, con la inocente alegría de la infancia, entraba corriendo en mi escondite. De pronto, al verlo, me asaltó la idea de que esa criatura no tendría prejuicios y de que era demasiado pequeña como para haber adquirido el miedo a la deformidad. Pensé que, por lo tanto, si lo acogiera y lo educara como mi amigo y compañero, ya no estaría tan solo en este poblado mundo.

Siguiendo mi impulso, tomé al niño cuando pasó por mi lado y lo atraje hacia mí. Pero en cuanto me miró, se tapó los ojos con las manos y lanzó un grito. Con fuerza le destapé la cara y le dije:

—¿Por qué gritas? No voy a hacerte daño. ¡Escúchame!

—¡Suélteme! —dijo debatiéndose con violencia—. ¡Monstruo! ¡Ser repulsivo! Quiere cortarme en pedazos y comerme. ¡Es un ogro! ¡Suélteme o se lo diré a mi padre!

—Nunca más volverás a ver a tu padre. Vendrás conmigo.

—¡Horrendo monstruo! ¡Suélteme! Mi padre es juez, es el magistrado Frankenstein y lo castigará. No se atreva a llevarme con usted.

—¡Frankenstein! Perteneces a la familia de mi enemigo, a aquel de quien he jurado vengarme. ¡Tú serás mi primera víctima!

El pequeño no dejaba de forcejear y de lanzarme insultos que me llenaban de desesperación. Lo agarré de la garganta para que se callara y, al instante, cayó muerto a mis pies.

Contemplé el cadáver de mi víctima y mi corazón se hinchó de exultación y diabólico triunfo. Palmoteando exclamé:

—¡Yo también puedo sembrar la desolación! ¡Mi enemigo no es invulnerable! Esta muerte lo llevará a la desesperación, y mil otras desgracias lo atormentarán y destrozarán.

Mientras miraba a la criatura, vi un objeto que le brillaba sobre el pecho. Lo agarré: era el retrato de una bellísima mujer. Pese a mi enojo, no pude evitar que me sedujera. Durante unos instantes observé los ojos oscuros bordeados de espesas pestañas y los hermosos labios. Pero mi cólera volvió rápidamente al recordar que me habían privado de los placeres que criaturas como aquella podían proporcionarme y que la mujer que contemplaba, de verme, hubiera cambiado ese aire de bondad angelical por una expresión de espanto y repugnancia.

¿Te sorprende que semejantes pensamientos me llenaran de ira? Me pregunto ahora cómo, en ese momento, en vez de manifestar mis sentimientos con exclamaciones y lamentos, no me arrojé sobre los seres humanos, muriendo en mi intento de destruirlos.

Poseído por esos pensamientos, abandoné el lugar donde había cometido el asesinato en pos de procurarme un escondite. Penetré en un cobertizo y fue entonces que vi a una mujer que dormía sobre un montón de paja. Era joven, ciertamente no tan hermosa como aquella cuyo retrato sostenía, pero de aspecto agradable, y tenía el encanto y frescor de la juventud. "He aquí —pensé— una de esas criaturas cuyas sonrisas recibirán todos menos yo" y, inclinándome sobre ella, murmuré:

—Despierta, bella muchacha. Aquí hay alguien que te ama y está dispuesto a cambiar su vida por una sola mirada de amor de tus ojos. ¡Despierta!

La joven comenzó a agitarse y me estremecí de pavor. Despertaría y, al verme, seguramente comenzaría a gritar y, luego, me denunciaría como el asesino del pequeño. Tales pensamientos encendieron nuevamente mi cólera y mis instintos sanguinarios. Ella sería quien sufriera, no yo. Ella pagaría por el crimen que yo había perpetrado y, de esa manera, vengaría el sufrimiento que me producía su indiferencia y la de todas las de su especie. Gracias a las lecciones de Félix y a las crueles leyes de los hombres, había aprendido a hacer el mal. Me acerqué a ella de modo sigiloso e introduje el retrato en uno de los pliegues de su traje. La muchacha se movió de nuevo y yo huí.

Vagué durante algunos días por los lugares donde habían sucedido esos acontecimientos. En ocasiones deseaba hallarte y, en otras, estaba decidido a abandonar para siempre este mundo y sus miserias. Por fin me dirigí a estas montañas, en las que he deambulado, consumido por una devoradora pasión que sólo tú puedes satisfacer. No podemos separarnos hasta que no accedas a mi petición. Estoy solo, soy desdichado, nadie quiere compartir mi vida. Sólo alguien tan deforme y horrible como yo podría concederme su amor. Mi compañera deberá ser igual que yo y tener mis mismos defectos. ¡Tú debes crearla!

CAPÍTULO 16

La criatura terminó de hablar y me miró fijo, aguardando una respuesta. Pero yo estaba desconcertado, perplejo, incapaz de ordenar mis ideas lo suficiente como para entender la transcendencia de lo que me proponía. Prosiguió:

—Debes crear para mí una compañera, una hembra, con la cual pueda vivir intercambiando el afecto que necesito para poder existir. Esto sólo lo puedes hacer tú y te lo exijo como un derecho que no puedes negarme.

La parte final de su alocución había vuelto a encender en mí la ira que se me había ido calmando mientras contaba su tranquila existencia con los habitantes de la cabaña. No pude contener mi furia.

—Pues sí, me niego —contesté— y ninguna tortura conseguirá que acepte. Podrás convertirme en el más desdichado de los hombres, pero no lograrás que sienta desprecio por mí mismo. ¿Crees que podría crear otro ser como tú para que, uniendo ambas fuerzas, arrasen el mundo? ¡Aléjate! Ya te he contestado: podrás torturarme, pero nunca accederé a tu pedido.

—Te equivocas —contestó el monstruo—. Pero, en vez de amenazarte, prefiero razonar contigo. Soy malvado porque soy desdichado. ¿Acaso no me desprecia y odia toda la humanidad? Tú, mi creador, quisieras destruirme y, de esa forma, considerarte vencedor. Recuérdalo y dime, pues ¿por qué debo tener yo para con el hombre más piedad de la que él tiene para conmigo? No sería para ti un crimen arrojarme a uno de esos abismos y destrozar la obra que creaste con tus propias manos. ¿Debo, pues, respetar al hombre cuando éste me condena? Que conviva en paz conmigo y yo, en vez causarle de daño, le haría todo el bien que pudiera, llorando de gratitud ante su aceptación. Pero eso es imposible: los sentimientos de los humanos son barreras infranqueables que impiden nuestra unión. Sin embargo, mi sometimiento no será el del esclavo vencido, sino que me vengaré de mis sufrimientos. Si no puedo inspirar amor, desencadenaré el miedo. Sobre todo, a ti, mi supremo enemigo, por ser mi creador, te juro odio eterno. Ten cuidado: te destruiré y no cejaré hasta que te seque el corazón y maldigas la hora en que naciste.

Mientras profería esas palabras, lo dominaba un furor demoníaco. Tenía el rostro contraído con una mueca demasiado horrenda como para que ningún ser humano la pudiera contemplar. Al rato, se tranquilizó y prosiguió.

—Estaba decidido a razonar contigo. Enojándome sólo consigo perjudicarme, porque te niegas a entender que eres tú y solamente tú el culpable de todos mis excesos. Si alguien tuviera para conmigo sentimientos de benevolencia, yo se los devolvería centuplicados. Con tal de que existiera un único ser, yo sería capaz de hacer una tregua con toda la humanidad. Pero ahora me recreo soñando dichas imposibles. Lo que te pido es razonable y justo; te exijo una criatura del otro sexo, tan horripilante como yo. Sé que es un consuelo bien pequeño, pero también sé que no puedo pedir más, por lo que me conformo con eso. Es verdad que seremos monstruos aislados del resto del mundo. Pero eso precisamente nos hará estar más unidos el uno al otro. Nuestra existencia no será feliz, pero sí inofensiva y estará libre del sufrimiento que ahora padezco. ¡Creador mío, hazme feliz! Dame la oportunidad de tener que agradecer un acto bueno para conmigo. Déjame comprobar que inspiro la simpatía de algún ser humano. No me niegues lo que te pido.

Me convenció, pero me estremecía de sólo pensar en las posibles consecuencias que se derivarían si accedía a su pedido. Sin embargo, pensaba que su argumento no estaba del todo falto de justicia. Su relato y los sentimientos que ahora expresaba demostraban que era una criatura sensible y tal vez yo, como su creador, le debía toda la felicidad que pudiera proporcionarle. Él advirtió el cambio que experimentaban mis sentimientos y prosiguió:

—Si accedes, ni tú ni ningún otro ser humano nos volverán a ver. Me estableceré en las enormes llanuras de América del Sur.

Para alimentarme, no necesito la misma comida que el hombre. Yo no destruyo al cordero o a la cabra para saciar mi hambre. Las bayas y las bellotas son suficientes para mí. Mi compañera será idéntica a mí y sabrá contentarse con mi misma suerte. Nuestro lecho será de hojas secas, el sol brillará para nosotros igual que para los demás mortales y madurará nuestros alimentos. La escena que te describo es apacible y humana, y debes admitir que, si te niegas, mostrarías una deliberada crueldad y tiranía. Despiadado como te has mostrado hasta ahora conmigo, veo sin embargo un destello de compasión en tu mirada. Déjame aprovechar este momento favorable para arrancarte la promesa de que harás lo que deseo con tanto ardor.

—Te propones —le contesté— alejarte los lugares donde habita el hombre y vivir en parajes inhóspitos donde las bestias salvajes serán tus únicas compañeras. ¿Cómo podrás soportar tú ese exilio, tú que ansías el cariño y la comprensión de los hombres? Retornarás en busca de su afecto y te volverán a despreciar, con lo que renacerá en ti la maldad y, entonces, tendrás una compañera que te ayudará en tu labor destructora. Es imposible. Deja de insistir porque no puedo acceder.

—¡Qué cambiantes son tus sentimientos! Hace sólo un instante estabas conmovido. ¿Por qué ahora te vuelves atrás y te endureces contra mis súplicas? Te juro, por esta tierra que habito, y por ti, mi creador, que si me das la compañera que te solicito, abandonaré la cercanía de los hombres. Si es preciso, me trasladaré a los lugares más salvajes de la Tierra. No habrá sitio para instintos de maldad, pues tendré comprensión, mi vida transcurrirá tranquila y, a la hora de la muerte, no tendré que maldecir a mi creador.

Sus palabras me causaron un extraño efecto. Lo compadecía y hasta sentía deseos de consolarlo. Pero, cuando lo miraba, cuando veía esa masa monstruosa que hablaba y se movía, me invadía la repugnancia, y mis sentimientos de piedad se tornaban en horror y odio. Hacía lo posible por sofocar esa sensación. Pensaba que, ya que no podía sentir por él afecto alguno, no tenía derecho a negarle la pequeña porción de felicidad que estaba en mis manos proporcionarle.

—Me juras —le dije— que no causarás más daños, pero ya has dado pruebas de un grado de maldad que debiera, con razón, hacerme desconfiar de ti. ¿No será esto una trampa que aumentará tu triunfo al concederte mayores posibilidades de venganza?

—¿Qué estás diciendo? Te exijo una respuesta concreta. Si no puedo alcanzar el afecto y el amor, entonces, el vicio y el crimen serán, por fuerza, mi objetivo. El cariño de otra persona destruiría la razón de ser de mis crímenes y me convertiría en algo cuya existencia todos desconocerían. Mis vicios sólo son el fruto de una soledad impuesta y que aborrezco, y mis virtudes surgirían necesariamente cuando viva en armonía con un semejante. Sentiría el afecto de otro ser, y me incorporaría a una cadena de existencia y hechos de la cual ahora quedo excluido.

Permanecí en silencio reflexionando un rato sobre todo lo que me había dicho y acerca de los diversos argumentos que había esgrimido. Pensé en la actitud prometedora de la que había dado muestras al comienzo de su existencia, y en la degradación posterior que habían experimentado sus cualidades a causa del desprecio y el odio que sus vecinos le demostraron. Aún así, no olvidé en mis reflexiones su fuerza y sus amenazas. Un ser capaz de habitar en las cuevas de los glaciares y de huir de sus perseguidores escalando abismos inaccesibles, poseía unas facultades con las cuales sería inútil intentar competir. Luego de un prolongado lapso de meditación, llegué a la conclusión de que acceder a lo que me pedía era algo que les debía a él y a mis semejantes. Por lo tanto, volviéndome hacia él, le dije:

—Te concederé lo que me pides, bajo la solemne promesa de que abandonarás para siempre el continente europeo y evitarás cualquier otro lugar que frecuente el ser humano en cuanto te entregue la compañera que habrá de seguirte al exilio.

—¡Juro —gritó—, por el sol y por el cielo azul, que si escuchas mis súplicas nunca me volverás a ver mientras ellos existan! Ve a tu casa y empieza tu trabajo. Esperaré el resultado con una impaciencia infinita. Y no temas: cuando hayas concluido, yo estaré allí.

No bien hubo finalizado de hablar, se marchó, temeroso quizá de que cambiara nuevamente mi decisión. Lo vi bajar por la montaña más rápido que el vuelo de un águila y pronto lo perdí de vista entre las ondulaciones del mar de hielo.

Su relato había durado todo el día y el sol estaba a punto de ponerse cuando la criatura de marchó. Me di cuenta de que debía apresurarme a emprender mi descenso hacia el valle, pues pronto me envolvería la oscuridad, pero un gran peso me oprimía el corazón y me hacía caminar con lentitud. El esfuerzo que tenía que hacer para andar por los serpenteantes senderos de la montaña sin escurrirme me absorbía, aun con lo turbado que estaba por los acontecimientos que se habían producido durante aquella jornada. Ya muy entrada la noche, llegué al albergue situado a medio camino y me senté junto a la fuente. Las estrellas brillaban de manera intermitente, cuando no quedaban ocultas por las nubes. Los oscuros pinos se erguían ante mí y, aquí y allá, se divisaban troncos tendidos por el hielo. Se trataba de una escena de una solemnidad imponente, que removió en mí extraños pensamientos. Lloré con amargura y, juntando las manos con desesperación, grité:

—¡Estrellas, nubes, vientos! ¿No tienen piedad de mis sentimientos? Si de verdad me compadecen, líbrenme de mis sensaciones y mis recuerdos, y déjenme que me hunda en la nada. Si, por el contrario, les soy indiferente, aléjense de mí y súmanme en las tinieblas.

Esos eran los pensamientos absurdos y desesperados que experimentaba, pero me es imposible describir cuánto me hacía sufrir en aquellos momentos el centelleo de las estrellas ni de qué manera esperaba que cada ráfaga de viento fuera un aborrecible siroco que viniera a consumirme.

Amaneció antes de que yo llegara a la aldea de Chamounix. Mi apariencia cansada y extraña no ayudó a sosegar a mi familia, que había pasado la noche en pie aguardando con ansiedad mi regreso.

Al día siguiente, volvimos a Ginebra. La intención de mi padre al venir había sido la de distraerme y devolverme la tranquilidad perdida, pero la medicina había surtido un efecto nefasto. Al no poder entender la gran tristeza que parecía embargarme, se apresuró a organizar la vuelta a casa, confiando en que la paz y la monotonía de la vida familiar aliviaran mis sufrimientos, cualesquiera que fueran sus causas.

En cuanto a mí, permanecí ajeno a todos los preparativos del viaje. Incluso el dulce cariño de mi querida Elizabeth no bastaba para sacarme del abismo de mi desesperación. La promesa que le había efectuado a aquel demonio pesaba sobre mí como la capucha de hierro que llevaban los infernales hipócritas de Dante. Todos los placeres del cielo y de la tierra pasaban ante mí como un sueño y un único pensamiento constituía la realidad. ¿Es de sorprender, pues, que en ocasiones me invadiera un estado de demencia o que, de forma continua, viera a mi alrededor una multitud de repugnantes animales que me infligían torturas incesantes y con frecuencia me arrancaban horribles y amargos chillidos?

No obstante, poco a poco, esos sentimientos se calmaron. Nuevamente me incorporé a la vida cotidiana, si no con interés sí, al menos, con algo de tranquilidad.

CAPÍTULO 17

Cuando regresé a Ginebra pasaron muchos días y muchas semanas sin poder hallar en mí el valor suficiente como para retomar mi trabajo. Temía la venganza del monstruoso ser si lo defraudaba, pero no podía vencer la repugnancia que me inspiraba la ocupación que me había impuesto. Me di cuenta de que no me sería posible crear una hembra sin dedicar nuevamente varios meses al estudio profundo y a trabajosos experimentos. Tenía conocimiento de algunos descubrimientos efectuados por un científico inglés, cuyas experiencias me serían valiosas y, en ocasiones, pensaba en pedir permiso a mi padre para ir a Inglaterra con ese fin. Sin embargo, me aferraba a cualquier pretexto para no interrumpir la incipiente tranquilidad que comenzaba a experimentar. Mi salud, muy debilitada hasta ese momento, empezaba a fortalecerse y mi estado de ánimo, cuando el triste recuerdo de la promesa hecha no lo empañaba, solía ser bastante bueno. Mi padre observaba con agrado esta mejoría y se esforzaba en procurar la mejor manera de borrar por completo la melancolía que de vez en cuando retornaba y ensombrecía con tenacidad la tenue luz que procuraba abrirse paso en mí. Entonces, buscaba refugio en la soledad más absoluta. Pasaba días enteros en el lago, tumbado en una barca, silencioso e indolente, contemplando las nubes y escuchando el murmullo de las olas. El aire puro y el sol brillante solían devolverme, al menos en parte, la compostura y, a mi regreso, respondía a los saludos de mis amigos con la sonrisa más presta y el corazón más ligero.

Un día, cuando volvía de una de estas salidas mi padre, llamándome aparte, me dijo:

—Me satisface mucho, hijo mío, que vuelvas a tus antiguas distracciones y a ser el mismo de antes. Sin embargo, sigues triste y todavía te muestras esquivo a nuestra compañía. Durante algún tiempo he estado muy desorientado sobre cuál podría ser la razón de todo ello. Pero ayer tuve una idea y, te ruego que si estoy en lo cierto, me la confirmes. Cualquier reserva a este respecto no sólo sería injustificada, sino que aumentaría nuestras preocupaciones.

Escuchar esas palabras me inquietó mucho, pero mi padre continuó:

—Sabes bien, Víctor, que siempre he deseado tu matrimonio con nuestra querida Elizabeth, considerándolo una promesa de felicidad doméstica y el báculo de mis postreros años. Han sido muy unidos desde niños; estudiaban juntos y parecían, por gustos y aficiones, hechos el uno para el otro. Pero somos tan ciegos los humanos, que las cosas que yo consideraba favorables a tal proyecto acaso hayan sido, precisamente, las que lo hayan destruido por completo. Puede que tú la consideres como una hermana y no tengas deseo alguno de que se convierta en tu esposa. Es incluso posible que hayas conocido a otra mujer a la cual ames y que, considerándote ligado a tu prima por razones de honor, te debatas en una lucha que ocasiona la evidente tristeza que te aflige.

—Querido padre, tranquilízate. Te aseguro que amo a Elizabeth de un modo tierno y profundo. No he conocido a ninguna mujer que me inspire, como ella, tanta admiración y afecto. Mis esperanzas y deseos para el futuro se fundan en la perspectiva de nuestra unión.

—Tus palabras, querido Víctor, me producen una alegría que no experimentaba hacía ya mucho tiempo. Si esto es lo que sientes, nuestra felicidad está asegurada, más allá de que acontecimientos recientes puedan entristecernos. Pero es justamente esta tristeza, que parece haberse adueñado de modo tan poderoso de ti, la que quisiera disipar. Dime, pues, si tienes alguna objeción a que se celebre la boda de inmediato. Hemos sido desdichados en los últimos tiempos y sucesos recientes nos han robado la paz cotidiana tan necesaria para alguien de mi edad. Tú eres joven pero no creo que, con la fortuna de que dispones, una boda precoz pueda interferir en los planes de honor o provecho que te hayas podido trazar. No creas, sin embargo, que trato de imponerte la felicidad o que una demora de tu parte me ocasionaría desazón. Interpreta bien mis palabras y, te ruego, me contestes con confianza y franqueza.

Escuché a mi padre en silencio y permanecí un buen rato sin poder darle una respuesta. En mi mente se agolpaba un cúmulo de pensamientos que intentaba ordenar en pos de llegar a alguna conclusión. La idea de una unión inmediata con mi prima me llenaba de horror y aflicción. Estaba atado por una solemne promesa que todavía no había cumplido y que no me atrevía a romper, pues, de hacerlo, el incumplimiento de mi palabra no traería sino grandes desdichas para mí y para mi afectuosa familia. No creo que pudiera entrar en ese festejo con semejante peso muerto atado a mi cuello y doblegándome hacia el suelo. Debía cumplir mi compromiso, dejando al monstruo que partiera con su pareja, antes de permitirme disfrutar de las delicias de un matrimonio del que esperaba la paz.

Tenía también en cuenta la necesidad que se me imponía de viajar a Inglaterra o de comenzar a intercambiar una larga correspondencia con científicos de aquel país, cuyos conocimientos e investigaciones me eran imprescindibles en mi labor. Este segundo modo de obtener la información que precisaba era lento y poco satisfactorio. Además, cada día me parecía más inconveniente emprender en casa de mi padre la repugnante tarea y hacer como si nada estuviera ocurriendo. Por otra parte, cualquier cambio me serviría de distracción y me ilusionaba la idea de pasar un año o dos en otro lugar, cambiando de ocupación y lejos de mi familia. Durante ese período, podía ocurrir cualquier hecho que me permitiese volver a ellos en paz y tranquilidad. Quizá podía cumplir mi promesa y el monstruo se alejaría o, tal vez, podía ocurrir algún accidente que lo destruyera, poniendo así fin a mi esclavitud.

Tras haber sopesado esos argumentos le di a mi padre la respuesta que estaba esperando. Le manifesté mi deseo de visitar Inglaterra, pero le oculté mis verdaderas intenciones bajo el pretexto de que quería viajar y ver mundo antes de asentarme para el resto de la vida en mi ciudad natal. Le rogué con insistencia que me permitiera partir y accedió con prontitud, pues no existía en el mundo padre más indulgente y menos autoritario que él. Se sentía feliz viendo que, pasado mi extenso período de depresión, semejante por sus síntomas a una verdadera locura, la idea de un viaje todavía me entusiasmaba.

Pronto estuvieron arreglados los preparativos. Yo viajaría a Estrasburgo, donde me reuniría con Clerval, estaríamos una corta temporada en Holanda, la mayor parte del tiempo lo pasaríamos en Inglaterra y el regreso lo haríamos por Francia. Asimismo, acordamos que el viaje duraría dos años.

Mi padre se conformó con la promesa de que mi boda con Elizabeth tendría lugar en cuanto volviera a Ginebra.

—Estos dos años pasarán con mucha rapidez —me dijo— y serán la última demora antes de tu felicidad final. Espero con impaciencia la llegada del momento en que estemos todos unidos y ningún temor altere nuestra paz familiar.

—Estoy de acuerdo con tu proyecto —le contesté—. Dentro de dos años tanto Elizabeth como yo seremos más maduros y espero que también más felices de lo que ahora somos.

Suspiré, pero mi padre, delicadamente, se abstuvo de hacerme más preguntas respecto de las causas de mi pesadumbre. Esperaba que el cambio de ambiente y la distracción de la travesía me devolvieran la tranquilidad.

Comencé con los preparativos del viaje, pero me obsesionaba un pensamiento que me colmaba de angustia y temor. Durante mi ausencia, mi familia continuaría ignorando la existencia de su enemigo y quedaría a merced de sus ataques en el supuesto caso de que él, irritado por mi viaje, se lanzara contra ellos. Pero había prometido seguirme adonde quiera que yo fuera, así que ¿no vendría tras de mí a Inglaterra? Este pensamiento era terrorífico en sí mismo, pero reconfortante, en cuanto suponía que los míos estarían a salvo. La idea de alguna contrariedad me torturaba. Pero durante todo el tiempo que fui esclavo de aquel ser horrendo me dejé guiar por los impulsos del momento y, en ese instante, tenía la seguridad de que me perseguiría, y, por lo tanto, también de que mi familia quedaría libre del peligro de sus maquinaciones.

A finales de agosto marché hacia mis dos años de exilio. Elizabeth se resignó a mi partida, aceptó mis razones y sólo lamentaba el no tener las mismas oportunidades que yo para ampliar su campo de experiencia y cultivar su mente. Lloró al despedirme, y me rogó que retornara feliz y en paz conmigo mismo.

–Todos dependemos de ti –dijo– y si tú estás apenado ¿cuál puede ser nuestro estado de ánimo?

Me precipité al interior del carruaje que debía alejarme de los míos, apenas sin saber adónde me dirigía e importándome poco lo que sucedía a mi alrededor. Sólo recuerdo que, con una amargura inmensa, pedí que empaquetaran el instrumental químico que quería llevarme conmigo, pues había decidido cumplir mi promesa mientras me hallaba en el extranjero y regresar, de ser posible, siendo un hombre libre. Lleno de pensamientos desoladores, atravesé hermosísimos paisajes de majestuosa belleza. Pero tenía la mirada fija y abstraída. Sólo pensaba en la meta de mi viaje y en el trabajo del cual debía ocuparme mientras durara. Tras varios días de inquieta indolencia, durante los cuales recorrí muchas leguas, llegué a Estrasburgo, donde tuve que esperar dos días la llegada de Clerval. Vino y me produjo una inmensa alegría volver a verlo. Pero ¡ay! qué cambiados estábamos, qué distintos nos habíamos vuelto. Él respondía con vivacidad ante cualquier paraje nuevo, se emocionaba con las hermosas puestas de sol y todavía más con el amanecer cuando se estrenaba un nuevo día. Me señalaba los cambios de colorido en el paisaje y el aspecto del cielo.

–¡Esto es lo que yo llamo vivir! –exclamaba–. ¡Cómo me gusta existir! ¿Pero por qué estás tú, querido Frankenstein, tan triste y abatido?

En verdad, yo daba prueba de la más desoladora tristeza, y permanecía indiferente ante el anochecer o el dorado amanecer reflejado en el Rhin. Le aseguro, amigo mío, que se divertiría mucho más con el diario de Clerval, gozoso y sensible admirador del paisaje, que con las reflexiones de esta criatura miserable, perseguida por una maldición que obturaba toda posibilidad de dicha.

Habíamos decidido bajar en barco por el Rhin desde Estrasburgo hasta Rotterdam, donde embarcaríamos hacia Londres. Durante ese trayecto, pasamos muchas islitas cubiertas de sauces y vimos varias ciudades hermosas. Nos detuvimos todo un día en Mannhein y, cinco días después de salir de Estrasburgo, llegábamos a Mayence. A partir de aquella ciudad, el curso del Rhin se hace mucho más pintoresco. El río desciende rápido y serpenteando entre colinas no muy altas, pero sí escarpadas y de formas muy bellas. Divisamos numerosos castillos en ruinas, lejanos e inaccesibles que, rodeados de espesos y sombríos bosques, se alzaban al borde de los despeñaderos. Esa parte del Rhin ofrece un paisaje de singular variedad. Pueden verse montañas irregulares, castillos en ruinas dominando tremendos precipicios, a cuyos pies el sombrío Rhin fluye en precipitada carrera y, súbitamente, tras rodear un promontorio, el panorama lo constituyen prósperos viñedos que cubren las verdes y ondulantes laderas, sinuosos ríos, y prósperas y populosas ciudades.

Estábamos en época de vendimia, y, mientras viajábamos río abajo, escuchábamos las canciones de los trabajadores. Incluso yo, pese a mi ánimo decaído y colmado como estaba de funestos pensamientos, me sentía contento. Tumbado en el fondo de la barca, miraba el límpido cielo azul y parecía imbuirme de una tranquilidad que hacía mucho no experimentaba. Si esas eran mis sensaciones, las de Henry eran indescriptibles. Se creía transportado a un país de hadas y sentía una felicidad que muy pocos hombres llegan a alcanzar.

–He contemplado –decía– los parajes más hermosos de mi país. Conozco los lagos de Lucerna y Uri, en donde las montañas nevadas entran casi a pico en el agua, proyectando oscuras e impenetrables sombras que, de no ser por los verdes islotes que alegran la vista, parecerían lúgubres y tenebrosas. He visto, asimismo, agitarse este lago con una tempestad cuando el viento arremolinaba las aguas, dando una idea de lo que puede ser una tromba marina en la vastedad del océano. Observé las olas estrellarse con furia al pie de las montañas, donde cayó la avalancha sobre el cura y su amante, cuyas moribundas voces, según se dice, todavía se oyen cuando los vientos se acallan. Conozco las montañas de La Valais y las del Pays de Vaud. Pero estos lugares, Víctor, me gustan mucho más que todas aquellas maravillas. Las montañas de Suiza son más majestuosas y extrañas, pero hay un encanto especial en las márgenes de este río tan divino, que no se compara con nada. Mira ese castillo que domina aquel precipicio y ese otro en aquella isla, casi oculto por el follaje de los hermosos árboles, y ese grupo de trabajadores que regresan de la vendimia y esa aldea medio oculta por los pliegues de la montaña. Sin duda, los espíritus que habitan y cuidan de este sitio tienen un alma más comprensiva para con el hombre que aquellos que pueblan el glaciar o que se refugian en las cimas inaccesibles de las montañas de nuestro país.

¡Clerval! ¡Querido amigo! Incluso hoy me llena de satisfacción recordar tus palabras y dedicarte los elogios que tan merecidos tienes.

Sí. Henry era un ser que se había educado en la poesía de la naturaleza. Su desbordante y entusiasta imaginación se veía matizada y contenida por la gran sensibilidad de su espíritu. Su corazón estaba repleto de afecto, y su amistad era de esa naturaleza fiel y maravillosa que la gente de mundo se empeña en hacernos creer que sólo existe en el reino de lo imaginario. Pero ni siquiera la comprensión y el cariño humanos bastaban para satisfacer la avidez de su mente. El espectáculo de la naturaleza, que en otros despierta tan solo admiración, era para él objeto de una pasión ardiente.

La sonora catarata
lo conmovía como una pasión; la erguida roca,
la montaña y la selva de sombras profundas,
sus formas y colores, eran para él.
Un deseo, un sentimiento, y un amor,
que no necesitaba otros encantos
proporcionados por la imaginación u otro atractivo
que no se dirigiera a los ojos.

¿Y dónde está ahora? ¿Se ha perdido para siempre este ser tan dulce y hermoso? ¿He perdido para siempre esta mente tan repleta de pensamientos, de magníficas y caprichosas fantasías que formaban un mundo cuya existencia dependía de la vida de su creador? ¿Existe ahora sólo en mi recuerdo? No, no es posible. Aquel cuerpo, modelado de forma tal perfecta que irradiaba hermosura me ha abandonado, pero su espíritu sigue alentando y visitando a su desdichado amigo.

Perdóneme usted este arranque de dolor. Mis pobres palabras son tan sólo un insignificante tributo a la inapreciable valía de Henry, pero calman mi corazón, tan angustiado por su recuerdo. Proseguiré mi relato.

Dejamos Colonia y descendimos a las llanuras de Holanda, donde decidimos continuar por tierra el resto del periplo, pues el viento era desfavorable y la corriente del río demasiado lenta para permitirnos progresar.

Los márgenes del Támesis nos parecieron distintas a las del Rhin, por lo llanas y fértiles. Vivimos alguna que otra anécdota, casi en todas las localidades que cruzamos. Pudimos contemplar el fuerte de Tilbury, que nos hizo pensar en la armada española y, luego, atravesamos Gravesend, Woolwich y Greenwich, ciudades de las que ya había oído hablar.

Por fin, divisamos los innumerables campanarios de Londres, dominados todos por la impresionante cúpula de St. Paul y la Torre, famosa en la historia de Inglaterra.

CAPÍTULO 18

Llegados a Londres, nos dispusimos a pasar varios meses en aquella magnífica y celebrada ciudad. Clerval ansiaba conocer a los hombres de genio y talento que despuntaban entonces pero, para mí, eso era algo secundario, ya que mi principal interés consistía en la obtención de los conocimientos que necesitaba para poder llevar a cabo mi promesa. Con ese fin, me apresuré a entregar a los más distinguidos científicos las cartas de presentación que había traído conmigo.

Si hubiera hecho ese viaje durante mis felices días de estudiante, cuando todavía estaba lleno de felicidad, me habría proporcionado un placer inmenso. Pero una maldición había ensombrecido mi existencia y sólo visitaba a esas personas con el propósito de conseguir la información que me pudieran proporcionar sobre el tema que, por motivos tan tremendos, tanto me interesaba. La compañía de otros seres humanos me resultaba molesta y sólo cuando no contaba con ella podía dejar vagar mi imaginación hacia cosas agradables. La voz de Henry lograba apaciguarme, y así llegaba a engañarme y a conseguir una paz transitoria. Pero las caras gesticulantes, alegres y poco interesantes de los demás me volvían a sumir en la desesperación. Veía alzarse una infranqueable muralla entre mis semejantes y yo, barrera teñida con la sangre de William y de Justine. El recuerdo de los sucesos relacionados con aquellos nombres me hacía caer en una cruel angustia.

En Clerval veía la imagen de lo que yo había sido. Era inquisitivo, curioso y estaba ávido de adquirir sabiduría y experiencia. La diferencia de costumbres que advertía entre los suizos y los ingleses era para él fuente inagotable de enseñanza y distracción. Estaba siempre ocupado y lo único que empañaba su felicidad era mi abatimiento y mi pesadumbre. Yo, por mi parte, hacía lo posible por disimular mis sentimientos cuanto podía a fin de no privarlo de los lógicos placeres que uno siente cuando, libre de tristes recuerdos y agobios, encuentra nuevos horizontes en su vida. Con frecuencia, me disculpaba, alegando compromisos anteriores, para así no tener que acompañarlo y poder quedarme solo. Empecé a recabar por entonces los materiales que necesitaba para mi nueva creación, lo que me suponía la misma tortura que para los condenados el interminable goteo del agua sobre sus cabezas. Cada pensamiento dedicado al tema me generaba una angustia tremenda, y cada palabra alusiva a ello hacía que me temblaran los labios y me palpitara el corazón.

Cuando llevábamos unos meses en Londres, recibimos una carta con noticias de un escocés que nos había visitado en Ginebra. En ella, se refería a la belleza de su país natal y se preguntaba si eso no sería suficiente motivo para que nos decidiéramos a prolongar nuestro viaje hasta Perth, la bella ciudad donde él vivía. Clerval estaba ansioso por aceptar la invitación y yo, pese a que detestaba la compañía de otras personas, quería ver de nuevo riachuelos, montañas y todas las maravillas con las cuales la naturaleza adorna sus lugares predilectos.

Habíamos llegado a Inglaterra a principios de octubre y ya estábamos en febrero, por lo que decidimos emprender nuestro viaje hacia el norte a finales del mes siguiente. En ese periplo, no pensábamos seguir la carretera principal a Edimburgo, pues queríamos visitar Windsor, Oxford, Matlock y los lagos de Cumberland, esperando arribar a nuestro destino a finales de julio. Embalé, pues, mis instrumentos químicos y el material que había conseguido, con la intención de acabar mi labor en algún lugar apartado de las montañas del norte de Escocia.

Dejamos Londres el 27 de marzo y nos quedamos unos días en Windsor, realizando largas caminatas por sus hermosísimos bosques. Ese paisaje era completamente nuevo para nosotros, habitantes de un país montañoso. Los robles majestuosos, la abundancia de caza y las manadas de altivos ciervos no era, hasta entonces, algo bastante desconocido.

Seguimos después hacia Oxford. Al llegar a la ciudad rememoramos los hechos que habían ocurrido en ese sitio hacía más de ciento cincuenta años. Fue allí donde Carlos I reunió sus tropas. La ciudad le había permanecido fiel mientras toda la nación abandonaba su causa y se unía al estandarte del parlamento y la libertad. El recuerdo de aquel desdichado monarca y de sus compañeros, el afable Falkland, el insolente Gower, la reina y su hijo, concedían un especial interés a cada rincón de la ciudad que, se supone, debieron habitar. Teníamos la impresión de que espíritus de épocas pasadas se habían refugiado allí y nos deleitaba perseguir sus huellas. Pero, aunque esos sentimientos no hubieran bastado para satisfacer nuestra imaginación, la ciudad en sí era lo suficientemente hermosa como para despertar nuestra admiración al contemplar su universidad antigua y pintoresca, las calles casi magníficas y el delicioso río Isis, que fluye por entre prados de un exquisito verde, y se ensancha formando un tranquilo remanso de agua, donde se refleja el magnífico conjunto de torres, campanarios y cúpulas que asoma por entre los añosos árboles.

Disfrutaba de ese paisaje pero veía turbado mi gozo tanto por el recuerdo del pasado como por el horror de lo que me reservaba el futuro. Había nacido para ser feliz. Durante mi juventud, jamás me había afligido la tristeza y, si en algún momento me sentía abatido, contemplar las maravillas de la naturaleza o estudiar lo que de sublime y excelente ha hecho el hombre siempre lograba interesarme y ponerme de buen humor. Pero no soy más que un árbol destrozado, corroído hasta la médula, y ya entonces presentí que sobreviviría hasta convertirme en lo que pronto dejaré de ser: una miserable ruina humana, objeto de compasión para los demás y de repugnancia para mí mismo.

Estuvimos mucho tiempo en Oxford, recorriendo sus alrededores y tratando de identificar los lugares relacionados con la época más agitada de la historia de Inglaterra. Nuestros pequeños viajes de investigación con frecuencia nos llevaron bastante lejos de la ciudad. Visitamos la tumba del ilustre Hampden y el lugar donde perdió la vida aquel patriota. Por momentos, mi espíritu logró olvidarse de sus miserables y denigrantes temores al recordar las maravillosas ideas de libertad y sacrificio, de las cuales esos lugares eran recuerdo y exponente. En esos instantes conseguía librarme de mis cadenas, y mirar a mi alrededor con un espíritu libre y elevado. Pero el hierro se me había clavado hondo y, tembloroso y atemorizado, volvía a hundirme en la miseria, en poder de la implacable criatura que yo mismo había creado.

Dejamos Oxford con pesar y nos dirigimos hacia Matlock, nuestro próximo objetivo. Los campos que rodean esa ciudad se parecen en cierto modo a los de Suiza, pero todo a menor escala. Las verdes colinas, por ejemplo, carecen del fondo que en mi país natal proporcionan los distantes Alpes nevados, asomando siempre por detrás de las montañas cubiertas de pinos. Visitamos la maravillosa gruta y contemplamos las pequeñas vitrinas dedicadas a las ciencias naturales, donde los objetos están dispuestos de la misma forma que las colecciones de Servox y Chamounix. El mero nombre de éste último lugar me hizo temblar cuando Henry lo pronunció y me apresuré a abandonar Matlock, por la vinculación que tenía con aquel horrible sitio.

Pasado Derby, y continuando con nuestro viaje, nos detuvimos dos meses en Cumberland y Westmorland. Aquí sí que casi me pareció hallarme en las cordilleras suizas. Las pequeñas extensiones de nieve que todavía quedaban en la ladera norte de las montañas, los lagos y el tumultuoso curso de los rocosos torrentes me resultaban escenas conocidas y entrañables. Aquel paisaje nos proporcionó la oportunidad de hacer nuevas amistades que disfruté mucho y que me permitieron abandonarme en parte a una ilusión de felicidad. La alegría que Clerval manifestaba, de manera comprensible, era muy superior a la mía. La compañía de hombres de talento había enriquecido su espíritu, y descubrió que poseía mayores recursos y posibilidades de lo que hubiera creído cuando frecuentaba la compañía de personas menos dotadas desde el punto de vista intelectual que él.

—Podría vivir aquí —decía—. Rodeado de estas montañas apenas si añoraría Suiza o el Rhin.

Pero descubrió que la vida de un viajero no sólo supone satisfacciones, sino que la fatiga también forma parte de ella. El espíritu se encuentra siempre en tensión y, justo cuando comienza a aclimatarse, se ve obligado a cambiar aquello que le interesa por nuevas cosas que atraen su atención y que también abandonará en favor de otras novedades.

Apenas habíamos terminado nuestra visita a los lagos de Cumberland y Westmorland, y comenzado a sentir afecto por algunos de sus habitantes, cuando tuvimos que partir, pues se acercaba la fecha en que debíamos reunirnos con nuestro amigo escocés. En lo que a mí respecta, no experimenté pesar alguno. Estaba retrasando el cumplimiento de mi promesa y temía las consecuencias del enojo de aquel ser diabólico. ¿Cabía la posibilidad de que se hubiera quedado en Suiza y se vengara en mis familiares? Aquella idea me perseguía y me atormentaba durante todos esos momentos que, de otra forma, me hubieran proporcionado sosiego y tranquilidad. Esperaba las cartas de mi familia con febril impaciencia. Si se retrasaban, me disgustaba y me atenazaban mil temores y, cuando llegaban y reconocía la letra de Elizabeth o de mi padre, apenas me atrevía a leerlas. En algunas ocasiones, imaginaba que el monstruo me perseguía y que, tal vez, pretendiera acelerar mi indolencia asesinando a mi compañero. Cuando tales pensamientos se agolpaban en mi mente, permanecía al lado de Henry de manera constante y lo seguía como si fuera su sombra para protegerlo de la imaginada furia de su destructor. Me sentía como si yo mismo hubiera cometido algún tremendo crimen, cuyo remordimiento me obsesionaba. Sabía que era inocente pero, no obstante, había atraído una maldición sobre mí, tan fatal como la de un crimen.

Visité Edimburgo con espíritu distraído, pese a que esa ciudad posee suficiente encanto como para despertar el interés del ser más apático. A Clerval no le gustó tanto como Oxford, pues le había atraído mucho la antigüedad de esa ciudad. Pero la belleza y regularidad de la moderna Edimburgo, su romántico castillo y los alrededores, los más hermosos del mundo, Arthur's Seat, Saint Bernard's Well y las colinas de Pentland, le compensaron el cambio, y lo llenaron de alegría y admiración. Yo, sin embargo, estaba intranquilo por llegar al final de nuestro viaje.

Salimos de Edimburgo al cabo de una semana, pasando por Coupar, Saint Andrew's y siguiendo la orilla del Tay hasta Perth, donde nos aguardaba nuestro amigo. Pero yo no me sentía con fuerzas para conversar y reír con extraños o para adaptarme a sus gustos y planes con la disposición propia de un buen huésped, de modo que le dije a Clerval que visitaría a solas el resto de Escocia.

–Diviértete por tu lado –le dije–. Nos encontraremos aquí de nuevo. Puede que me ausente un mes o dos, pero no te inquietes por mí, te lo ruego. Dame un tiempo de paz y soledad, lo necesito. Cuando regrese, espero hacerlo con el corazón más aligerado y un estado de ánimo más parecido al tuyo.

Henry trató de persuadirme pero, al verme tan decidido, dejó de insistir y tan sólo me rogó que le escribiera con frecuencia.

–Preferiría –me dijo– acompañarte en tus paseos solitarios que quedarme con estos escoceses a quienes apenas conozco. Apresúrate a regresar, querido amigo, para que de nuevo me sienta como en casa, cosa que me será imposible durante tu ausencia.

Despidiéndome de mi amigo, decidí buscar algún apartado lugar de Escocia donde realizar a solas mi labor. No tenía ninguna duda de que el monstruo me seguía y de que, una vez que hubiera concluido mi obra, se me presentaría para que yo le hiciera entrega de su compañera.

Tomada aquella resolución, atravesé las tierras altas del norte y elegí, como lugar de trabajo, una de las islas Orcadas, que eran las más alejadas. El sitio cubría a la perfección mis necesidades, pues era poco más que una roca cuyos escarpados laterales batían las olas sin pausa alguna.

El suelo de la isla era muy árido. Apenas si ofrecía pasto para algunas escuálidas vacas y avena para sus cinco habitantes, cuyos esqueléticos y retorcidos cuerpos daban prueba de su miserable existencia. El pan y las verduras, cuando se permitían semejantes lujos, e incluso el agua potable, venían del continente, que quedaba a unas cinco leguas de distancia.

En toda la isla no había más que tres míseras chozas una de las cuales, al llegar, hallé desocupada. La alquilé. Tenía sólo dos cuartos mugrientos, que evidenciaban la suciedad propia de las más absoluta indigencia. El techo, construido con ramas y rastrojos, se estaba viniendo abajo, las paredes jamás habían sido encaladas y la puerta colgaba, torcida, de uno de los goznes. Ordené que la repararan, compré algunos muebles y me instalé, lo que sin duda hubiera ocasionado bastante sorpresa de no ser porque la necesidad y la pobreza habían entumecido por completo las mentes de los habitantes de aquel paraje. El hecho es que ni me molestaban ni curioseaban y apenas si me agradecieron los víveres y ropas que les di, lo que demuestra hasta qué punto el sufrimiento insensibiliza, incluso, los sentimientos más elementales del ser humano.

En ese retiro, dedicaba las mañanas al trabajo y, por la noche, cuando el clima lo permitía, paseaba por la pedregosa playa y escuchaba el bramido de las olas que rompían a mis pies. Era un paisaje monótono y, paradójicamente, siempre cambiante. Me acordaba de Suiza y de lo distinta que resultaba comparada con este lugar desolado y atemorizante. En mi imaginación, veía las viñas que cubren las colinas, las casitas que puntillean las llanuras, y los hermosos lagos que reflejan un cielo suave y azul y que, cuando los vientos los alteran, muestran una efervescencia que es como un juego de niños comparada con los bramidos del inmenso océano. De esa forma, distribuí mi tiempo al llegar. Pero, a medida que avanzaba en mi labor, ésta me resultaba más molesta y repulsiva cada día. Había veces que me era imposible entrar en mi laboratorio durante días enteros. En otras ocasiones, trabajaba día y noche sin cesar para concluir cuanto antes. En verdad, era una obra repugnante la que me ocupaba. En mi primer experimento, una especie de frenético entusiasmo me había impedido ver el horror de lo que estaba haciendo, absorto por completo en mi trabajo y ciego ante lo horrible de mi quehacer. Pero ahora lo llevaba a cabo a sangre fría y, a menudo, me asqueaba la tarea. En esa situación, dedicado como estaba a ocupación tan detestable, inmerso en una soledad donde nada podía distraerme ni un instante de aquello a lo que me aplicaba, comencé a desequilibrarme, y me torné inquieto y nervioso. A cada momento temía encontrarme con mi perseguidor. A veces, permanecía sentado con los ojos fijos en el piso, temeroso de levantar la vista y encontrar frente a mí a la monstruosa criatura cuya aparición tanto me espantaba. No me alejaba de mis vecinos por miedo a que, viéndome solo, se me acercara para reclamarme su compañera.

Pero seguía trabajando y tenía ya la labor muy avanzada. Esperaba el final con anhelante y trémula impaciencia, sobre la que no me quería interrogar, pero que se entremezclaba con oscuros y siniestros presentimientos que casi me hacían desfallecer.

CAPÍTULO 19

Una noche me hallaba sentado en mi laboratorio. El sol ya se había ocultado y la luna comenzaba a asomar por entre las olas. La luz era insuficiente para seguir trabajando, por lo que permanecía ocioso, preguntándome si debía dar por concluida la jornada o si, por el contrario, debía hacer un esfuerzo, proseguir mi labor y, de esa forma, acelerar su final. Al meditar acerca de esas cuestiones, allí sentado, se me fueron ocurriendo otros pensamientos y me hicieron considerar las posibles consecuencias de mi obra. Tres años antes, estaba yo ocupado en lo mismo y el resultado había sido la creación de un diabólico ser cuya incomparable maldad me había destrozado el corazón y llenado de amargos remordimientos. Y, ahora, me disponía a dar vida a una mujer, cuyas inclinaciones me eran igualmente desconocidas, pudiendo ser, incluso, diez mil veces más diabólica que su pareja y disfrutar con el crimen por el puro placer de asesinar. El monstruo había jurado que abandonaría la cercanía de los hombres y que se escondería en los desiertos, pero ella no. Ella, que con toda probabilidad podría ser un animal capaz de pensar y razonar, tal vez se negase a aceptar un acuerdo efectuado antes de su creación. Incluso, podría ser que se odiasen. Si la criatura que ya vivía odiaba su propia fealdad, ¿no podía ser que la aborreciera todavía más cuando se viera reflejado en una versión femenina? Quizá ella también lo despreciara y buscara la hermosura superior del hombre. Podría abandonarlo y él volvería a estar solo, más desesperado que antes por la nueva provocación de verse desairado por una de su misma especie.

Incluso en el caso de que abandonaran Europa y se dirigieran a habitar en los desiertos del Nuevo Mundo, una de las primeras consecuencias de la sed de amor que colmaba al monstruo serían los hijos. Se propagaría entonces por la Tierra una raza de demonios que podría sumir a la humanidad en el terror y hacer de su misma existencia algo precario. ¿Tenía yo derecho, en aras de mi propio interés, a condenar con esa maldición a las futuras generaciones? Me había dejado engañar por los sofismas del ser que había creado y sus malévolas amenazas habían nublado mis sentidos. Pero ahora, por primera vez, veía con claridad lo devastadora que podía llegar a ser mi promesa. Temblaba de sólo pensar que generaciones futuras me podrían maldecir como el causante de esa plaga, como el ser cuyo egoísmo no había tenido reparos en comprar su propia paz al precio, quizá, de la existencia de todo el género humano.

Temblé de miedo y me fallaron las fuerzas cuando, al levantar la vista hacia la ventana, vi la cara de aquel demonio a la luz de la luna. Una horrenda mueca le fruncía los labios al ver cómo llevaba a cabo la labor que él me había impuesto. Sí: me había perseguido en mis viajes, había atravesado bosques, se había escondido en cavernas o refugiado en los inmensos brezales deshabitados, y ahora venía a comprobar mis progresos y a reclamar el cumplimiento de mi promesa.

Al mirarlo, vi que su semblante expresaba una increíble malicia y traición. Recordé con una sensación de locura la promesa de crear otro ser como él y, entonces, temblando de ira, destrocé la cosa en la que estaba trabajando. Aquel engendro me vio destruir la criatura en cuya futura existencia había fundado sus esperanzas de felicidad y lanzó un alarido diabólico lleno de desesperación. Después, desapareció tragado por la noche.

Salí de la habitación y, cerrando la puerta, me hice la solemne promesa de no reanudar nunca mi labor. Después, con paso tembloroso, me fui a mi dormitorio. Estaba solo. No había nadie a mi lado para disipar mi tristeza y aliviarme de la opresión de mis terribles reflexiones.

Pasé varias horas mirando el mar desde mi ventana. Se hallaba casi inmóvil, pues los vientos se habían calmado, y la naturaleza dormía bajo la vigilancia de la silenciosa luna. Sólo las siluetas de algunos barcos pesqueros salpicaban el mar y, de vez en cuando, la suave brisa me traía el eco de las voces de los pescadores que se llamaban de un bote a otro. Sentía el silencio, aunque apenas me daba cuenta de su temible profundidad, hasta que de pronto escuché el chapoteo de unos remos que se acercaban a la orilla y alguien desembarcó cerca de mi casa.

Pocos minutos más tarde, oí crujir la puerta, como si intentaran abrirla sin hacer ruido alguno. Un escalofrío me recorrió de pies a cabeza. Presentí quién sería y estuve a punto de despertar a un pescador que vivía en una barraca cercana a la mía. Pero me invadió esa sensación de impotencia que tan frecuentemente se experimenta en las pesadillas cuando en vano se intenta huir del inminente peligro y los pies se niegan a moverse.

Por fin, resonaron en el corredor pasos cautelosos, la puerta de mi habitación se abrió y el espantoso engendro se presentó ante mí y, mientras se acercaba, me dijo con voz amenazadora y sorda:

–Has destruido la obra que habías empezado. ¿Qué es lo que pretendes? ¿Te atreves a romper tu promesa? He soportado muchas fatigas y miserias. Me marché de Suiza contigo, repté por las orillas del Rhin, me deslicé por sus islas de sauces y trepé por las cimas de sus montañas. He vivido meses en los brezales de Inglaterra y en los más desérticos parajes de Escocia. He padecido cansancio, hambre y frío ¿Te atreves ahora a intentar destruir mis esperanzas?

–¡Vete! En efecto, rompo mi promesa. Nunca crearé otro ser como tú, semejante en deformidad y vileza.

–¡Esclavo! Creí que era posible razonar contigo, pero me doy cuenta de que no mereces mi benevolencia. Recuerda la fuerza de la que estoy dotado. Te crees desgraciado, pero puedo hacerte tan infeliz que la misma luz del día te resulte odiosa. Tú eres mi creador, pero yo soy tu dueño.¡Obedece!

–Te equivocas. La hora de mi debilidad ha pasado y, con ella, la de tu poder. Tus amenazas no me obligarán a cometer semejante equivocación. Más bien, me confirman en mi propósito de no crear una compañera para tus vicios. ¿Querrías que, a sangre fría, infectara al mundo con otro demonio inmundo que se complaciera con la muerte y la desgracia como tú lo haces? ¡Aléjate! Mi decisión ya está tomada y con tus palabras sólo acrecentarás mi cólera.

El monstruo vio la determinación escrita en mi cara y rechinó los dientes con rabia e impotencia.

—¿Es justo, acaso, que todo hombre —gritó— pueda encontrar esposa, todo animal su hembra, mientras yo he de permanecer solo? Tenía sentimientos de afecto que el desprecio y el odio anularon en mí. Tú, mi creador, puedes rechazarme, pero ten cuidado. Pasarás tus horas preso del terror y tristeza, y pronto caerá sobre ti el golpe que te ha de robar para siempre la felicidad. ¿Piensas, acaso, que puedes ser feliz mientras yo me arrastro bajo el peso de mi desdicha? Podrás destrozar mis otras pasiones, pero queda mi sed de venganza, una venganza que, a partir de ahora, me será más querida que la luz o los alimentos. Podré morir, pero antes, tú, mi tirano y verdugo, maldecirás el sol que alumbra tus desgracias. Ten cuidado, pues no conozco el miedo y eso me hace poderoso. Te vigilaré con la astucia de una serpiente y con su veneno te morderé. ¡Te arrepentirás del mal que me has causado!

—¡Calla, demonio! Y no emponzoñes el aire con tus malvados ruidos. Te he comunicado mi decisión y no soy un cobarde al que puedas convencer con tus amenazas. ¡Márchate!

—Muy bien, me iré. Pero no olvides lo que te digo: estaré a tu lado en tu noche de bodas.

Abalanzándome sobre él, grité:

—¡Miserable! Antes de firmar mi sentencia de muerte, cuida de tu propia vida.

Quise atraparlo, pero me esquivó y salió de la casa con rapidez. Al cabo de unos instantes lo vi en la barca cruzando las aguas veloz como una saeta y pronto se perdió entre las olas.

Volvió a reinar el silencio, pero sus palabras continuaban resonando en mis oídos. Me consumía el deseo de perseguir al asesino de mi tranquilidad y ahogarlo en el mar. Atormentado, paseaba de un lado a otro de la habitación, mientras la imaginación me asediaba con mil imágenes torturantes. ¿Por qué no lo había perseguido y entablado con él un combate a muerte? Le había permitido escapar y, ahora, navegaba hacia el continente. Temblaba de sólo pensar quién sería la próxima víctima sacrificada a su insaciable sed de venganza. De pronto, recordé sus palabras:

"Estaré a tu lado en tu noche de bodas." Esa, pues, era la fecha en la que se cumpliría mi destino. Entonces, moriría y, al mismo tiempo, quedaría satisfecha y extinguida su maldad. Eso no me asustaba, pero la imagen de mi querida Elizabeth derramando lágrimas de inconsolable dolor al ver que su marido le era cruelmente arrebatado, me hizo, por primera vez en muchos meses, prorrumpir en llanto y decidí no sucumbir ante mi enemigo sin dar lucha.

Por fin, la noche terminó y se elevó el sol en el horizonte. Comencé a calmarme, si se puede llamar calma a aquello en lo que nos sumimos cuando la violencia de la ira deja paso a la apatía y a la desesperación. Abandoné la casa, que había sido el horrible escenario de la contienda de la noche anterior, y paseé largo tiempo por la playa. El mar se me aparecía como una suerte de barrera infranqueable entre mis semejantes y yo, y hasta tuve el deseo de que aquella imagen se hiciera realidad. Acaricié la idea de pasar el resto de mis días en aquella desnuda roca. Sería una existencia penosa, cierto, pero, al menos, se vería libre del miedo a cualquier repentina desgracia. Si me iba, era para morir asesinado o para ver cómo perdían la vida, a manos del diablo que yo mismo había creado, aquellos a quienes más quería.

Vagué por la isla como un espectro, lejos de todo lo que amaba y entristecido por esa separación. Hacia mediodía, cuando el sol estaba en su apogeo, me tumbé en la hierba y me invadió un profundo sueño. No había dormido la noche anterior, tenía los nervios deshechos, y los ojos irritados por el llanto y la vigilia. El sueño, en el cual me sumí, me recuperó y, al despertar, sentí que pertenecía otra vez a la especie humana. Me puse a reflexionar con más serenidad pero, todavía, resonaban en mis oídos las palabras del malvado ser. Parecían lejanas, como una pesadilla, pero eran claras y apremiantes como la realidad misma.

El sol estaba ya muy bajo y yo aún seguía en la playa, saciando el apetito con unas galletas de avena cuando, no lejos de mí, vi atracar una barca. Se acercó uno de los hombres y me dio un paquete. Contenía cartas de Ginebra y una de ellas era de Clerval. Me rogaba que me reuniera con él, y decía que hacía casi un año que habíamos abandonado Suiza y no habíamos visitado Francia. Me insistía, por lo tanto, en que abandonara mi isla solitaria y me uniera a él en Perth al cabo de una semana, y en que juntos hiciéramos planes para continuar nuestro periplo. Aquella carta me hizo, en parte, volver a la realidad, y decidí que me iría de la isla en cuarenta y ocho horas.

Pero, antes de partir, me esperaba una labor que me generaba escalofríos tan sólo de pensarla: debía empaquetar mis instrumentos de química, para lo cual era preciso que entrara en la habitación donde había llevado a cabo mi odioso trabajo, y tenía que manipular aquellos instrumentos, cuya simple vista me producía náuseas.

Cuando amaneció, al día siguiente, me armé de valor y abrí la puerta del cuarto que había usado como laboratorio. Los restos de la criatura a medio hacer que había destruido se encontraban esparcidos por el suelo y casi tuve la sensación de haber mutilado la carne viva de un ser humano. Me detuve para sobreponerme y entré en el cuarto. Con las manos temblorosas y experimentando arcadas, saqué los instrumentos de allí. Pero luego advertí que no debía dejar los restos de mi obra, pues llenarían de horror y sospechas a los campesinos, en caso de que los encontraran. Por lo tanto, los introduje en una cesta, junto con un gran número de piedras, que decidí arrojar al mar aquella misma noche. Luego, me fui a la playa a limpiar mi instrumental.

Después del encuentro con el monstruo, mis sentimientos habían cambiado por completo. Hasta ese momento, pensaba en mi promesa con profunda desesperación y la consideraba como algo que debía cumplir, sin importar las consecuencias. Pero ahora me parecía como si me hubieran quitado una venda de delante de los ojos, lo que, por primera vez, me permitía ver las cosas con claridad. Ni por un instante se me ocurrió reanudar mi labor. La amenaza que había oído pesaba en mi mente, pero no creía que un acto voluntario de mi parte consiguiera anularla. Tenía muy presente que, de crear otro ser tan malvado como el que ya había hecho, estaría cometiendo una acción de indigno y atroz egoísmo, y apartaba de mi mente cualquier idea que pudiera llevarme a variar mi decisión.

La luna apareció entre las dos y las tres de la madrugada. Metí la cesta en un bote y remé unas millas mar adentro. El lugar estaba completamente solitario pero, aún así, pude ver unas cuantas barcas que volvían hacia la isla. Aunque yo navegaba lejos de ellas, me distancié todavía más y a gran velocidad, pues me sentía como si fuera a cometer algún terrible crimen y quería evitar cualquier posible encuentro. De pronto, la luna, que hasta ese momento había brillado con mucha claridad, se ocultó tras una espesa nube y aproveché las tinieblas para arrojar mi cesta al mar. Escuché el gorgoteo que hizo al hundirse y me alejé. El cielo se ensombreció, pero el aire era límpido y fresco, debido a la brisa del noreste que se estaba levantando. Me invadió una sensación tan agradable que me animó y decidí demorar mi regreso a la isla. Sujeté el timón en posición recta y me tendí en el fondo de la barca. Las nubes ocultaban la luna, todo estaba oscuro y sólo se escuchaba el sonido de la barca cuando la quilla cortaba las olas. El murmullo me arrullaba y pronto me quedé profundamente dormido.

No sé cuánto tiempo transcurrió pero, al despertar, vi que el sol ya estaba alto. Se había levantado un viento que amenazaba la seguridad de mi pequeña embarcación. Soplaba desde el nordeste y debía haberme alejado mucho de la costa donde embarqué. Intenté cambiar mi rumbo pero, en seguida, me di cuenta de que zozobraría si lo intentaba de nuevo. No había otra alternativa que navegar con el viento en popa. Confieso que me asusté mucho. Carecía de brújula y estaba tan poco familiarizado con esa parte del mundo, que el sol no me servía de gran ayuda. Estaba expuesto a adentrarme en el Atlántico y sufrir las torturas de la sed y del hambre o a verme tragado por las inmensas olas que surgían a mi alrededor. Llevaba ya fuera muchas horas y la sed, preludio de mayores sufrimientos, comenzaba a torturarme. Observé el cielo cubierto de nubes que, empujadas por el viento, iban a la zaga unas de otras. También contemplé el mar que, creía, habría de ser mi tumba.

–¡Monstruo! –exclamé–. Tu tarea está completa.

Pensé en Elizabeth, en mi padre, en Clerval y me sumí en un

delirio tan horrendo y desesperante que, incluso ahora cuando todo está a punto de concluir para mí, tiemblo al recordarlo.

Así transcurrieron algunas horas pero, poco a poco y a medida que el sol se acercaba a su ocaso, el viento fue remitiendo hasta convertirse en una suave brisa, con lo que las olas se fueron calmando. Seguía habiendo una fuerte marejada, me sentía mal, y apenas podía sujetar el timón cuando, súbitamente, divisé hacia el sur una franja de tierras altas.

Pese a lo agotado que estaba por la fatiga y la terrible emoción que había soportado durante algunas horas, esa repentina certeza de vida me llenó el corazón de cálida ternura y las lágrimas comenzaron a correrme por las mejillas.

¡Qué mudables son los sentimientos del ser humano! ¡Qué extraño el apego que tenemos a la vida, incluso, en los momentos de máximo sufrimiento! Con parte de mi ropa confeccioné otra vela y me afané por poner rumbo a tierra firme. Al principio, ésta tenía un aspecto rocoso y salvaje pero, a medida que me fui acercando, vi claras muestras de cultivo. Había embarcaciones en la playa y de pronto me vi devuelto, casi por milagro, a la civilización. Recorrí las ondulaciones de la tierra y divisé al fin un campanario que asomaba por detrás de una colina. A causa de mi estado de debilidad extrema, decidí dirigirme directamente al pueblo, el lugar donde encontraría alimento con más facilidad. Por suerte, llevaba dinero conmigo.

Al doblar el promontorio, divisé un pueblo de aspecto muy agradable y con un buen puerto en el que penetré con el corazón rebosante de alegría tras mi inesperada salvación.

Mientras me ocupaba en atracar la barca y doblaba las ropas que había utilizado a modo de velas, varias personas se me aproximaron. Parecían muy sorprendidas por mi aspecto pero, en lugar de ofrecerme su ayuda, murmuraban entre ellos y gesticulaban de un modo que, en otras circunstancias, me hubiera alarmado. Pero en aquel momento sólo advertí que hablaban inglés, y, por lo tanto, me dirigí a ellos en ese idioma.

—Buena gente —les dije—. ¿Tendrían la bondad de decirme cómo se llama este pueblo e indicarme dónde me encuentro?

—¡Pronto lo sabrá! —contestó un hombre con brusquedad—. Quizá haya llegado a un lugar que no le guste demasiado. En todo caso, le aseguro que nadie se tomará el trabajo de consultarle sobre dónde quiere vivir.

Me asombró enormemente recibir de un extraño una respuesta tan áspera, y mi desconcierto fue mayor al ver los ceñudos y hostiles semblantes de sus compañeros.

—¿Por qué me contesta con tanta rudeza? —le pregunté—. No es costumbre inglesa el recibir a los extranjeros de manera tan poco hospitalaria.

—Desconozco las costumbres de los ingleses —contestó el hombre—. Pero los irlandeses odiamos a los criminales.

Mientras se desarrollaba ese diálogo, la muchedumbre iba en aumento. Sus caras demostraban una mezcla de curiosidad y cólera, cosa que me molestó e inquietó. Pregunté por el camino que llevaba a la posada, pero no obtuve respuesta alguna. Empecé entonces a caminar y un murmullo se levantó entre la muchedumbre que me seguía y me rodeaba. En aquel momento, se acercó un hombre de aspecto desagradable y, tomándome por el hombro, dijo:

—Acompáñeme a ver al señor Kirwin. Tendrá que dar explicaciones.

—¿Quién es el señor Kirwin? ¿Por qué debo explicarme? ¿No es éste un país libre?

—Sí, señor. Libre para la gente honrada. El señor Kirwin es el magistrado y usted deberá explicar la muerte de un hombre que ayer encontramos asesinado.

Aquella respuesta me alarmó, pero pronto me sobrepuse. Yo era inocente y podía probarlo sin dificultad, por lo que seguí en silencio a aquel hombre que me llevó hasta una de las mejores casas del pueblo. Estaba a punto de desfallecer de hambre y de cansancio pero, rodeado como estaba por aquella multitud, consideré prudente hacer acopio de todas mis energías para que la debilidad física no se tomara como prueba de mi temor o culpabilidad. Estaba muy lejos de imaginar la desgracia que muy pronto iba a caer sobre mí, ahogando con su horror todos mis miedos ante la ignominia o la muerte.

En este punto debo hacer una pausa, pues requiere de todo mi valor recordar los terribles acontecimientos que, con todo detalle, le relataré.

CAPÍTULO 20

Me llevaron rápidamente ante la presencia del magistrado, un benévolo anciano de modales tranquilos y afables. Me observó, empero, con cierta severidad y, después, volviéndose hacia los que allí me habían llevado, les preguntó quiénes eran los testigos.

Una media docena de hombres se adelantaron. El juez señaló a uno de ellos y le ordenó prestar declaración. Comenzó diciendo que la noche anterior había salido a pescar con su hijo y su cuñado, Daniel Nugent, cuando, hacia las diez, se levantó un fuerte viento del norte que los obligó a volver al puerto. Era una noche muy oscura, pues la luna todavía no había salido. No desembarcaron en el puerto sino, como solían hacer, en una ensenada a unas dos millas de distancia. Él iba adelante con los aparejos de la pesca y sus compañeros lo seguían un poco más atrás. Andando de esa forma por la playa, tropezó con un objeto y cayó al suelo. Sus compañeros acudieron rápidamente a auxiliarlo, y a la luz de las linternas, comprobaron que se había caído sobre el cuerpo de un hombre que, según parecía, estaba muerto. Al principio, supusieron que era el cadáver de un ahogado que el mar había devuelto a la playa. Pero, al examinarlo, pudieron comprobar que su ropa estaba seca y que el cuerpo todavía no estaba frío. Lo llevaron de inmediato a casa de una anciana que vivía cerca e intentaron, en vano, hacerlo volver en sí. Era un joven bien parecido de unos veinticinco años y todo indicaba que lo habían estrangulado, pues no se apreciaban señales de violencia, salvo la negra huella de unos dedos en la garganta.

La primera parte de la declaración no me afectó en lo más mínimo. Pero, cuando oí mencionar la huella de los dedos, recordé el asesinato de mi hermano y me inquieté en extremo. Mis piernas comenzaron a temblar y se me nubló la vista, de forma que tuve que apoyarme en una silla. El magistrado me observaba con atención y, sin duda, extrajo de mi actitud una conclusión que no me era favorable.

El hijo del pescador corroboró la declaración de su padre, pero cuando llamaron a Daniel Nugent juró solemnemente que, justo antes de que tropezara su cuñado, había divisado no lejos de la playa una barca en la que iba un hombre solo, y por lo que había podido ver a la luz de las pocas estrellas, era la misma embarcación en la que yo había arribado al puerto.

A continuación declaró una mujer que vivía cerca de la playa y que, una hora antes de conocer el hallazgo del cadáver, se encontraba esperando a la puerta de su casa la llegada de los pescadores. Fue entonces que vio una barca manejada por un solo hombre, que se alejaba de aquella parte de la orilla donde más tarde se halló el cadáver.

Otra mujer confirmó que, efectivamente, los pescadores habían llevado el cuerpo a su casa, que todavía no estaba frío y que lo tendieron sobre una cama y lo friccionaron, mientras Daniel iba al pueblo en busca del boticario. Sin embargo, todos sus esfuerzos habían sido inútiles, porque el hombre ya estaba muerto.

Luego, numerosas personas fueron interrogadas acerca de mi llegada y todas coincidieron en que, con el fuerte viento que había soplado durante la noche, era muy probable que no hubiera podido controlar la embarcación y me hubiera visto obligado a retornar al lugar de partida. Además, afirmaron que parecía como si hubiera traído el cuerpo desde otro sitio y que, al desconocer la costa, me hubiera dirigido al puerto, ignorando la poca distancia que separaba el pueblo del sitio donde había abandonado el cadáver.

El señor Kirwin, después de escuchar toda la evidencia, ordenó que se me condujera a la habitación donde habían depositado el cadáver hasta que se enterrara. Quería observar qué efecto me causaba verlo. Probablemente, esa idea se le había ocurrido al observar la gran agitación que había evidenciado cuando escuché el modo en que se había cometido el asesinato.

Así pues, el magistrado y muchas otras personas me condujeron hasta la posada. No podía dejar de extrañarme ante las numerosas coincidencias que se habían producido esa fatídica noche. Pero, como recordaba que alrededor de la hora en que fue descubierto el cadáver yo había estado hablando con los habitantes de la isla en la que vivía, estaba muy tranquilo en cuanto a las consecuencias que aquel asunto pudiera acarrear.

Entré en la cámara mortuoria y me acerqué al ataúd. ¿Cómo describir mis sensaciones al verlo? Aún ahora, el horror me hiela la sangre y no puedo recordar aquel terrible momento sin un temblor que me evoca de forma vaga la angustia que experimenté al reconocer el cadáver. El juicio, la presencia del magistrado y de los testigos, todo ello se me esfumó como un sueño cuando vi ante mí el cuerpo inerte de Henry Clerval. Víctima del más horrible vértigo y casi ahogado, me arrojé sobre su cadáver gritando:

—¿También tú, mi querido Henry, has perdido la vida por culpa de mis criminales maquinaciones? Dos de mis seres más queridos han muerto por mi causa y otras víctimas aguardan su destino. ¡Pero tú, Clerval, mi amigo, mi consuelo!

No pude soportar más el tremendo sufrimiento y, preso de violentas convulsiones, me sacaron de la habitación ya sin conocimiento.

A eso siguieron fiebres altísimas. Durante dos meses estuve al borde de la muerte. Tal como me enteré más tarde, deliraba de manera terrible y me acusaba de las muertes de William, Justine y Clerval. A veces, suplicaba a los que me atendían que me ayudaran a destruir al diabólico ser que me atormentaba. Otras, tenía la impresión de que los dedos del monstruo apretaban mi garganta y gritaba aterrorizado. Por fortuna, como hablaba en mi lengua natal, sólo me entendía el señor Kirwin. Pero mis aspavientos y gritos agudos bastaban para asustar a los demás.

¿Por qué no habré muerto en esos momentos? Era el más desdichado de los hombres de la faz de la Tierra ¿Por qué, entonces, no me hundí en el olvido y el descanso? La muerte arrebata de forma continua a muchas criaturas sanas que son la única esperanza de sus embelesados padres. ¡Cuántas jóvenes esposas, cuántos amantes estaban un día llenos de salud y esperanza y, al siguiente, eran alimento de los gusanos y la descomposición! ¿De qué sustancia estaba hecho yo para soportar tantas pruebas que, como el continuo girar de la rueda, iban renovando las torturas?

Pero estaba condenado a vivir, y, pasados dos meses, me hallé, como si saliera de un sueño, en la cárcel, acostado sobre un jergón miserable y rodeado de guardianes, rejas, cerrojos y todo aquello que de siniestro acompaña a una mazmorra. Recuerdo que desperté una mañana, había olvidado los detalles de lo ocurrido y sólo tenía la vaga conciencia de haber sufrido una tremenda desgracia. Pero, cuando miré a mi alrededor y vi las ventanas enrejadas y lo mísero del cuarto en que me encontraba, todo se me vino a la mente y no pude reprimir un amargo gemido.

Mi lamento despertó a una anciana que dormía en una silla junto a mí. Era una enfermera contratada, esposa de uno de los carceleros y, en su cara, se pintaban todos los defectos que con frecuencia caracterizan a ese tipo de personas. Tenía las facciones duras y toscas como aquellos que se han acostumbrado a ver la miseria sin conmoverse ante ella. Su tono de voz denotaba una total indiferencia. Me habló en inglés y me pareció reconocerla como una de las que había oído durante mi enfermedad.

—¿Está usted mejor? —me preguntó.

—Creo que sí —le contesté, casi sin fuerzas, en inglés—. Pero, si todo esto es cierto, si no es una pesadilla, lamento volver a la vida para experimentar esta angustia y este horror.

—Si se refiere a lo del hombre que asesinó —continuó la anciana—, creo que sí, que más le valdría estar muerto, pues no tendrán ninguna compasión con usted y lo ahorcarán cuando lleguen las próximas sesiones. Aunque a mí, después de todo, me da igual. Me pusieron aquí para cuidarlo y sanarlo, y tengo la conciencia tranquila porque he cumplido con mi obligación. ¡Ojalá todos hicieran lo mismo!

Asqueado, volví la cara ante las palabras de una mujer que podía hablar de forma tan inhumana a alguien que acaba de escapar de la muerte. Pero me encontraba muy débil y no podía reflexionar correctamente sobre todo lo que había sucedido. Mi vida entera se me aparecía como una pesadilla y, por momentos, me preguntaba si todo aquello era cierto, pues los acontecimientos jamás conseguían imponérseme con la fuerza de la realidad. A medida que las borrosas imágenes que me envolvían se tornaban más precisas, retornó la fiebre. Estaba rodeado de unas tinieblas que nadie disipaba con la dulce voz del afecto; no tenía junto a mí a nadie que me tendiera una mano. Vino el médico y me recetó unas medicinas que la anciana se dispuso a preparar. Pero el semblante del primero reflejaba una expresión de total desinterés mientras que, en el de la mujer, se apreciaban claros síntomas de brutalidad ¿A quién podría incumbirle la suerte de un asesino, salvo al verdugo que cobraría por su trabajo?

Tales fueron mis primeros pensamientos. Pero más tarde me enteré de que el señor Kirwin había mostrado gran amabilidad para conmigo. Ordenó que se me instalara en la mejor celda de la prisión (aunque bien sórdida era), y se había encargado de procurarme el médico y la enfermera. Es verdad que no solía venir muy a menudo a visitarme, sin duda porque, pese a que estaba en su ánimo mitigar los sufrimientos de todo ser humano, no deseaba presenciar las angustias y delirios de un asesino. Venía de vez en cuando, para comprobar que no estaba desatendido, pero se quedaba poco tiempo y espaciaba mucho sus visitas.

Un día, cuando comenzaba a recobrarme, me sentaron en una silla. Tenía los ojos entornados y las mejillas pálidas, me invadían la tristeza y el abatimiento, y pensaba si no sería mejor buscar la muerte antes que continuar encerrado o, en el mejor de los casos, volver a un mundo donde todo era desdicha. Consideré, incluso, si no sería mejor declararme culpable y sufrir, con más razón que Justine, el castigo de la ley. Estaba pensando en todo ello, cuando se abrió la puerta y entró el señor Kirwin. Su cara denotaba amabilidad y compasión. Acercó una silla y me dijo en francés:

—Mucho me temo que este lugar le resulte muy desagradable. ¿Puedo hacer algo para que se encuentre más cómodo?

—Se lo agradezco —respondí—, pero la comodidad no es ahora mi preocupación. No hay en toda la Tierra nada que me pueda hacer la vida más grata.

—Comprendo —prosiguió—. Sé que la comprensión de un extraño poco puede ayudar a alguien hundido por tan insólita desgracia. Pero confío en que pronto podrá abandonar este lóbrego lugar, pues es indudable que se podrán aportar pruebas que lo eximan de culpa.

–Eso es algo que no me preocupa –continué–. Una extraña cadena de acontecimientos me ha convertido en el más infeliz de los hombres. Perseguido y atormentado como estoy no tengo razón alguna para temer a la muerte.

–En efecto, pocas cosas habrá más desafortunadas y penosas que las extrañas coincidencias que han ocurrido en los últimos tiempos. Accidentalmente, vino a parar a esta costa, famosa por su hospitalidad y, a pesar de eso, fue detenido de inmediato y culpado de asesinato. La primera cosa que le obligamos a ver fue el cadáver de su amigo, asesinado de manera inexplicable y puesto en su camino por algún criminal.

Esa observación del señor Kirwin, pese a la agitación que me produjo el recuerdo de mis sufrimientos, me sorprendió de manera considerable por la información que parecía entrañar respecto a mí. Mi cara debió reflejar esta sorpresa, porque el señor Kirwin se apuró a agregar:

–Hasta un par de días, después de que cayera enfermo, se me ocurrió examinar sus ropas con el objetivo de encontrar algún dato que me permitiera enviar a sus familiares noticias de su enfermedad. Hallé varias cartas y, entre ellas, una que, a juzgar por el encabezamiento, era de su padre. Escribí de inmediato a Ginebra y, desde entonces, han transcurrido casi dos meses. Pero ¡sigue usted enfermo! Tiembla. Hay que evitarle cualquier emoción.

–Las dudas son para mí peores que cualquier mala noticia. Dígame cuál ha sido la siguiente muerte que ha habido y qué debo llorar.

–Cálmese. Su familia se encuentra bien –dijo el señor Kirwin con dulzura–. Y alguien ha venido a visitarlo.

No sé qué asociación de ideas me llevó a pensar que el asesino había venido a burlarse de mis desgracias y a utilizar la muerte de Clerval de señuelo para que accediera a sus diabólicos deseos. Tapándome el rostro con las manos, exclamé con desesperación:

–¡Lléveselo! No quiero verlo. Por el amor de Dios, le suplico que no le permita entrar aquí.

El señor Kirwin me miró con sorpresa. No podía menos que considerar mi arrebato como prueba de mi culpabilidad y, con tono severo, dijo:

—Joven, hubiera creído que la presencia de su padre sería bienvenida en lugar de inspirarle tan violenta repugnancia.

—¡Mi padre! —exclamé, sintiendo cómo se relajaba cada músculo de mi cara y en mi alma la angustia se convertía en alegría—. ¿Ha venido, de verdad, mi padre? ¡Qué felicidad! Pero ¿dónde está, por qué no entra y me abraza?

Mi repentino cambio sorprendió y agradó al magistrado que, quizás, atribuyó mi anterior exclamación a un momentáneo retorno del delirio y de inmediato recobró su benevolencia. Se levantó, abandonó la celda con la enfermera y en seguida entró mi padre.

En ese momento nada podría haberme hecho más feliz que su llegada. Tendiendo hacia él los brazos, exclamé:

—¿Entonces estás a salvo? ¿Y Elizabeth? ¿Y Ernest?

Mi padre me tranquilizó, asegurándome que todos estaban bien e intentó, hablándome de esos temas tan entrañables para mí, levantarme el ánimo. Pero pronto se dio cuenta de que una cárcel no era el lugar más propicio para la alegría y el buen humor.

—¡Qué sitio este para vivir, hijo mío! —dijo, observando con tristeza las enrejadas ventanas y las sórdidas paredes de la celda— Partiste de viaje en busca de distracciones, pero parece que la fatalidad te persigue. ¡Y el pobre Clerval...!

La sola mención del nombre de mi desdichado amigo fue demasiado para el estado en que me hallaba y prorrumpí en llanto.

—¡Padre! —respondí—. Un destino fatal pende sobre mi cabeza y debo vivir para cumplirlo. De lo contrario, hubiera muerto ya sobre el ataúd de Henry.

No pudimos hablar mucho tiempo, pues mi delicada salud requería que se tomaran todas las precauciones para asegurarme la tranquilidad. Entró el señor Kirwin e insistió en que mis aún escasas fuerzas no admitían grandes emociones. Pero la presencia de mi padre había sido para mí como la aparición del ángel de la guarda y, poco a poco, fui recobrándome. Pero, a medida que mejoraba, me iba invadiendo una melancolía sombría que nada lograba despejar. La espantosa imagen de Henry asesinado me rondaba de manera constante. Más de una vez, la sobreexcitación que este recuerdo me producía les hacía temer a quienes me cuidaban que sufriera una nueva recaída. ¿Por qué se esforzaban en salvar una vida tan miserable y odiosa? Sin duda, para permitirme cumplir el destino del cual ya estoy cerca. Pronto, sí, muy pronto, la muerte acallará estos latidos y me librará del terrible peso de angustias que me doblegan hasta el suelo. Y cuando haya hecho justicia, también yo podré descansar. Pero me estoy precipitando. En aquel entonces, la muerte estaba todavía muy lejos de mí, pese a que el deseo de morir ocupaba todos mis pensamientos. Con frecuencia, permanecía sentado, inmóvil y silencioso, esperando alguna inmensa catástrofe que me aniquilaría a mí a la vez que a mi destructor.

Se acercaba el momento del juicio. Ya llevaba en la cárcel tres meses y, pese a que seguía estando muy débil y continuaba el peligro de una recaída, tuve que viajar hasta la ciudad en la que se hallaba el tribunal. El señor Kirwin se encargó de convocar a los testigos y de organizar mi defensa. Por fortuna, me evitaron la vergüenza de aparecer en público como un asesino, puesto que no llevaron el caso ante el tribunal de convictos de homicidio. La acusación fue desestimada, al comprobarse que yo estaba en las islas Orcadas cuando se encontró el cadáver de mi amigo. Quince días después de haberme trasladado a la capital, estaba en libertad.

Para mi padre, la absolución fue motivo de una felicidad absoluta. Lo llenaba de júbilo el pensar que ya podía volver a respirar el aire libre y regresar a nuestra patria. Pero yo no estaba en condiciones de compartir su entusiasmo. Mi vida se había visto envenenada para siempre y, pese a que el sol brillaba para mí igual que para aquellos que tenían el corazón lleno de alegría, a mi alrededor no había más que densas y terroríficas tinieblas, en las que la única luz que penetraba era la de dos ojos clavados en mí. A veces, eran los expresivos ojos de Clerval, apagados por la muerte, las negras órbitas casi ocultas por los párpados, bordeados de largas pestañas oscuras. En otras ocasiones, eran los acuosos ojos del monstruo, tal como los vi la primera vez en mi cuarto de Ingolstadt.

Mi padre trataba de despertar en mí sentimientos de afecto. Me hablaba de Ginebra, donde pronto llegaríamos, de Elizabeth y de Ernest, pero la mención de aquellos nombres sólo lograba arrancarme profundos suspiros.

Llegué, no obstante, a experimentar cierto deseo de volver a ser feliz. Pensaba, con melancólica dicha, en mi hermosa prima o añoraba, con una nostalgia casi desesperada, ver de nuevo el lago azul y el majestuoso Ródano que tanto había amado en mi juventud. Pero la mayor parte del tiempo la pasaba en un estado de apatía y me importaba en igual medida la cárcel que el más maravilloso paisaje de la naturaleza. Esos ataques de pesimismo sólo se veían interrumpidos por el paroxismo de la angustia y la desesperación. En aquellos momentos, frecuentemente intentaba poner fin a esa existencia que tanto odiaba, y fueron necesarios cuidado y vigilancia continuos para impedir que cometiera algún acto de violencia.

Recuerdo que, al dejar la cárcel, oí decir a uno de los hombres: "¡puede que sea inocente del crimen, pero está claro que no tiene la conciencia tranquila!". Esas palabras se me quedaron grabadas. ¡Mala conciencia! Sí: era cierto. William, Justine, Clerval habían muerto víctimas de mis infernales maquinaciones. Lloraba y me preguntaba quién sería el próximo en abandonar este mundo, el que pondría punto final a mi tragedia. Le dije a mi padre:

—No permanezcamos más tiempo en este país. Llévame lejos, donde pueda olvidarme de mí mismo, de mi propia existencia, del mundo entero.

Mi padre accedió gustoso a mis deseos y, después de despedirnos del señor Kirwin, partimos para Dublín. Me sentí muy aliviado, como si me hubieran aligerado de un terrible peso cuando, con viento a favor, la embarcación dejó atrás Irlanda y abandoné para siempre el país que había sido el escenario de tantas tristezas. Era medianoche, mi padre dormía en el camarote y yo estaba acostado en la cubierta, mirando las estrellas y escuchando el murmullo de las olas. Bendije la oscuridad que me impedía ver aquella maldita tierra irlandesa y el pulso se me aceleró cuando pensé que pronto vería Ginebra. El pasado se me antojó una horrible pesadilla, pero el barco en el que navegaba, el viento que me alejaba de la costa y el mar que me rodeaba, todo indicaba de forma clara que estaba viviendo una realidad y que Clerval, mi queridísimo amigo y compañero, había muerto a causa de mi inconsciencia, víctima de mis obras, asesinado por el engendro al que yo había dado vida. Hice un repaso de toda mi existencia: la tranquila felicidad mientras viví en Ginebra con mi familia, la muerte de mi madre y mi partida hacia Ingolstadt, los escalofríos que me recorrieron ante el alocado entusiasmo que me empujaba hacia la creación de mi horrendo enemigo y la noche en que vivió por primera vez. No pude continuar el hilo de mis pensamientos. Me oprimían mil angustias y lloré con amargura.

Desde que me había repuesto de la fiebre, había adquirido la costumbre de ingerir cada noche una pequeña cantidad de láudano, pues sólo con la ayuda de esa droga conseguía obtener el necesario descanso como para mantenerme con vida. Torturado por el recuerdo de mis múltiples desgracias, bebí una dosis doble y pronto me dormí profundamente. Pero el sueño no me liberó de mis pensamientos ni de mi desgracia y soñé con mil cosas que me atemorizaban. Cerca del amanecer tuve una horrible pesadilla: sentí con claridad cómo el monstruo me oprimía la garganta. No me podía librar de su zarpa, y lamentos y alaridos resonaban en mi cabeza. Mi padre, que velaba mi sueño, advirtió mi inquietud y, despertándome, me señaló el puerto de Holyhead, en el cual estábamos entrando.

CAPÍTULO 21

Resolvimos no pasar por Londres, sino cruzar directamente hacia Portsmouth, desde donde embarcaríamos hacia Havre. Yo prefería ese plan porque temía volver a ver aquellos lugares en los que, junto a Clerval, había disfrutado de algunos momentos de paz. Me causaba horror la idea de ver nuevamente a aquellas personas a quienes habíamos visitado juntos y que podrían hacer preguntas sobre un hecho cuyo mero recuerdo hacía revivir en mí el dolor que había sufrido al ver su cuerpo inerte. En cuanto a mi padre, todos sus esfuerzos se encaminaban hacia mi recuperación y a que mi mente hallara paz. Sus cuidados y cariño eran ilimitados. Mi tristeza y pesadumbre eran tenaces, pero él no se daba por vencido. A veces, pensaba que me sentía avergonzado de verme inmiscuido en un delito de asesinato e intentaba hacerme comprender la inutilidad de la soberbia.

—Padre, qué poco me conoces— le dije—. Es verdad que el ser humano, sus sentimientos y sus pasiones se verían humillados si un desgraciado como yo pecara de soberbia. La pobre e infeliz Justine también era tan inocente como yo, fue acusada del mismo crimen y murió por un acto que no había cometido. Yo fui el culpable, yo la asesiné. William, Justine y Henry. ¡Los tres murieron por mis manos!

Durante mi permanencia en la cárcel, mi padre me había escuchado con frecuencia pronunciar palabras similares y, cuando me oía hablar así, a veces parecía desear una explicación. Otras, tomaba mis palabras como fruto de la fiebre pensando que, durante la enfermedad, se me había ocurrido esa idea, cuyo recuerdo mantenía, incluso, durante la convalecencia. Yo evitaba dar explicaciones y guardaba silencio respecto del engendro que había creado. Tenía el presentimiento de que me tacharía de loco, lo cual me impediría darle una posible explicación, si bien hubiera dado un mundo por poder confiarle el funesto secreto.

En aquella ocasión, y con profunda sorpresa, mi padre me preguntó:

–¿Qué quieres decir, Víctor? ¿Estás loco? Mi querido hijo, te ruego que no vuelvas a decir semejante cosa.

–¡No estoy loco! –grité con vehemencia–. ¡El sol y la luna, testigos de mis actos, pueden confirmar lo que digo! Soy el asesino de esas víctimas inocentes, murieron a causa de mis maquinaciones. Mil veces hubiera preferido derramar mi propia sangre, gota a gota, si así hubiera podido salvar sus vidas. Pero no podía, padre, no podía sacrificar a todo el género humano.

Mis últimas palabras, que solo yo entendía, convencieron a mi padre de que tenía las ideas trastornadas y, al instante, cambió el tema de nuestra conversación, intentando de esa manera desviar mis pensamientos. Deseaba borrar de mi memoria las escenas que habían tenido lugar en Irlanda y ni aludía a ellas ni me permitía hablar de mis desgracias.

A medida que transcurría el tiempo me fui tranquilizando. La pesadumbre continuaba firme en mi corazón, pero ya no hablaba de mis crímenes de manera incoherente y me bastaba con tener conciencia de ellos. Mediante la más atroz represión, acallé la imperiosa voz de la amargura que, en ocasiones, ansiaba confiarse al mundo entero. También mi comportamiento se hizo más tranquilo y moderado de lo que había sido desde mi viaje al mar de hielo.

Llegamos a Havre los primeros días de mayo y continuamos de inmediato a París, donde mi padre tenía que atender unos asuntos que nos detuvieron unas semanas. En esa ciudad, recibí la siguiente carta de Elizabeth.

Ginebra, 18 de mayo de 17...

A Víctor Frankenstein

Mi queridísimo amigo:

Me dio mucha alegría recibir de mi tío una carta fechada en París. Eso significa que ya no están a una distancia tan grande y puedo albergar la esperanza de verlos antes de quince días. ¡Mi pobre primo, cuánto debes haber sufrido! Me figuro que vendrás más enfermo todavía que cuando te fuiste de Ginebra. El invierno ha sido triste, pues me angustiaba la incertidumbre. No obstante, espero verte con el semblante tranquilo y el ánimo no del todo desprovisto de paz y serenidad.

Temo, sin embargo, que todavía existan en ti los mismos sentimientos que tanto te atormentaban hace un año y hasta, quizá, incluso avivados por el paso del tiempo. No quisiera importunarte en estos momentos cuando pesan sobre ti tantas desgracias, pero una conversación mantenida con mi tío antes de su partida hacen necesarias algunas explicaciones previo a que volvamos a vernos.

"¿Explicaciones?", te preguntarás. "¿Qué puede querer explicarme Elizabeth?" Si esto es lo que en realidad dices, ya habrás respondido a mis interrogantes, y no me resta más que terminar la carta y firmar. Pero te encuentras muy lejos y es posible que temas pero que a la vez agradezcas esta explicación. Y existiendo la posibilidad de que éste sea el caso, no me atrevo a permanecer más tiempo sin expresarte lo que, durante tu ausencia, con frecuencia he querido decirte, sin que nunca haya encontrado el valor para hacerlo.

Sabes bien, Víctor, que desde nuestra infancia tus padres han acariciado la idea de nuestra unión. Nos lo dijeron siendo nosotros muy jóvenes y nos enseñaron a esperar eso como algo que con toda seguridad se llevaría a cabo. Durante nuestra niñez, fuimos siempre buenos compañeros de juegos y creo que, a medida que crecimos, nos convertimos, el uno para el otro, en estimados y apreciados amigos. Pero ¿no podría ser el nuestro el mismo caso que el de los hermanos que, aun cuando sienten un gran cariño, no desean una unión que suponga más intimidad? Dímelo, querido Víctor. Contéstame con franqueza, te lo ruego en nombre de nuestra mutua felicidad: ¿amas a otra mujer?

Has viajado, has pasado varios años de tu vida en Ingolstadt y debo confesar, amigo mío, que cuando te vi tan apenado el otoño pasado procurando constantemente estar solo y rehuyendo la compañía de todos, no pude menos que suponer que quizá lamentaras nuestra relación y te creyeras obligado por el honor a cumplir los deseos de tus padres, pese a que se opusieran a tus inclinaciones. Confieso, primo mío, que te amo y que en mis sueños de futuro tú siempre has sido mi constante amigo y compañero. Pero deseo tanto tu felicidad como la mía y nuestro matrimonio sólo sería feliz si tu elección de desposarme la haces desde una total libertad. Lloro de sólo pensar que, abrumado como te encuentras por tus crudelísimas desdichas, ahogaras, debido a tu idea del honor, toda esperanza de amor y felicidad que es lo único que puede hacer que te repongas. Quizá sea precisamente yo, que te amo tanto, la que esté incrementando mil veces tus sufrimientos, al ser un obstáculo para la realización de tus deseos. Víctor, ten la seguridad de que tu prima y compañera de juegos te quiere con demasiada sinceridad como para que semejante posibilidad no la entristezca. Sé feliz, amigo mío y, si respondes a mi pregunta, ten la seguridad de que nada en el mundo perturbará mi tranquilidad.

No dejes que mi carta te preocupe. No respondas ahora ni mañana ni pasado, ni siquiera antes de tu vuelta si ello te va a resultar doloroso. Mi tío me informará de tu salud y, si al encontrarnos veo en tus labios una sonrisa, que se deba a mi actual esfuerzo, no pediré mayor recompensa.

Elizabeth Lavenza

Esa carta me trajo a la memoria la amenaza del asesino: "Estaré a tu lado en tu noche de bodas". Tal era mi sentencia y aquel demonio desplegaría todas sus artes para destruirme y arrancarme el atisbo de felicidad que prometía compensar, al menos en parte, mis sufrimientos. Esa noche había decidido dar por finalizados sus crímenes con mi asesinato. ¡Que así fuera! Tendría, entonces, lugar un combate a muerte tras el cual, si él vencía, yo hallaría la paz y el poder que ejercía sobre mí acabaría. Si lo derrotaba, sería un hombre libre. Pero, ¿qué clase de libertad tendría? La del campesino que, asesinada su familia ante sus ojos, quemada su casa y destrozadas sus tierras, vaga sin hogar, sin recursos y en soledad, pero libre. Tal sería mi libertad, sólo que en Elizabeth poseía un tesoro, aunque desgraciadamente, contrarrestado por los horrores del remordimiento que me perseguirían hasta la muerte.

¡Mi dulce y querida prima! Leí y releí su carta, y noté cómo ciertos sentimientos de ternura se adueñaban de mi corazón, y hasta se atrevían a susurrarme idílicas promesas de amor y felicidad. Pero la manzana había sido mordida, y el brazo del ángel exterminador se extendía para privarme de toda esperanza. Sin embargo, estaba dispuesto a morir por conseguir la felicidad de Elizabeth. Si el monstruo llevaba a cabo su amenaza, la muerte sería inevitable y me preguntaba si mi matrimonio podría acelerar el cumplimiento de aquel destino. Por cierto, mi destrucción se adelantaría así algunos meses pero, por otra parte, si mi verdugo llegaba a sospechar que, influido por su amenaza, demoraba la ceremonia, urdiría otro medio de venganza tal vez aún más terrible. Había jurado estar a mi lado en mi noche de bodas, pero esa amenaza no lo obligaba a mantener entretanto la paz. ¿Acaso no había asesinado a Clerval inmediatamente después de nuestra conversación, como para indicarme que todavía no estaba saciada su sed de sangre? Decidí, por lo tanto, que, si el inmediato matrimonio con mi prima iba a suponer la felicidad de Elizabeth y la de mi padre, las intenciones de mi destructor de acabar con mi vida no lo retrasarían ni una hora.

En ese estado de ánimo le escribí a Elizabeth una carta afectuosa y serena.

"Temo, amada mía – escribí–, que ya no nos queda demasiada felicidad para compartir en este mundo. Pero estoy seguro de que lo poco que quede provendrá de ti. Aleja de tus pensamientos esos temores sin fundamento. Es a ti y sólo a ti a quien deseo consagrar mi vida y mis esperanzas de consuelo. Tengo un solo secreto, Elizabeth, un secreto tan terrible que, cuando te lo revele, se te helará la sangre y, entonces, lejos de sorprenderte ante mis sufrimientos, te admirarás de que haya podido soportarlos. Te contaré esa historia de horrores y desgracias el día siguiente a nuestra boda, pues debe reinar entre nosotros, mi queridísima prima, una absoluta confianza. Pero, hasta ese momento, te suplico que no lo menciones ni hagas alusión alguna a ello con nadie. Te lo pido de corazón y confío en que así sea."

Una semana después de recibida la carta de Elizabeth, llegábamos a Ginebra. Mi prima me saludó con cálido afecto, pero los ojos se le llenaron de lágrimas al advertir mi aspecto desmejorado y mis febriles mejillas. Ella también había cambiado. Estaba más delgada y había perdido algo de aquella deliciosa vivacidad que tanto me cautivara antes. Pero su dulzura y mirada suave llena de compasión hacían de ella una compañera mucho más idónea para el ser hundido y apesadumbrado en el que yo me había convertido.

Pero la paz que había disfrutado no fue duradera. Los recuerdos volvieron a asaltarme con implacable crueldad, haciéndome enloquecer y, cuando pensaba en todo lo ocurrido, perdía por completo la razón. A veces, me poseía una terrible furia y, otras, estaba abatido y desanimado por completo. Ni hablaba ni miraba a nadie y permanecía inmóvil abrumado por el cúmulo de desgracias que se abatían sobre mí.

Sólo Elizabeth lograba sacarme de aquellos momentos de depresión. Su dulce voz me serenaba cuando me poseía la cólera y sabía despertar en mí sentimientos humanos cuando la apatía me hacía su presa. Lloraba conmigo y por mí. En los momentos de tranquilidad me regañaba y se esforzaba por inculcarme resignación. Pero, si bien los infelices pueden aprender a resignarse, no hay paz posible para los culpables. Las torturas del remordimiento envenenan hasta la tranquilidad que, a veces, procura una tristeza sin límites.

Poco después de nuestra llegada, mi padre se refirió a mi próxima unión con mi prima y, como no le contesté, preguntó:

—¿Debo entender que amas a otra?

—De ninguna manera —le respondí—. Quiero a Elizabeth y deseo nuestra boda. Por lo tanto, fijemos el día. En él me consagraré, vivo o muerto, a la felicidad de mi prima.

—Mi querido Víctor —dijo mi padre—, no hables de esa forma. Han caído sobre nosotros enormes desgracias, pero eso debe servir para unirnos todavía más a lo que nos queda y volcar sobre los que viven el amor que sentíamos por aquellos que ya no están con nosotros. Nuestro círculo será reducido, pero también está fuertemente ceñido por los lazos del afecto y los sufrimientos comunes. Y cuando el tiempo haya limado tu desesperación, nacerán nuevos y queridos seres que reemplazarán a aquellos que nos han sido arrebatados de modo tan cruel.

Aquellos eran los consejos de mi padre, pero yo no podía olvidar la amenaza del monstruo. Tampoco es de extrañar que, omnipotente como se había mostrado aquel demonio infame en sus sanguinarias acciones, yo lo considerara prácticamente invencible y que, cuando pronunció las terribles palabras "Estaré a tu lado en tu noche de bodas", considerara la amenaza como inevitable. La muerte no hubiera supuesto para mí mayor desgracia, de no ser porque arrastraba la pérdida de Elizabeth y, por ende, coincidí gozoso, incluso alegre, con mi padre en que, si mi prima aceptaba, celebraríamos la ceremonia al cabo de diez días. Suponía que, al dar mi conformidad, estaba decidiendo mi destino.

¡Dios Todopoderoso! Si tan sólo por un instante hubiera imaginado las intenciones reales de mi monstruoso enemigo, hubiera preferido exiliarme para siempre de mi tierra y vagar en soledad por el mundo como un renegado, antes que consentir en tan desdichada unión. Pero, como si tuviera poderes mágicos, el diabólico engendro me había engañado respecto de sus verdaderas intenciones y, mientras creía que estaba preparando mi propia muerte, lo que hacía era acelerar la de una víctima muchísimo más querida. A medida que se acercaba la fecha de nuestro enlace, no sé si debido a una falta de valor o a algún presentimiento, sentía que el corazón se me oprimía cada vez más. Pero ocultaba mis sentimientos bajo muestras de alborozo que llenaban de felicidad a mi padre, pero que apenas conseguían engañar la mirada más atenta de Elizabeth. Mi prima esperaba nuestra unión con una serena alegría, no exenta del temor despertado por las recientes desgracias de que lo que ahora parecía una felicidad tangible pudiera esfumarse como un sueño, sin dejar más huella que una profunda y eterna pesadumbre.

Se hicieron los preparativos para el acontecimiento. Recibimos muchas visitas que, sonrientes, nos felicitaban. Yo me esforzaba por disimular la angustia que me corroía el corazón y acepté con fingido ardor los planes de mi padre, aunque sólo fueran a servir de decorado para mi tragedia. Nos compraron una casa en los alrededores de Cologny que, por estar cerca de Ginebra, nos permitiría disfrutar del campo y visitar a mi padre cada día, pues él, con el fin de que Ernest pudiera proseguir sus estudios en la universidad, seguiría viviendo en la ciudad.

Durante aquel tiempo, yo tomé todas las precauciones necesarias para garantizar mi defensa en caso de que el monstruo se decidiera a atacarme abiertamente. Siempre llevaba conmigo un puñal y un par de pistolas, y permanecía alerta para evitar cualquier posible intento de su parte. De esa forma conseguí una mayor tranquilidad. Lo cierto es que, cuanto más se aproximaba la fecha de la boda, la amenaza más se difuminaba en mi mente y hasta llegué a creer que había sido un error el pensar que estaba en peligro mi felicidad futura. En efecto: los placeres que esperaba encontrar en la vida matrimonial los suponía asegurados y tanto escuché decir a quienes nos rodeaban que nuestra futura dicha estaba garantizada, que terminé creyéndolo.

Elizabeth parecía contenta, pues mi aspecto sereno contribuía mucho a calmarla. Pero el día en que mis deseos se iban a hacer realidad y que iba también a sellar mi destino, estaba apesadumbrada, como si tuviera algún mal presentimiento. Tal vez también pensara en el terrible secreto que había prometido contarle al día siguiente. Mi padre, sin embargo, rebosaba de felicidad y, con el ajetreo de los últimos momentos, atribuyó la melancolía de su sobrina al comprensible pudor de una novia.

Luego de la ceremonia, los numerosos invitados se reunieron en casa de mi padre. Se había decidido que Elizabeth y yo pasáramos la tarde y la noche en Evian y que, a la mañana siguiente, nos fuéramos a Cologny. Como el día era claro y el viento favorable, decidimos cruzar el lago.

Aquellos fueron los últimos momentos felices de mi vida. Navegábamos rápido, el sol calentaba con fuerza, pero nos protegía un pequeño toldo y admirábamos la belleza del paisaje costeando las orillas del lago. Uno de sus lados nos ofrecía el monte Saleve, las orillas de Montalegre, el maravilloso Mont Blanc dominando a distancia el conjunto y las montañas coronadas de nieve que en vano intentaba competir con él. Al otro lado quedaba el majestuoso Jura, con su sombría ladera, que parecía interponerse a la inquietud del que quisiera abandonar el país y a la intrepidez del invasor que pretendiera reducirlo a la esclavitud.

Tomé la mano de Elizabeth y dije:

—Estás triste, mi amor. ¡Ah! Si supieras lo que he sufrido y cuánto me queda todavía por pasar, harías que disfrutara de la paz y el sosiego que este día, al menos, me depara.

—Sé feliz, mi querido Víctor —respondió ella—. Confío en que no tengas motivos para entristecerte y te aseguro que, a pesar de que mi semblante no exprese mi dicha, mi corazón está colmado de felicidad. Hay algo que me previene en contra de poner demasiadas esperanzas en el futuro que hoy se abre ante nosotros, pero no escucharé esa siniestra voz. Mira la rapidez con que nos movemos y el modo en que las nubes que a veces oscurecen la cima del Mont Blanc hacen aún más interesante este hermosísimo paisaje. Observa también los numerosos peces que nadan en este agua, tan clara, tan límpida, que nos permite ver cada guijarro del fondo. ¡Qué día tan precioso! ¡Qué tranquila y serena se muestra la naturaleza!

Así pretendía Elizabeth distraer mis pensamientos de temas dolorosos. Pero su humor fluctuaba. Había momentos en que los ojos le brillaban con alegría pero ésta, en seguida, dejaba paso al ensimismamiento y a la abstracción.

El sol comenzaba a declinar. Cruzamos ante la desembocadura del río Drance, y vimos cómo continuaba su curso por entre los barrancos y vallecillos de las colinas. En aquel paraje, los Alpes se acercan bastante al lago y, paulatinamente, nos fuimos aproximando al anfiteatro de montañas que lo cercan por el lado este. El campanario de Evian brillaba recortado sobre el oscuro fondo de bosques que rodea la ciudad custodiada por el imponente conjunto de altas cumbres.

Al anochecer, el viento que hasta entonces nos había empujado con asombrosa rapidez fue amainando hasta convertirse en una débil brisa que apenas ondulaba las aguas y movía los árboles con suavidad. Nos aproximábamos a la orilla, desde la que nos llegaba el más delicioso aroma de flores y heno.

El sol se ocultó por entero en el momento en que desembarcamos y, al poner pie en tierra, sentí revivir en mí la ansiedad y el temor que ya no me abandonarían nunca más.

CAPÍTULO 22

Eran las ocho cuando desembarcamos. Paseamos unos momentos por la orilla disfrutando del crepúsculo y después nos dirigimos a la posada desde donde contemplamos la hermosa vista del lago, bosques y montañas, que, envueltas en la oscuridad, todavía mostraban sus negros y misteriosos perfiles. El viento del sur, que había cesado casi por completo, cambió al oeste y se puso a soplar con violencia. La luna, alcanzado su cenit, comenzaba a descender. Ante ella, las nubes corrían más veloces que el vuelo de los buitres y nublaban sus rayos. En las aguas del lago se reflejaba el atareado firmamento de modo aún más bullicioso, pues las olas empezaban a agitarse. De pronto, se desencadenó una lluvia torrencial.

Durante el día, yo había permanecido absolutamente tranquilo pero, en cuanto la noche difuminó la forma de las cosas, me asaltaron mil temores. Preso de una terrible ansiedad, empuñaba con la mano derecha una pistola que llevaba escondida en el pecho, mientras me esforzaba por ver en la oscuridad. El más leve ruido me aterrorizaba, pero decidí que iba a vender cara mi vida y que no abandonaría la lucha que se avecinaba hasta que o mi adversario o yo cayéramos.

Elizabeth notó mi agitación en silencio durante algún tiempo, hasta que por fin dijo:

—¿Qué te intranquiliza, mi querido Víctor? ¿Qué es lo que tanto temes?

—Paciencia, querida mía, paciencia —le respondí—. Pasada esta noche, el peligro habrá acabado. Pero la espera es terrible, muy terrible.

Transcurrió una larga hora en medio de esa inquietud cuando, de pronto, pensé en lo espantoso que le resultaría a Elizabeth el combate que esperaba de un momento a otro. Le rogué que se acostara, dispuesto a no reunirme con ella en tanto no averiguara las intenciones del monstruo.

Me quedé solo y pasé mucho tiempo recorriendo los pasillos de la posada y examinando cada rincón que pudiera servirle de escondrijo a mi enemigo. Pero no descubrí rastro alguno de él y comenzaba a pensar que alguna providencial casualidad habría intervenido para impedirle llevar a cabo su amenaza, cuando escuché un espantoso alarido, agudo y estremecedor. Provenía de la habitación donde descansaba Elizabeth.

Al oírlo, comprendí la estremecedora verdad. Me quedé petrificado y se me heló la sangre en las venas. Un instante después escuché un nuevo grito y corrí hacia la alcoba.

¡Dios mío! ¿Por qué no caí fulminado en aquel mismo momento? ¿Por qué sigo aquí relatando la destrucción de mi mayor esperanza y la muerte de la criatura más pura?

Elizabeth estaba tendida en el lecho, con la cabeza colgando, sin vida, las facciones crispadas, y el hermoso y pálido rostro semioculto por la cabellera desordenada. Desde aquella noche, mire adonde mire, veo su imagen: muerta sobre el lecho nupcial, con los brazos laxos, tal como la dejó el asesino. ¿Cómo pude ver aquello y seguir viviendo? ¡Cuán tenaz es la vida y cómo se aferra a quienes más la desprecian! En un instante perdí el conocimiento y caí al suelo.

Cuando recobré el conocimiento, me hallé rodeado de la gente de la posada, cuyas caras, al mirarme, demostraban un terror inenarrable. Pero su espanto no era más que una ridícula parodia comparado con el mío. Escapé hacia la habitación donde yacía el cuerpo de Elizabeth, mi amor, mi esposa tan amada y venerada, viva aún pocos momentos antes. Ya no se encontraba en la posición en la que la había hallado. Ahora tenía la cabeza recostada en un brazo, y el rostro y cuello ocultos por un pañuelo, y se la podía creer dormida. Corrí hacia ella y la abracé con pasión, pero la mortal quietud y la frialdad de sus miembros me recordaron, dolorosamente, que lo que estrechaba entre mis brazos ya no era la Elizabeth a quien tanto había adorado. Sobre su garganta se podían ver las horrendas señales del diabólico ser y ni el menor aliento escapaba de sus pálidos labios.

Mientras con agonizante desesperación me inclinaba sobre ella, levanté la vista. Me invadió una especie de pánico al comprobar que la pálida luz de la luna iluminaba la habitación pues las contraventanas, que antes se habían cerrado, ahora se encontraban abiertas. Con inexpresable horror vi recortándose en una de las ventanas, la aborrecida, pavorosa y repugnante silueta del monstruo. Sonreía burlonamente, mientras señalaba con su inmundo dedo el cadáver de mi esposa. Me abalancé hacia la ventana y, sacando del pecho una de las pistolas que llevaba conmigo, disparé. Pero esquivó la bala y, huyendo del lugar a la velocidad del rayo, se zambulló en las aguas del lago.

El ruido del disparo atrajo a mucha gente, a la que indiqué el lugar por donde había desaparecido el engendro. Lo seguimos con barcas, incluso, echamos redes, pero todo fue en vano. Retornamos desesperanzados luego de varias horas. Además, la mayoría de mis compañeros terminaron convencidos de que el fugitivo no era más que fruto de mi imaginación. Tras desembarcar, se dispusieron a registrar los alrededores organizando distintas patrullas que se esparcieron por los bosques y viñedos aledaños.

No los acompañé: estaba exhausto. Un velo me nublaba la vista y la piel me ardía con el calor de la fiebre. En semejante estado y apenas consciente de lo que había ocurrido, me tendieron en una cama desde donde recorría el cuarto con la mirada tratando inútilmente de encontrar a aquella que había perdido para siempre.

Recordé, entonces, que mi padre estaría esperando con ansiedad mi regreso y el de Elizabeth. Pero volvía solo. Esa idea me llenó los ojos de lágrimas y di libre curso a mi llanto. Mis errantes pensamientos iban de un punto a otro, centrándose en mis desgracias y en lo que las había ocasionado. Me envolvía una nube de incredulidad y horror. La muerte de William, la ejecución de Justine, el asesinato de Clerval y, por último, el de mi esposa. Ni siquiera sabía si el resto de mis familiares se hallaba a salvo de la maldad del monstruo y, quizá, mi padre se agitaba ya entre las manos asesinas, mientras Ernest yacía inerte a sus pies. Aquella imagen me hizo estremecer y me devolvió a la realidad. Me levanté y decidí volver a Ginebra de inmediato.

No había caballos disponibles y debí hacer el trayecto a través del lago, a pesar de que el viento no era favorable y llovía de forma torrencial. Aún así, recién había amanecido y podía confiar en estar en casa por la noche. Contraté algunos remeros y yo mismo tomé uno de los remos, pues siempre había notado que el ejercicio físico paliaba los sufrimientos del espíritu. Pero mi pesar y el exceso de agitación me hacían incapaz de esfuerzo alguno. Dejé el remo y, apoyando la cabeza entre las manos, me abandoné al dolor. Cuando alzaba la vista podía ver los parajes que me eran familiares en los lejanos tiempos de felicidad y que, aun el día anterior, había contemplado con la que ahora no era sino una sombra y un recuerdo. Lloré con amargura.

La lluvia amainó por unos instantes y vi los peces jugando en el agua, tal como lo habían hecho pocas horas antes bajo la mirada de Elizabeth. Nada hay tan doloroso para la mente humana como un cambio repentino y profundo. Podía brillar el sol o estar nublado, pero para mí ya nada podía volver a ser lo mismo que el día anterior. El monstruo me había arrebatado toda esperanza de felicidad. No habrá habido jamás criatura tan desgraciada como yo, pues nada tan cruel podía haber ocurrido desde que el hombre existía.

Pero ¿para qué narrar los hechos que siguieron a esa catástrofe?. El horror ha llenado toda mi existencia y, en aquel momento, había llegado al punto culminante del sufrimiento. Lo que queda de mi historia puede resultarle aburrido. Uno a uno me fueron arrebatados todos aquellos a quienes amaba y me quedé solo. No tengo ya fuerzas, por lo que me limitaré a resumir lo que queda de mi horrenda narración en pocas palabras.

Llegué a Ginebra por la noche. Mi padre y Ernest todavía vivían, pero el primero se hundió ante la trágica novedad que le traía. ¡Cómo lo recuerdo! ¡Padre bondadoso y amable! La luz huyó de sus ojos, pues habían perdido para siempre a aquella a quien adoraban: Elizabeth, su sobrina, más que una hija para él, a la cual quería con todo el cariño que siente un hombre que, ya cercano el fin de sus días y teniendo pocos seres a quienes dedicar su afecto, se aferra con mayor intensidad a aquellos que le quedan. ¡Maldito, maldito engendro infame que llenó de tristeza sus canas y lo llevó a morir de dolor! No pudo vivir bajo el tormento de los horrores que se acumulaban en torno a él y sufrió una hemorragia cerebral que hizo que muriera en mis brazos al cabo de unos días.

¿Qué fue entonces de mí? No lo sé. Perdí la noción de todo y me vi envuelto en cadenas y tinieblas. En ocasiones soñaba que vagaba con los amigos de juventud por alegres valles y prados llenos de flores, pero despertaba una y otra vez en el mismo calabozo. A eso le seguía la melancolía pero, poco a poco, fui teniendo una idea exacta de mis aflicciones y de mi situación y, finalmente, me liberaron. Me habían creído loco y, como supe más tarde, durante muchos meses estuve encerrado en una celda solitaria.

Pero la libertad no fue para mí un regalo valioso, pues junto con la conciencia había despertado mi deseo de venganza. Así que, a medida que iba recuperando el recuerdo de mis desdichas, comencé a pensar en su causa: el monstruo que había creado, el miserable demonio que, para mi ruina, había traído al mundo. Al pensar en él, me invadía una enloquecedora furia y, entonces, deseando que cayera en mis manos, rezaba para que así fuera, y pudiera desatar sobre su infame cabeza una inmensa y mortal venganza a modo de castigo por sus horrorosos crímenes.

Mi odio no se conformó con deseos inútiles y empecé a pensar cómo podía perseguirlo. Para ello, un mes después de puesto en libertad, me dirigí a uno de los jueces de la ciudad, comunicándole que quería formular una acusación. Le dije que conocía al asesino de mis familiares y que le rogaba que ejerciera toda su autoridad para que se le detuviera.

Me escuchó con atención y amabilidad.

—Esté usted seguro —dijo— de que no ahorraré esfuerzos para encontrar al villano.

—Le quedo muy agradecido —respondí—. Hágame el favor de levantar acta de mi declaración. Es, en verdad, una historia tan extraña que temería que usted no me creyera, de no ser por que hay algo en las verdades, por insólitas que puedan parecer, que fuerzan la convicción. Mi relato es demasiado coherente como para que pueda tomarse por un sueño y carezco de motivos para mentir.

De esa manera me dirigí a él, con voz tranquila pero seria. Había decidido perseguir a mi destructor hasta la muerte, y ese objetivo calmaba mi angustia y me reconciliaba un poco con la vida. Narré mi historia en forma breve, pero con firmeza y precisión, dando fechas exactas y sin desviarme del tema para lamentarme de los hechos.

Al principio, el magistrado demostraba una total incredulidad pero, a medida que continuaba, escuchó con mayor atención e interés. Hubo momentos en que lo vi estremecerse y otros en los que su cara denotaba un vivo asombro, exento de todo escepticismo. Al finalizar mi relato, dije:

—Este es el ser al que acuso y pido que se ejerza sobre él todo el peso de la ley. Es su deber en tanto magistrado, y creo y espero que sus sentimientos como hombre no interfieran en la actuación de la justicia.

Mis últimas palabras provocaron un sensible cambio en la expresión del magistrado. Había prestado atención a mi historia, con ese tipo de credulidad que producen las narraciones de fantasmas y acontecimientos sobrenaturales. Pero, cuando le pedí que actuara de manera oficial, volvió a desconfiar. Sin embargo, me respondió templadamente:

—Con gusto lo ayudaría en lo que me fuera posible, pero el ser de quien usted me habla parece estar dotado de unos poderes que harían inútiles todos mis esfuerzos. ¿Quién puede perseguir a un animal capaz de atravesar el mar de hielo, y habitar en grutas y cuevas donde ser humano nunca se atrevería entrar? Además, han pasado algunos meses desde que cometió sus crímenes y es imposible saber a dónde huyó o en qué lugar se encuentra ahora.

—Es indudable que ronda los lugares en los que yo me encuentro. Y, en caso de que se haya refugiado en los Alpes, se le puede dar caza como si fuera una gacela o un oso y destruirlo. Pero sé lo que está pensando. Descree de mi relato, y no tiene la mínima intención de perseguir a mi enemigo y aplicarle el castigo que se merece.

La furia encendía mis ojos y el magistrado se asustó.

—Está usted equivocado —dijo—. Haré todo lo que esté a mi alcance y, si logro capturar al monstruo, sepa que será castigado de acuerdo con sus crímenes. Pero me temo, por lo que usted mismo ha descrito sobre su resistencia, que tal cosa me resulte imposible y que, mientras se toman las medidas necesarias, usted se debería preparar para el fracaso.

—¡Es imposible! Todo lo que le he contado no sirvió de nada y mi deseo de venganza no lo ha afectado. Y, sin embargo, a pesar de que reconozca un vicio en ello, le confieso que es la única y devoradora pasión de mi espíritu. Mi ira no reconoce límites cuando pienso que el asesino que lancé a la sociedad sigue con vida. Me niega usted mi justa petición, por lo que me queda un único camino. Desde ahora me dedicaré, vivo o muerto, a conseguir su destrucción.

Temblaba de cólera contenida al pronunciar esas palabras. Mi actitud debía rezumar el mismo frenesí y altivo fanatismo que, se dice, tenían los antiguos mártires. Pero, para un magistrado ginebrino cuyos pensamientos están muy lejos de los ideales y heroísmos, esa grandeza de espíritu debía asemejarse mucho a la locura. Hizo lo posible por apaciguarme, como haría una niñera con una criatura, y achacó mi relato a los efectos del delirio.

—¡Pero cómo puede usted ser tan ignorante! —exclamé—. ¡Cállese, no sabe de lo que está hablando!

Salí de la casa tembloroso e iracundo y me retiré a pensar en otros medios de acción.

CAPÍTULO 23

Mi estado era tal que no lograba controlar el pensamiento a través de la voluntad. Me inundaba la ira y sólo el deseo de venganza me proporcionaba fuerza y mesura, reprimía mis sentimientos, y me permitía estar sereno y calculador en momentos en que, de otra manera, me hubiera abandonado al delirio y a la muerte.

Mi primera decisión fue dejar Ginebra para siempre. Mis desgracias hicieron que aborreciese la tierra que con tanta intensidad había amado cuando era feliz y querido. Me muní de una importante cantidad de dinero, reuní las joyas que habían pertenecido a mi madre y partí. De esa forma comenzó una peregrinación que sólo con mi muerte culminará. He recorrido una inmensa parte del mundo y he sufrido todas las penurias que suelen afrontar los viajeros en los desiertos y en las selvas vírgenes. Apenas sé cómo he sobrevivido. Frecuentemente, me he tendido desfallecido sobre la arena rogando que me sobreviniera la muerte. Pero las ansias de venganza me mantenían vivo y no me atrevía a morir si mi enemigo continuaba con vida.

Al abandonar Ginebra, mi primera preocupación fue dar con algún indicio que me permitiera seguir los pasos del monstruo. Pero me encontraba desorientado y vagué por la ciudad durante muchas horas dudando sobre qué dirección tomar. Cuando comenzaba a anochecer me hallé, sin querer, en el cementerio donde reposaban los restos de William, Elizabeth y mi padre. Entré y me acerqué a sus tumbas. Reinaba el silencio, turbado tan sólo por el murmullo de las hojas que la brisa agitaba suavemente. Ya era casi de noche y la escena hubiera resultado solemne y conmovedora, incluso, para el observador más ajeno a ella. Los espíritus de mis difuntos parecían rodearme y proyectar una sombra invisible pero palpable alrededor de mi cabeza. El agudo dolor que esta escena me había provocado en un principio pronto dio paso a la ira y a la desesperación. Ellos estaban muertos y, sin embargo, yo vivía. Y también lo hacía su miserable asesino, por lo que resultaba imperioso que yo continuara mi tediosa existencia para aniquilarlo. Arrodillado en la hierba, besé el suelo y, con labios temblorosos, grité:

—¡Por esta sagrada tierra, por los amados espíritus que me rodean, por el profundo e inconsolable dolor que siento, por ti, noche, y por los fantasmas que te pueblan, juro perseguir a ese demonio culpable de todas estas desgracias hasta que uno de los dos sucumba en un combate a muerte! Solo para ello preservaré mi vida, para ejecutar esa dulce venganza. ¡Los conjuro, espíritus de los muertos y a ti, errante espíritu de la venganza, a que me ayuden y orienten en mi tarea. ¡Que el maldito e infernal monstruo beba de la copa de la angustia y sienta la misma desesperación que ahora me atormenta!

Había comenzado el juramento en tono solemne, convencido de que los espíritus de mis familiares asesinados me escuchaban y aprobaban mi devoción. Pero pronto, las Furias se apoderaron de mí y las palabras se ahogaron en mi garganta.

En el silencio nocturno estalló, entonces, una estruendosa y diabólica carcajada. Resonó en mis oídos de forma larga y dolorosa, las montañas me devolvieron su eco, y sentí que el infierno me rodeaba burlándose y riéndose de mí. En aquel momento, de no ser porque aquello significaba que mi juramento había sido escuchado y que me esperaba la venganza, me hubiera dejado dominar por el frenesí y hubiera acabado con mi miserable vida. La carcajada se fue extinguiendo, y una voz, familiar y aborrecida, me susurró con claridad, cerca del oído:

—¡Estoy satisfecho, miserable criatura! Has decidido vivir y eso me satisface.

Me precipité corriendo hacia el lugar de donde provenía la voz pero, una vez más, aquel demonio me eludió. De pronto, salió la luna, iluminando su horrenda y deforme silueta que se alejaba a una velocidad sobrenatural.

Desde entonces, mi acoso no ha cesado. Siguiendo una vaga pista, recorrí el curso del Ródano hasta llegar a las azules aguas del Mediterráneo. De casualidad, una noche vi cómo el infame ser abordaba y se escondía en un barco con destino al Mar Negro. Zarpé en el mismo barco pero, pese a mi vigilancia, volvió a escapar

A pesar de que continuaba esquivándome, seguí su rastro a través del Turkestán y Rusia. En ocasiones, campesinos aterrados por su horrenda aparición me informaban de la dirección que había tomado. Otras veces, él mismo, temeroso de que si perdía toda esperanza me desesperara y muriera, dejaba tras de sí alguna pista que me guiara. Cuando la nieve empezó a caer, descubrí en la llanura la huella de su gigantesco pie. Para usted, que se encuentra al comienzo de la vida, que desconoce el sufrimiento y el dolor, es imposible entender lo que he padecido y todavía padezco. El frío, el hambre y la fatiga son, en verdad, tormentos mejores. He sido maldecido por un demonio y llevo un infierno en mi interior. Sin embargo, algún espíritu bueno dirigió mis pasos y me libró de dificultades que, en apariencia, eran insalvables. En algunas ocasiones cuando, vencido por el hambre ya estaba exhausto, hallaba en el desierto una comida reparadora que me devolvía las energías y me concedía nuevamente aliento. Eran alimentos toscos, del tipo que tomaban los campesinos de la región, pero no dudo de que los había depositado allí el espíritu que había invocado en mi ayuda. A menudo, en pleno desierto, cuando todo estaba seco y yo me encontraba sediento, aparecía una pequeña nube en el firmamento que, tras dejar caer algunas gotas para reavivarme, desaparecía.

Siempre que me era posible seguía el curso de los ríos, pero el infame monstruo solía evitarlos por ser lugares altamente poblados. En los sitios donde hallaba pocos seres humanos me alimentaba de los animales salvajes que se cruzaban en mi camino. Tenía dinero y me ganaba la simpatía de los campesinos distribuyéndolo o repartiendo, entre aquellos que me habían permitido el uso de su cocina, la caza que, tras separar la porción que destinaba a mi alimento, me sobraba.

Esa forma de vida me asqueaba y tan solo mientras dormía saboreaba algo de alegría. ¡Bendito sueño! A menudo, hallándome en el límite de mi angustia, me acostaba a dormir y los sueños me procuraban la ilusión de felicidad. Los espíritus que velaban por mí me deparaban aquellos momentos, mejor dicho, aquellas horas de felicidad, a fin de que pudiera retener las fuerzas suficientes como para proseguir mi peregrinación. De no ser por aquel respiro, sin duda hubiera sucumbido bajo el peso de mis angustias. Durante el día, me mantenía y animaba la perspectiva de la noche, pues en mis sueños veía a mis familiares, a mi esposa y a mi amado país; veía de nuevo el bondadoso rostro de mi padre, escuchaba la cristalina voz de Elizabeth, y hallaba a Clerval en todo el esplendor de su vida, rebosante de salud y juventud.

Muchas veces, agotado por una caminata extenuante, intentaba convencerme mientras andaba de que estaba soñando y que, cuando anocheciera, despertaría a la realidad en brazos de los míos. ¡Con cuánta ternura los quería! ¡De qué manera me aferraba a sus queridas siluetas cuando, en ocasiones, me visitaban, incluso estando despierto e intentaban convencerme de que todavía estaban con vida! En aquellos momentos, la sed de venganza que me devoraba el corazón se calmaba y continuaba mi sendero hacia la destrucción de aquel demonio más como un deber impuesto por el cielo, como el impulso mecánico de un poder del cual era inconsciente, que como el ardiente deseo de mi propio espíritu.

Ignoro los sentimientos de aquel a quien perseguía. De cuando en cuando dejaba cosas escritas en los troncos de los árboles o talladas en la piedra, que me guiaban o avivaban mi cólera.

"Mi reinado aún no ha concluido. Continúas con vida, pero mis fuerzas se encuentran intactas. Sígueme: voy hacia el Polo Norte en busca de los hielos eternos, donde padecerás el tormento del frío, al que yo soy insensible. Si me persigues de cerca, no lejos de aquí hallarás una liebre muerta. Cómela y recupérate. ¡Adelante, enemigo! Todavía nos resta luchar por nuestra vida pero, hasta entonces, te esperan largas horas de sufrimiento".

¡Infame demonio! De nuevo juro que he de vengarme; de nuevo te prometo, repulsiva criatura, que te atormentaré hasta la muerte. No abandonaré mi persecución hasta que uno de los dos muera. Y llegado ese momento ¡con qué júbilo me reuniré con Elizabeth y con aquellos que ya me preparan la recompensa por mis fatigas y sombrío peregrinaje!

A medida que avanzaba hacia el norte, más espesa se hacía la nieve y el frío era tan intenso que apenas se soportaba. Los campesinos permanecían encerrados en sus chozas y sólo algunos, los más fornidos, se aventuraban a salir de su casa. Los ríos se habían helado y, al no poder pescar, me vi privado de mi principal alimento.

La victoria de mi enemigo iba consolidándose a medida que aumentaban mis dificultades. Otra inscripción que me dejó decía:

"¡Prepárate! Tus sufrimientos no han hecho más que comenzar. Abrígate con pieles, y aprovisiónate, pues pronto empezaremos una etapa del viaje que te torturará de modo tal que mi alegría será inmensa, pues el odio que te tengo es eterno".

Aquellas burlonas palabras sólo lograron reavivar mi valor y mi perseverancia. Resolví no fallar en mi resolución e, invocando la ayuda de los Cielos, proseguí con infatigable ahínco el cruce de aquella desértica región hasta que, en lontananza, apareció el océano, último límite en el horizonte. ¡Qué distinto de los azules mares del sur! Cubierto de hielo, no se distinguía de la tierra más que por su mayor desolación y desigualdad. Cuentan que los griegos lloraron de emoción al ver el Mediterráneo desde las colinas de Asia y celebraron con entusiasmo el dejar atrás tantas vicisitudes. Yo no lloré, pero me arrodillé y, con el corazón rebosante, agradecí a mis espíritus el que me hubieran guiado sano y salvo hasta el lugar donde aguardaba, pese a las burlas de mi enemigo, poder enfrentarme finalmente con él.

Algunas semanas antes había conseguido un trineo y unos perros, lo que me permitía cruzar la nieve con mayor velocidad. Ignoraba si aquel infame ser disfrutaba de la misma ventaja que yo pero vi que, en vez de perder terreno como hasta entonces, me iba acercando lentamente a él. Tanto es así que, cuando divisé el océano, sólo me llevaba un día de ventaja y aguardaba poder alcanzarlo antes de llegar a la orilla. Con renovado valor continué mi carrera y, al cabo de dos días, arribé a un miserable caserío de la costa. Le pregunté a los habitantes si habían visto a mi enemigo y me dieron datos precisos. En efecto, un gigantesco monstruo había llegado la noche anterior, armado con una escopeta y varias pistolas, logrando que ante su espantoso aspecto huyeran atemorizados los habitantes de una solitaria cabaña. Les había robado sus provisiones para el invierno y las había puesto en un trineo al cual ató varios perros amaestrados que también había robado. Esa misma noche, y ante el alivio de aquellas asustadas personas, reanudó su viaje sobre el helado océano hacia un punto donde no había tierra alguna. En opinión de aquella gente, el fugitivo pronto sería destruido por alguna de las grietas que con frecuencia se abrían en el hielo o moriría de frío.

Aquel relato me sumió en la desesperación. ¡Había conseguido escapar! Por lo tanto, yo debía ahora emprender un viaje peligroso e interminable a través de las montañas de hielo del océano, bajo los rigores de un frío que pocos humanos podían soportar (incluyendo en ello a los naturales de la zona) y que yo, nativo de una tierra cálida y soleada, no resistiría. No obstante, la idea de que aquel engendro viviera y venciera, avivó de nuevo mi ira y mis ansias de venganza y, como un alud imponente, barrió cualquier otro sentimiento.

Luego de un breve descanso, durante el cual me visitaron los espíritus de mis difuntos y me incitaron a proseguir mi misión, me preparé para el periplo. Cambié el trineo de tierra por uno adecuado a las irregularidades del océano helado y, luego de comprar una buena cantidad de provisiones, abandoné tierra firme y me lancé hacia el norte.

No puedo calcular de forma exacta los días que han pasado desde entonces, pero he padecido torturas que nadie hubiera podido soportar sin el sentimiento de justicia que me impulsaba. Con frecuencia, inmensas y escarpadas montañas de hielo me cerraban el camino y también estuve a punto de ser tragado por las grietas de hielo. Pero, en cuanto la capa helada volvía a consolidarse, estaba de nuevo sobre una pista segura.

A juzgar por la cantidad de provisiones consumidas, debían haber transcurrido tres semanas desde que me interné en el océano. La impotencia de no poder alcanzar al fugitivo me había hecho llorar más de una vez. En una ocasión, la desesperación casi se adueñó de mí y estuve a punto de sucumbir. Mis valientes perros habían conseguido, con esfuerzo increíble, llegar a la cima de una montaña. Uno de ellos murió de agotamiento por hacerlo. Yo contemplaba con angustia la inmensidad del hielo ante mí cuando, de pronto y a lo lejos, divisé un diminuto punto oscuro. Agudicé la vista para adivinar lo que era y prorrumpí en un grito de alegría al distinguir un trineo y las deformes proporciones de aquella figura tan conocida. ¡Con qué ardor volvió la esperanza a mi corazón! Cálidas lágrimas brotaron de mis ojos, pese a que las enjuagué con rapidez para que no me hicieran perder de vista aquella infame criatura. Pero las ardientes gotas seguían nublándome la visión y, por último, bajo la emoción que me embargaba, prorrumpí en llanto.

No podía, sin embargo, perder el tiempo. Desaté los arneses del perro muerto, alimenté abundantemente a los otros y, tras descansar una hora, proseguí mi camino. Todavía divisaba el trineo en la lejanía y no volví a perderlo de vista, excepto cuando alguna saliente de las rocas de hielo lo ocultaba. Iba ganándole terreno y, cuando al cabo de dos días estuve a menos de una milla de mi enemigo, temí que el corazón me estallara de alegría.

Pero, justo entonces, cuando estaba a punto de alcanzarlo, mis esperanzas se vieron nuevamente traicionadas. Desapareció de repente y perdí todo rastro de él. Comencé a escuchar el bramido del mar, las olas se abatían con furia bajo la capa de hielo, y pude notar cómo se henchían y se tornaban más amenazadoras y terribles. Fue inútil intentar seguir. El viento se levantó, el mar rugía y, como con la tremenda sacudida de un terremoto, el hielo se abrió produciendo un ruido atronador. Todo concluyó rápidamente y, en pocos minutos, un agitado mar me separó de mi enemigo y me encontré flotando sobre un témpano de hielo que menguaba por momentos y me preparaba una horrenda muerte.

Así pasaron horas de terrible ansiedad. Varios de mis perros murieron y yo estaba a punto de sucumbir, cuando divisé su navío, que navegaba sujeto por el ancla, y me devolvió la esperanza de vivir. Ignoraba que los barcos se atrevieran a llegar tan al norte y aquello me sorprendió mucho.

Rápidamente destruí una parte de mi trineo para hacer con él unos remos y, de esa forma y con enorme esfuerzo, pude acercar mi improvisada balsa hacia el barco. Había decidido que, en caso de que ustedes se dirigieran hacia el sur, me encomendaría a la clemencia de los mares antes que renunciar a mi persecución. Esperaba poder convencerlos de que me dieran un bote con el cual pudiera aún perseguir a mi enemigo. Pero, por fortuna, se dirigían hacia el norte. Me subieron a bordo cuando mis fuerzas estaban ya agotadas y cuando mis múltiples desgracias me arrastraban hacia una muerte que todavía no puedo aceptar, pues mi trabajo está inconcluso.

¿Cuándo me permitirán gozar del descanso que tanto anhelo los espíritus que me guían hacia mi infame enemigo? ¿O, acaso, está escrito que yo muera y él me sobreviva?

En caso de que tal cosa sucediera, júreme Walton, que no lo dejará escapar. Prométame que lo acosará y llevará a cabo mi venganza dándole muerte. Pero ¿puedo pedirle que asuma mi peregrinación, que sufra las penurias que yo he pasado? No, no soy tan egoísta. Pero, cuando yo haya muerto, si él apareciera, si los dioses de la venganza lo condujeran ante usted, júreme que no vivirá, que no triunfará sobre mis desgracias, y que no podrá hacer a otro ser tan desgraciado como me hizo a mí. Tenga mucho cuidado y desconfíe de él. Es elocuente y persuasivo; incluso en una ocasión logró enternecerme el corazón. Pero tiene el alma tan inmunda como las facciones, y repleta de maldad y traición. No lo escuche.

Acuérdese de William, de Justine, de Clerval, de Elizabeth, de mi padre y del infeliz Víctor Frankenstein, y húndale la espada en el corazón. Yo estaré a su lado y guiaré su brazo.

Prosigue el diario de Robert Walton

26 de agosto de 17...

Ahora que ya conoces tan insólita y horrible historia, Margaret, ¿no sientes que, como a mí aún ahora, se te hiela la sangre en las venas? Algunas veces, el sufrimiento lo vencía y le era imposible continuar su narración. Otras, con voz entrecortada y conmovedora, pronunciaba con dificultad palabras repletas de un dolor enloquecedor. En ocasiones, los ojos hermosos y expresivos le brillaban con indignación; otras, el padecimiento los apagaba y llenaba de infinita tristeza. A veces, podía controlar sus sentimientos y palabras, y relataba los hechos más horrendos con voz serena, suprimiendo toda señal de agitación. Pero, súbitamente, como un volcán en erupción, su cara tomaba una expresión de fiereza y cubría de insultos a su verdugo.

Su historia me parece coherente y auténtica. Las cartas de Félix y de Safie que me ha mostrado, y el paso de la monstruosa criatura cerca de nuestro navío, lograron convencerme de la veracidad de su relato. No tengo ninguna duda, pues, de que existe semejante monstruo pero, sin embargo, estoy lleno de asombro y admiración. He intentado varias veces que Frankenstein me cuente en detalle la creación del ser, pero sobre ese punto permanece inconmovible.

—¿Está usted loco, amigo mío? —me contestó—. ¿Hasta dónde lo va a llevar su insensata curiosidad? ¿Es que también quiere crear un ser diabólico, enemigo suyo y del mundo? Si no ¿adónde quiere ir a parar con sus preguntas? ¡No insista! Aprenda de mis sufrimientos y no se empeñe en aumentar los suyos.

Frankenstein se había dado cuenta de que, desde el comienzo de su relato, yo había ido tomando notas mientras lo escuchaba. Me pidió que se las enseñara y les hizo algunas correcciones encaminadas a conseguir que los diálogos tuvieran mayor autenticidad.

—Ya que ha anotado usted mi historia —dijo—, no quisiera que pase a la posteridad desvirtuada.

Una semana entera transcurrió mientras me contaba su historia, mucho más insólita que todo cuanto pueda concebir la imaginación. El interés que siento por mi huésped, y que ha despertado tanto su relato como la nobleza y dulzura de su carácter, me ha seducido la mente y el alma por completo. Quisiera ayudarlo, pero ¿cómo aconsejarle que siga viviendo a alguien tan infeliz y carente de toda esperanza? La única dicha de que puede gozar es la que experimentará preparando su dolorida alma para el eterno descanso que concede la muerte. Disfruta, aún así, de algún consuelo, fruto de la soledad y el delirio. Cuando en sueños conversa con los seres que le fueron queridos y obtiene de esa comunicación cierto alivio para su sufrimiento, cree que son seres reales que vienen desde el más allá a visitarlo y no que creaciones de su fantasía. Esa fe da a sus delirios una solemnidad que hace que me resulten casi tan imponentes e interesantes como si se tratara de la realidad misma.

Nuestras conversaciones no se limitan tan sólo a su historia y a la de sus sufrimientos. Demuestra tener un gran conocimiento de la literatura, y una inteligencia amplia y aguda. Su elocuencia cautiva y conmueve hasta el punto de que, cuando cuenta un episodio patético o intenta provocar la piedad o el cariño, no puedo escucharlo sin que los ojos se me llenen de lágrimas. ¡Qué magnífico hombre debió ser en sus tiempos de felicidad para mostrarse tan noble aún en la desgracia! Parece tener conocimiento de su propia valía y de la magnitud de su ruina.

—En mi juventud —me dijo un día— me creía destinado a llevar a cabo grandes cosas. Tengo una naturaleza sensible pero, en aquel entonces poseía, asimismo, una serenidad de juicio que me capacitaba para triunfar. El convencimiento de mi valía me ha sostenido en situaciones en las que otros se hubieran dejado vencer, porque me parecía poco digno malgastar en vanas lamentaciones una mente que podía ser de utilidad a mis semejantes. Cuando recordaba lo que había logrado, nada menos que la creación de un ser racional y sensible, me convencía de que mi lugar no era como uno más entre el conjunto de científicos. Pero aquella sensación que me sostenía al principio de mi carrera ahora sólo sirve para hundirme más en la miseria. Todas mis esperanzas y proyectos han sido aniquilados. Como el ángel que aspiraba al poder supremo, me encuentro ahora encadenado en un infierno eterno. Tenía una viva imaginación pero, también, una gran capacidad de análisis y concentración. Gracias a la unión de esas dos cualidades concebí la idea y llevé a cabo la creación artificial de un ser humano. Incluso ahora no puedo rememorar con serenidad las ilusiones que me invadían cuando la obra aún no estaba terminada. Llegaba con la imaginación hasta las más altas esferas, a veces, exultante de júbilo ante mi poder, otras estremecido al pensar en las consecuencias de mi investigación. Desde pequeño había concebido las mayores ambiciones y esperanzas ¡Qué bajo he caído! Amigo mío: si usted me hubiera conocido antaño, ahora le resultaría imposible reconocerme. Desconocía casi por completo lo que era el desánimo y parecía destinado a un futuro brillante porvenir. Sin embargo, mi decadencia es irreversible.

¡Querida Margaret! ¿Habré, pues, de perder a tan admirable ser y entrañable compañero? ¡He anhelado tanto la compañía de un amigo, he buscado durante tanto tiempo a alguien que me apreciara y comprendiera! Y he aquí que, cuando lo encuentro en estos remotos mares, temo que sólo me sirva para conocer su nobleza, justo antes de que muera. Quisiera devolverle sus ganas de vivir, pero no quiere ni oír hablar de ello.

—Le agradezco, Walton —me dijo—, las buenas intenciones que demuestra hacia alguien tan miserable como yo. Pero no puedo pensar en nuevos lazos, en nuevos afectos. ¿Cómo podría reemplazar a los que he perdido? ¿Qué otro hombre podría ocupar en mi corazón el lugar que ocupó Clerval? ¿Qué mujer podría reemplazar a Elizabeth? Incluso cuando nuestro amor no viene reforzado por cualidades superiores, los compañeros de la niñez siempre ejercen sobre nosotros una influencia que nuevos amigos raras veces suelen tener. Conocen nuestras primeras inclinaciones, que, por mucho que después se modifiquen, nunca se llegan a borrar. Y, en cuanto a la honestidad de nuestros actos, son los que mejor pueden juzgar nuestros motivos. Un hermano nunca podrá sospechar que el otro lo engaña o traiciona, salvo que esta inclinación se haya evidenciado desde una edad muy temprana, mientras que en un amigo, a pesar de que su afecto sea inmenso, puede desconfiar, incluso, a pesar suyo. Pero he tenido amigos a los que he querido no sólo por costumbre o contacto, sino por sus cualidades personales. Y vaya donde vaya, la apacible voz de Elizabeth y las conversaciones con Clerval siempre estarán presentes en mis oídos. Ambos han muerto y sólo el deseo de venganza puede, en mi horrenda soledad, inducirme a conservar la vida. Si estuviera llevando a cabo una importante empresa que revistiera utilidad para mis semejantes, podría seguir viviendo para concluirla. Pero no es mi caso. Debo perseguir y destruir al ser que creé. Sólo entonces habré cumplido mi cometido en la tierra y podré morir en paz.

2 de septiembre

Mi querida hermana:

Te escribo mientras me amenaza un grave peligro e ignoro si tendré la suerte de regresar a mi querida Inglaterra y a los amigos que allí viven. Estamos cercados por montañas de hielo que impiden la salida y que amenazan a cada momento con aplastar el barco cual si fuera una cáscara de nuez. Los valientes hombres a quienes convencí de que me acompañaran acuden a mí en busca de una solución, pero no tengo ninguna para ofrecerles. Hay algo terriblemente espantoso en nuestra situación, pero todavía conservo la confianza y el valor. Es posible que sobrevivamos y, si no lo logramos, como Séneca, moriré con buen ánimo.

¿Pero cuáles serán tus sentimientos, Margaret? No sabrás que he muerto y esperarás con ansias mi regreso. Pasarán los años y vivirás momentos de desesperación, pero siempre te atenazará la tortura de la esperanza. ¡Ay, querida hermana! Llegar a ocasionarte tanta desilusión y tristeza me resultaría más doloroso que mi propia muerte. Pero tienes a tu marido y a tus hermosos hijos, y puedes ser feliz. ¡Que el Cielo te bendiga y permita que lo seas!

Mi desdichado huésped me mira con la más afectuosa compasión. Trata de devolverme la esperanza y habla de la vida como si fuera para él algo de valor. Me recuerda la frecuencia con que estos accidentes les han ocurrido a otros navegantes que se internaron en estas regiones y, aún a pesar de mí, me contagia su idea de buenas perspectivas. Incluso la tripulación es sensible al poder de su elocuencia. Cuando él habla, vuelven a confiar, sus energías se reavivan y, mientras lo escuchan, llegan a creer que estas gigantescas montañas de hielo no son más que pequeños montículos que desaparecerán con sólo desearlo. Pero esos sentimientos son pasajeros y cada nuevo día que transcurre, la frustración de sus esperanzas los llena de espanto y temo que el miedo les haga amotinarse.

5 de septiembre

Acaba de suceder algo tan insólito que, pese a que es muy probable que jamás llegues a leer estos papeles, no puedo menos que contártelo.

Permanecemos todavía cercados por bloques de hielo y el peligro de que nos aplasten es inminente. El frío es por demás intenso y muchos de mis desafortunados compañeros ya han encontrado su tumba en estos inhóspitos parajes.

La salud de Frankenstein empeora día a día. La fiebre hace brillar sus ojos, pero está extenuado y, ante el menor esfuerzo, vuelve a caer en la total agonía.

Mencioné en la última carta el temor que tenía a que se produjera un motín. Esta mañana, mientras observaba apenado el lívido semblante de mi amigo —sus párpados entornados y sus miembros inertes—, me interrumpieron media docena de marineros, que querían entrar en el camarote para hablar conmigo. Los hice pasar y el que actuaba de portavoz se dirigió a mí. Me dijo que él y sus compañeros habían sido elegidos por el resto de la tripulación para que me comunicaran una petición a la que, en justicia, no podía negarme. Estábamos cercados por el hielo y, probablemente, no lograríamos escapar. Pero temían que, en caso de que el hielo cediera y se abriera un camino, yo fuera lo bastante imprudente como para querer continuar mi viaje, y los condujera a nuevos peligros, luego de haber salvado éste felizmente. Solicitaban, por lo tanto, que me comprometiera bajo solemne promesa a que, si el barco quedaba libre, me dirigiría de inmediato al sur.

Esta petición despertó mi ira. Todavía no había perdido las esperanzas de que mi expedición fuera un éxito. Ni siquiera había pensado en regresar, en caso de quedar libres del hielo. Pero no tenía ningún derecho a rechazar su pedido y me disponía a responder, cuando Frankenstein que, en un principio había permanecido callado y parecía no tener ni fuerzas para atender, se incorporó. Los ojos le brillaban y tenía las mejillas encendidas por un repentino rubor. Dirigiéndose a los hombres, dijo:

–¿Qué significa esto? ¿Qué le están exigiendo al capitán? ¿Tan pronto y con tanta facilidad abandonan lo que les interesa? ¿No decían que iba a ser esta una expedición gloriosa? ¿Por qué iba a ser gloriosa? ¿Porque la ruta era fácil y apacible como un mar del sur? No: porque estaba llena de peligros y horrores. Porque ante cada nueva dificultad debían renovar su valor y fortaleza. Porque los rodeaba el peligro y la muerte, y era preciso vencer a ambos. Por eso podía llamarse gloriosa, porque era una empresa digna. Estaban predestinados a ser los bienhechores de la humanidad, y sus nombres pasarían a la historia como los de aquellos hombres valerosos que se enfrentaron con honor a la muerte en beneficio de la especie humana. ¡Y mírense ahora! Con la primera impresión de peligro o, si lo prefieren, con la primera dificultad importante, su coraje se desvanece y están dispuestos a pasar por hombres que no tuvieron la fuerza suficiente como para afrontar el frío y los riesgos. Aceptarán que la gente diga: "Los pobres tenían frío y se volvieron a casita para arroparse junto a sus chimeneas". La verdad es que para eso no se necesitaba tanta preparación. Se hubieran ahorrado una travesía tan larga y le hubieran evitado al capitán la vergüenza del fracaso, para terminar demostrando tan solo que son unos cobardes. ¡Sean hombres! ¡Sean más que hombres! Permanezcan fieles a sus propósitos, aguanten los contratiempos firmes como las rocas. Este hielo que tanto miedo les provoca no está hecho del mismo material que sus corazones, es vulnerable y no podrá vencerlos. No regresen a sus hogares con la frente marcada por el estigma de la vergüenza. Vuelvan como héroes que lucharon y vencieron, y que desconocen lo que es darle la espalda a su enemigo.

A lo largo del discurso, su voz resonó tan clara y vibrante, y se adaptó tan bien a los sentimientos que exponía, sus ojos brillaron tan llenos de alegría y heroísmo, y sus palabras resultaron tan elocuentes, que era absolutamente imposible escucharlo con indiferencia.

Mis hombres se miraron unos a otros sin saber qué decir. Yo me dirigí a ellos y les rogué que reflexionaran sobre lo que habían oído. Añadí que, por mi parte, no seguiría avanzando hacia el norte en contra de su voluntad, pero que esperaba que, tras considerarlo, recobraran el coraje que habían perdido.

Salieron, y me volví hacia Frankenstein, pero se hallaba muy abatido y, casi privado de aliento, parecía muerto.

Ignoro cómo concluirá todo esto, pero preferiría la muerte a regresar cubierto de vergüenza, sin haber podido alcanzar mis objetivos. Sin embargo, temo que ese sea mi destino. Sin el sostén de las ideas de gloria y honor, mis hombres jamás accederán a continuar con sus actuales penurias.

7 de septiembre

¡La suerte está echada! Acepté dar media vuelta si los hielos lo permiten. Veo truncadas mis esperanzas por la cobardía y la indecisión de mis hombres, y regreso desilusionado e ignorante. Necesitaría más tolerancia de la que me ha sido dada para sufrir esta injusticia con paciencia.

12 de septiembre

Todo terminó. Volvemos a Inglaterra. He perdido mis esperanzas de gloria y mi ansia de servir a la humanidad, y, para hacer aún más grande mi desdicha, he perdido también a mi amigo. Pero trataré, querida hermana, de contarte con detalle los tristes acontecimientos. No quiero navegar rumbo a Inglaterra y hacia ti lleno de pesadumbre.

El 9 de septiembre el hielo comenzó a ceder y, a la distancia, escuchamos atronadores crujidos, debido a que los témpanos se resquebrajaban en todas las direcciones. El peligro que corríamos era enorme pero, puesto que nada podíamos hacer, todo mi interés se centraba en mi infeliz huésped, cuya salud había empeorado hasta el punto de no poder levantarse de la cama. El hielo se rompió a nuestras espaldas y fue empujado rápidamente en dirección norte. Desde el oeste empezó a soplar una brisa y el día 11 el camino hacia el sur quedó despejado.

Cuando la tripulación vio eso y comprendió que quedaba asegurado su regreso a su país natal, prorrumpió en continuos gritos de loca alegría. Frankenstein, que se había adormilado, despertó y preguntó cuál era el motivo de aquel alboroto.

—Mis hombres —contesté— están celebrando su próximo regreso a Inglaterra.

—¿Retorna usted, entonces?

—Sí —respondí—, no puedo oponerme a su pedido. No sería justo conducirlos hacia nuevos peligros contra su voluntad. Me veo forzado a regresar.

—Hágalo, si quiere. Yo me quedo. Usted puede abandonar su objetivo, pero el mío me lo fijó el Cielo y, por eso mismo, no puedo renunciar a él. Estoy débil, pero confío en que los espíritus que me ayudan en mi venganza me enviarán la fuerza necesaria.

Al pronunciar esas palabras intentó saltar de la cama, pero el esfuerzo fue demasiado grande. Se cayó y perdió el sentido.

Tardó mucho en volver en sí y, más de una vez, me pareció que había muerto. Finalmente, abrió los ojos. Respiraba con dificultad y le era casi imposible hablar. El médico de a bordo le dio un brebaje reconstituyente y nos ordenó que no lo molestáramos. A mí me advirtió que le quedaban pocas horas de vida. Se había pronunciado su sentencia, y ya no me quedaba más que lamentarme y tener paciencia. Permanecí sentado a la cabecera de su lecho, mirándolo. Sus ojos estaban cerrados y pensé que dormía. De pronto, con voz apagada, me llamó, indicándome que me acercara y me dijo:

—Me abandonan las fuerzas en las que confiaba. El fin se acerca y es probable que él, mi enemigo y verdugo, todavía esté con vida. No piense, Walton, que en estos últimos instantes mi alma aún rebosa del punzante odio y de la sed de venganza que le manifesté días pasados. Pero creo que se justifica que desee la muerte de mi adversario. He meditado mucho sobre mis acciones pasadas y no encuentro en ellas nada reprochable. En un ataque de loco entusiasmo creé una criatura racional, y tenía para con él el deber de asegurarle toda la felicidad y el bienestar que me fuera posible proporcionarle. Tal era mi obligación, pero había otra superior: mis obligaciones para con mis semejantes. Esos deberes debían tener prioridad, pues suponían una mayor proporción de felicidad o desgracia. Impulsado por esa creencia, me negué, e hice bien, a crear una segunda versión de mi engendro, tan monstruosa como la primera. El diabólico ser había dado pruebas de una maldad y un egoísmo sin precedentes. Asesinó a mis seres más queridos, se consagró a la destrucción de personas llenas de delicadeza, sabiduría y bondad, e ignoro dónde concluirá su sed de venganza. Desgraciado como es, debe morir a fin de que no pueda hacer desdichados a los demás. La labor de su destrucción me había sido encomendada a mí, pero he fracasado. Empujado por motivos egoístas e insanos, le pedí a usted que completara mi misión. Ahora, impelido tan sólo por la razón y la virtud, se lo repito. Sin embargo, no puedo pedirle que renuncie a su patria y a sus amigos para llevar a cabo esta labor. Ahora que regresa a Inglaterra, tendrá pocas ocasiones de encontrarse con él. Pero dejo en sus manos el reflexionar sobre estos puntos y el determinar lo que considere que es su deber. La cercanía de la muerte turba mis pensamientos y mi razón, y no me atrevo a solicitarle que haga lo que yo considero justo pues, incluso en estos momentos, tal vez me estoy dejando guiar nuevamente por la pasión. Me inquieta sobremanera la idea de que el monstruo siga con vida y sea un instrumento de maldad. Y, sin embargo, esta hora, en la que aguardo que cada instante me traiga la liberación, es la única en la que durante muchos años he sido feliz. Pasan ante mí los espíritus de aquellos a los que tanto amé y corro hacia ellos. ¡Adiós,

Walton! Busque la felicidad en la paz y evite la ambición, incluso aquella que le parezca más inofensiva, de distinguirse por sus descubrimientos científicos. Pero ¿por qué hablo así? Yo he visto truncadas mis esperanzas, pero otro bien puede triunfar.

A medida que hablaba, su voz se iba apagando y, finalmente, vencido por el esfuerzo, se acalló del todo. Media hora más tarde intentó volver a hablar, pero no pudo. Oprimió casi sin fuerzas mi mano y sus ojos se cerraron para siempre, mientras sus labios esbozaron una débil sonrisa.

¡Ah, Margaret! ¿Cómo hallar las palabras para explicar la prematura muerte de esa magnífica persona? ¿Qué puedo decir para que entiendas lo profundo de mi dolor? Todo lo que pudiera decir resultaría pobre e inadecuado. Las lágrimas abrasan mis mejillas y una nube de desilusión nubla mi mente. Pero navego rumbo a Inglaterra y allí tal vez encuentre un consuelo.

Me interrumpen. ¿Qué significan estos ruidos? Es medianoche, sopla una suave brisa y, en cubierta, los hombres de guardia no se mueven. Pero he vuelto ha escuchar algo extraño. Parece la voz de un hombre, pero mucho más ronca. Proviene del camarote donde reposan los restos de Frankenstein. Debo levantarme a ver qué sucede. Buenas noches, hermana mía.

¡Dios mío! ¡Qué horripilante escena acabo de vivir! Todavía estoy aterrorizado con el recuerdo. Apenas sé si tendré fuerzas para contarla, pero el relato que he anotado quedaría incompleto sin referir a esta última y soberbia catástrofe.

Entré en el camarote donde yacían los restos de mi infeliz y admirado amigo. Sobre él se inclinaba un ser para cuya descripción no tengo palabras. Era de una estatura gigantesca, pero de constitución deforme y tosca. Agachado sobre el ataúd, tenía la cara oculta por largos mechones de cabello enmarañado. Pero tenía extendida una inmensa mano, que podía verse con toda claridad que poseía el color y la textura de una momia. Cuando me oyó entrar, dejó de proferir exclamaciones de pena y horror, y saltó hacia la ventana. Nunca he visto nada tan horrendo como su cara, de una fealdad repugnante y terrible. Casi instintivamente cerré los ojos e intenté recordar mis obligaciones acerca de ese destructivo ser.

Le ordené que no se moviera.

Al oírme, se detuvo, y me miró sorprendido, volviéndose de nuevo hacia el cadáver de su creador. Parecía haber olvidado mi presencia, y sus facciones y sus gestos revelaban la furia de una pasión incontrolable.

—También él ha sido mi víctima —exclamó—. Con su muerte acaba la serie de mis crímenes. El horrible drama de mi existencia llega a su fin. ¡Frankenstein! ¡Hombre generoso y abnegado! ¿De qué sirve ahora que implore tu perdón? A ti, a quien destruí sin piedad alguna, arrebatándote todo lo que amabas. ¡Está frío! No puede contestarme.

Parecía atormentado por el dolor. Mi primer impulso fue el de cumplir el último deseo de mi amigo y acabar con el repelente engendro. Pero esa tentación se vio frenada por una mezcla de curiosidad y compasión. Me acerqué a esa extraña criatura. No me atrevía a mirarlo, porque había algo demasiado pavoroso e inhumano en su fealdad. Intenté hablar, pero los sonidos no salían de mi garganta. El monstruo, por su parte, seguía profiriendo exaltadas y confusas recriminaciones. Finalmente, logré dominarme y, aprovechando una pausa en su agitado monólogo, dije:

—Tu arrepentimiento llega, en verdad, muy tarde y ya es superfluo. Si, en lugar de llevar tu diabólica sed de venganza hasta este extremo, hubieras escuchado la voz de la conciencia y atendido a los dardos del remordimiento, Frankenstein estaría vivo.

—¿Imagina usted —respondió la infernal criatura— que yo no sufría a causa del dolor y al remordimiento? Este hombre no ha podido sufrir, mientras yo llevaba a cabo mis espantosas acciones, ni la milésima parte de la angustia que a mí me atenazaba. Me impulsaba un terrible egoísmo a la par que el remordimiento me torturaba el corazón. ¿Piensa que los estertores del joven Clerval cuando lo estaba estrangulando eran música para mis oídos? Tenía el corazón sensible al amor y la ternura, y, cuando mis desgracias me empujaron hacia el odio y la maldad, no soporté la violencia del cambio sin sufrir lo que usted jamás podrá llegar a imaginar. Tras la muerte de Clerval regresé a Suiza con el corazón hecho pedazos. Sentía piedad por Frankenstein y estaba aterrorizado por lo que había hecho. Pero, al descubrir que él, el autor de mi existencia a la vez que de mis desgracias, se atrevía a esperar la felicidad, cuando supe que, mientras por su culpa se acumulaban sobre mí tormentos y aflicciones, él buscaba la satisfacción de sus sentimientos y pasiones, satisfacción que a mí me estaba vedada, la envidia y la indignación me atenazaron con una insaciable sed de la venganza. Recordé mi amenaza y me dispuse a cumplirla. Sabía que aquello iba a ocasionarme nuevas desdichas, pero me encontraba esclavo, no dueño, de un impulso que odiaba, pero que no podía desobedecer. Mas, cuando ella murió, no experimenté remordimiento alguno. En lo inmenso de mi desesperación, había conseguido desechar todos mis sentimientos y ahogar todos mis escrúpulos. A partir de ahí, el mal se convirtió para mí en el bien. Llegado a ese punto, ya no tenía elección y adapté mi naturaleza al estado que había escogido por propia voluntad. El cumplimiento de mi diabólico proyecto se convirtió en una pasión dominante. Y ahora ha concluido. Allí yace mi última víctima.

Al principio la desesperada narración de sus sufrimientos logró conmoverme. Pero cuando recordé lo que Frankenstein me había dicho respecto de su elocuencia y poder de persuasión, al posar nuevamente la vista sobre el cuerpo inanimado de mi amigo, sentí cómo revivía en mí la indignación.

—¡Miserable! —grité ¿Ahora te lamentas de la desolación que tú mismo has creado? Lanzaste una antorcha encendida sobre un caserío y, cuando ha ardido, te sientas a llorar entre las ruinas la destrucción que has causado ¡Engendro hipócrita! Si todavía viviera éste a quien lloras, volvería a ser el objeto de tu maldita venganza. ¡No es pena lo que sientes! Sólo gimes porque la víctima de tu maldad escapó, ya no está en tu poder.

—¡No, no es así! —protestó el monstruo—. Aunque esa debe ser la impresión que le causan mis actos. No intento despertar su simpatía ni su comprensión. Sé que jamás podré esperar nada de hombre alguno. Cuando primero traté de encontrar la comprensión humana, quise compartir el amor por la virtud, el sentimiento de felicidad y ternura que me llenaba el corazón. Pero, ahora, que esa virtud es tan sólo un recuerdo, y la felicidad y la ternura se han convertido en amarga y odiosa desesperación, ¿dónde debo buscar comprensión? Estoy resignado a sufrir en soledad mientras duren mis desgracias y acepto que, cuando muera, el horror y la repulsión acompañen mi recuerdo. Tiempo atrás, mi imaginación se colmaba de sueños de virtud, fama y placer. Antaño esperé con ingenuidad encontrarme con seres que, haciendo caso omiso de mi fealdad externa, me quisieran por las excelentes cualidades que llevaba dentro de mí. Me nutría de elevados pensamientos de honor y devoción. Pero el crimen y la maldad me han degradado y soy peor que las más despreciables alimañas. No existe falta, maldad, perversidad ni desdicha comparables a las mías. Cuando repaso la horrenda sucesión de mis crímenes, no puedo creer que soy el mismo cuyos pensamientos estaban antes llenos de imágenes sublimes que hablaban de la hermosura y el bien. Pero así es. El ángel caído se convirtió en pérfido demonio. Pero, incluso ese enemigo de Dios y de los hombres, tenía amigos y compañeros en su desolación. Yo, en cambio, estoy completamente solo.

»Usted, que se llama amigo de Frankenstein, parece tener conocimiento de mis crímenes y mis desgracias. Pero, por muchos detalles que de ellos le diera, no pudo contarle las horas y meses de miseria que he soportado, consumiéndome bajo pasiones impotentes. Pues, a pesar de que destruía sus esperanzas, no por ello satisfacía mis propios deseos que, día a día, crecían en ardor e insatisfacción. Seguía necesitando amor y compañía, y continuaban rechazándome. ¿No era eso terriblemente injusto? ¿Soy yo el único criminal, cuando toda la raza humana ha pecado contra mí? ¿Por qué no desprecia usted de igual manera a Félix, que me arrojó de su casa asqueado? ¿Cuál es la razón por la que no maldice al campesino que intentó matar a quien acababa de salvar a su hija? ¡No, para usted esos son seres virtuosos y puros! Yo, en cambio, soy el infeliz, el miserable, el aborto creado para que lo pateen, lo golpeen y lo rechacen. Incluso ahora, me arde la sangre cuando recuerdo todas esas injusticias.

»Pero es verdad que soy un despreciable asesino. He matado a seres amables e indefensos. He estrangulado a inocentes mientras dormían, y he oprimido con mis manos la garganta de alguien que nunca me había hecho daño, ni a mí ni a ningún otro ser. He llevado a la desgracia a mi creador, ejemplo escogido de todo cuanto hay digno de amor y de admiración entre los hombres, y lo he perseguido hasta convertirlo en esta ruina que yace aquí, pálida y entumecida por la muerte. Usted me aborrece, pero su repulsión no puede igualar la que yo experimento por mí mismo. Contemplo las manos con las que he causado tanto daño, pienso en el corazón que concibió tales horrores y ansío que llegue el momento en que estas manos malditas se aquieten para toda la eternidad.

»No tema, no cometeré más crímenes. Mi labor casi ha terminado. No se necesita su muerte ni la de ningún otro hombre para consumar el drama de mi existencia y cumplir aquello que debe cumplirse de manera inexorable. Bastará con una sola muerte: la mía. No piense que tardaré en llevar a cabo el sacrificio. Dejaré su barco, tomaré el trineo que me ha conducido hasta aquí y me dirigiré al punto más alejado y septentrional del hemisferio. Allí, haré una pira funeraria, donde reduciré a cenizas este cuerpo miserable, de modo tal que mis restos no le sugieran a algún curioso y desgraciado infeliz la idea de crear un ser semejante a mí. Moriré. Dejaré de padecer la agonía de los remordimientos y nunca más me poseerán sentimientos insaciables. Aquel que me creó ha muerto y, cuando yo deje de existir, el recuerdo de ambos desaparecerá pronto. Nunca volveré a ver el sol ni las estrellas ni a sentir el viento acariciándome las mejillas. Desaparecerán la luz, las sensaciones, los sentimientos y, entonces, hallaré la felicidad. Algunos años atrás, cuando por primera vez se abrieron ante mí las imágenes que este mundo ofrece, cuando notaba la alegre calidez del verano, y escuchaba el murmullo de las hojas y el trinar de los pájaros, cosas que lo fueron todo para mí, hubiera llorado de pensar en morir. Ahora, en cambio, es mi único consuelo. Corrompido por mis crímenes y destrozado por los remordimientos ¿dónde sino en la muerte puedo hallar reposo?

»¡Adiós! Lo abandono. Usted será el último hombre que vean mis ojos. ¡Adiós, Frankenstein! Si todavía estuvieras vivo y mantuvieras el deseo de satisfacer en mí tu venganza, la habrías saciado dejándome conservar la vida. Pero no fue así. Procuraste mi aniquilación para que no pudiera cometer más atrocidades. Mas si, de manera desconocida para mí, aún no has dejado del todo de pensar y de sentir, sabe que para aumentar mi desgracia no debieras desear mi muerte. Aún destrozado como te encontrabas, mis sufrimientos eran superiores a los tuyos, pues los zarpazos del remordimiento no dejarán de hurgar en mis heridas hasta que la muerte las cierre para siempre.

»Pero pronto —exclamó, con solemne y triste entusiasmo— moriré y dejaré de sentir. Pronto se extinguirá este fuego abrasador. Ascenderé triunfante a mi pira funeraria y, exultante de júbilo, arderé en la agonía de las llamas. Luego, se apagará el reflejo del fuego y el viento esparcirá mis cenizas por el mar. Mi espíritu descansará en paz. Y, si es que puede seguir pensando, no lo hará de esta forma. Adiós.

Dichas esas palabras, saltó por la ventana del camarote a la balsa que flotaba junto al barco. Las olas se lo llevaron en seguida y se perdió en la oscuridad de la noche.

Índice